KB095840

하늘은 어디에나 있어

THE SKY IS EVERYWHERE by Jandy Nelson

Copyright ⓒ 2010 by Jandy Nelson

Originally published by Dial Books for Young Readers, The Penguin Group (USA) Inc.

Published by arrangement with Pippin Properties, Inc. through Rights People, London.

하늘은 어디에나 있어

초판 1쇄 인쇄일 2021년 3월 30일 │ **초판 1쇄 발행일** 2021년 4월 14일

글 잰디 넬슨 │ **옮긴이** 이민희 │ **펴낸이** 김석원 │ **펴낸곳** 도서출판 밝은세상

출판등록 1990. 10. 5 (제 10 – 427호) │ **주 소** (10881) 경기도 파주시 문발로 119, 202호

전 화 031-955-8101 │ **팩 스** 031-955-8110 │ **메일** wsesang@hanmail.net

블로그 blog.naver.com/balgunsesang8101 │ **인스타그램** www.instagram.com/wsesang

ISBN 978-89-8437-425-6 (03840) │ **값** 15,500원 │ 잘못된 책은 구입한 곳에서 교환해 드립니다.

하늘은 어디에나 있어

재디 넬슨 장편소설

이민희 옮김

밝은세상

나의 어머니께

제1장

할머니는 나를 걱정하고 있다. 언니가 4주 전에 죽어서도 아니고 우리 엄마가 16년째 연락이 없어서도 아니며 심지어 갑자기 내 머릿속에 온통 섹스 생각뿐이어서도 아니다. 바로 집에서 기르는 화초에 반점이 생겼기 때문이다.

할머니는 내 열일곱 인생 내내 이 별 특징 없는 품종의 화초가 나의 정신과 영혼, 신체의 선상을 반영한다고 믿었다. 언제부턴가 나도 그렇게 믿게 되었다.

꽃무늬 드레스를 입은 키 180센티미터의 할머니가 내가 앉은 자리 건너편에서 거뭇거뭇한 잎들을 들여다보고 있었다.

"이번엔 가망이 없다는 게 무슨 소리냐?"

할머니가 빅 삼촌에게 물었다. 빅 삼촌은 수목 관리 전문가이자 마리화나 중독자, 사이비 과학자다. 만물박사까지는 아니지만 식물에 한해서는 모르는 게 없다.

나를 응시하며 삼촌에게 질문하는 할머니가 남들 눈엔 이상하게, 어쩌면 살짝 무섭게 보이겠지만, 삼촌 눈에는 아니었다. 삼촌 역시 나를 응시하며 대답했다.

"이번에는 상태가 아주 심각해요."

삼촌의 목소리는 마치 무대나 강단에서 울려 퍼지는 듯했다. 빅 삼촌의 입에서 나오는 말은 워낙 무게가 있어서 소금 좀 건네달라는 평범한 말조차 엄숙한 계명처럼 들린다.

할머니가 시름에 찬 얼굴을 두 손에 묻었다. 나는 다시 《폭풍의 언덕》 지면 한 귀퉁이에 시를 쓰려고 소파 한쪽에 웅크리고 앉았다. 뭐라고 대꾸를 하느니 종이 클립을 입에 물고 있는 편이 나았다.

"이 화초는 예전부터 회복력이 좋았잖니, 빅. 레니가 팔 부러졌을 때처럼."

"그땐 반점이 흰색이었잖아요."

"작년 가을에 수석 클라리넷 오디션 봤다가 부수석에 머물렀을 때는?"

"갈색이었고."

"아니면—."

"이번엔 다르다니까요."

내가 슬쩍 고개를 들었다. 두 사람은 여전히 나를 주시하고 있었다. 슬픔과 걱정의 장엄한 이중주로.

할머니는 이곳 클로버의 명망 있는 원예가로, 북부 캘리포니아를 통틀어 가장 아름다운 화원의 주인이다. 할머니가 키우는 장미는 1년 치 석양을 품은 것보다 붉게 피었고 향기는 너무 황홀해서 맡는 순간 그 자리에서 사랑에 빠지게 된다는 전설 같은 소문까지 돌았다. 하지만 할머니의 살뜰한 보살핌과 명실상부한 원예적 재능에도 불구하고 이 화초는 아무래도 내 삶의 궤도를 따라가는 것 같다. 할머니의 노력이나 식물 자체의 생명력과는 별개로.

나는 책과 펜을 탁자에 내려놓았다. 할머니는 몸을 숙여 화초에게 **삶의 환희**에 대해 속삭이고는 소파로 다가와 내 옆에 앉았다.

빅 삼촌도 합류했다. 그 거대한 몸이 할머니의 옆자리에 털썩 내려앉았다. 우리 셋은 각자 헝클어지고 번들거리는 까마귀 머리를 하고 오후 내내 그 상태로 멍하니 앉아있었다.

이것이 한 달 전 베일리 언니가 〈로미오와 줄리엣〉 연극 리허설 중에 치사성 부정맥으로 쓰러진 이후 우리의 모습이다. 마치 잠시 한눈파는 사이 누군가가 지평선을 진공청소기로 빨아 없애버린 듯했다.

제 2 장

그날 아침도 언니는
내 귓구멍에 손가락을 넣어
나를 깨웠다.
그럴 때마다 나는 질색했다.
언니는 셔츠들을 몸에 대보며 물었다.
뭐가 더 나아? 초록? 아니면 파랑?
파랑.
보지도 않고 말하냐, 넌
알았어. 그럼 초록. 아, 언니가 뭘 입든 나랑 무슨 상관이야……
그리고 침대에서 뒹굴다가 다시 잠이 들었다.
나중에야 알았다.
언니가 파란 셔츠를 입었다는 걸.
그것들이 내가 언니에게 한 마지막 말이었다는 걸.

: 막대사탕 포장지에 쓰임, 레인강변 산책길에서 발견

학교 복귀 첫날은 예상대로였다. 복도에 들어서자 다들 홍해처럼 갈라졌고 소리를 낮춰 소곤거렸으며 눈빛들이 조심스러운 연민으로 일렁였다. 마치 내가 언니의 시신을 부둥켜안고 있다는 듯이 바라봤다. 착각은 아니었다. 언니의 죽음이 내 온몸에 드리운 것은 나도 느끼고 남들 눈에도 보였으니까. 화사한 봄날에 새카만 코트를 걸친 것처럼 명백하게. 내가 예상하지 못한 것은 내가 자릴 비운 한 달 사이 전학 온 남자애 조 폰테인에 대한 전례 없는 소란이었다. 어딜 가든 마찬가지였다.

"걔 봤어?"

"집시처럼 생겼던데."

"아니면 록스타."

"해적."

"다이브라는 밴드 소속이라더라."

"음악 천재라는 말도 있어."

"누가 그러는데 예전에 파리에 살았대."

"길거리에서 막 버스킹도 하고."

"그래서 걔 봤어?"

봤다. 음악실에서 내가 작년 내내 앉았던 자리에 걔가 앉아있었다. 슬픔의 구렁텅이 속에서도 내 눈은 그 애의 검은색 워커부터 출발하여 청바지로 둘러싼 긴긴 다리와 끝없는 상체를 지나

마침내 생기 넘치는 얼굴에 안착했다. 너무 활기차서 나는 혹시 내가 그 애와 내 악보대 사이의 대화를 방해한 건 아닌가 싶었다.

"안녕."

그 애가 벌떡 일어났다. 키가 나무처럼 훤칠했다.

"네가 레넌이지?"

그 애가 내 의자에 붙은 이름을 가리켰다.

"얘기 들었어. 정말 유감이다."

그 애는 자기 클라리넷을 마치 칼자루처럼 꽉 쥐고 있었다. 소중히 다루는 기색이라곤 전혀 없었다.

"고마워."

내가 대답하자 그 애는 얼굴 근육을 있는 대로 다 써서 활짝 웃었다. 헐. 얘는 다른 세계에 있다가 돌풍에 섞여 우리 학교에 날아들었나? 핼러윈 호박처럼 헤벌쭉한 그 얼굴은 일부러 우울해 보이려고 만전을 기하는 클로버고등학교 학생들 사이에서 그저 낯설기만 했다. 갈색 곱슬머리는 치렁치렁하고 속눈썹은 거미 다리처럼 길고 풍성해서 눈을 깜빡일 때마다 밝은 초록색 눈동자가 빔을 쏘는 것 같았다. 그 애의 표정은 펼쳐진 책, 아니 그라피티보다 선명했다. 나는 나도 모르게 허벅지에 손가락으로 '와우'라고 쓰고 있던 걸 깨닫고는 이 뜻밖의 시선 대결을 끝내고자 먼저 입을 열었다.

"다들 레니라고 불러."

참신하진 않아도 일부러 불쾌한 티를 내는 것보다는 나았다. 물론 그 대안도 요긴할 때가 있지만. 그 애가 잠시 눈을 발치로 떨군 사이 나는 다음 라운드를 위해 숨을 돌렸다.

"실은 궁금했는데, 존 레넌의 레넌이야?"

그 애가 다시 나를 빤히 바라보았다. 이대로 기절하는 것도 무리는 아니라고 생각했다. 아니면 화르르 타오르거나.

나는 고개를 끄덕였다.

"우리 엄마는 히피였거든."

어쨌거나 이곳은 북부 캘리포니아에서도 최북부, 즉 **괴짜들의 최종 변방**이니까. 우리 11학년만 해도 일렉트리시티라는 여자애와 매직 버스라는 남자애가 있다. 꽃 이름은 셀 수도 없다. 튤립, 베고니아, 퍼피 등등. 모두 부모가 엄연히 출생신고서에 기재한 이름이다. 심지어 튤립이란 애는 풋볼팀 주전으로 뛸 만한 거구의 남자애다. 우리 학교에 풋볼팀이 있다면 말이지만. 우리 학교는 체육관에서 아침 명상 프로그램을 진행하는 계통의 학교다.

"아, 우리 엄마도 마찬가지야. 실은 아빠, 고모, 삼촌, 형제, 사촌들까지……. 폰테인 집안 특성이랄까."

나는 웃음을 터뜨렸다.

"안 봐도 그림 나온다."

또다시 헐. 나 이렇게 쉽게 웃어도 되는 건가? 이렇게 기분이 좋아도 되는 건가? 차가운 강물에 스르르 몸을 담글 때처럼?

혹시 누가 우릴 지켜보고 있을까 싶어 슬쩍 돌아보니 사라가 막 음악실에 들어서고 있었다. 아니, 뛰쳐 들어오고 있었다. 장례식 이후 줄곧 피해 다녔던 터라 가슴 한구석이 찔렸다.

"레니이이이이!"

한달음에 달려온 사라는 완벽한 '저세상 고스 카우걸' 차림이었다. 몸에 착 붙는 빈티지 검정 원피스에 투박한 카우보이 부츠, 너무 까맣게 물들여서 검퍼런 머리카락에 카우보이모자까지. 무시무시한 접근 속도에 설마 했는데 아니나 다를까, 손쓸 틈도 없이 나는 내 품에 뛰어든 사라에게 떠밀려 조에게 쓰러졌다. 다행히 조가 어떻게든 균형을 잡고 버텨내서 다 함께 창문 너머로 추락하는 일은 면할 수 있었다.

이게 사라다. 평소보다 차분한.

"좋은 시도였어. 잘생긴 전학생 한방에 덮치기."

새처럼 가는 뼈대로 곰처럼 나를 껴안은 사라의 귀에 대고 속삭였다.

사라가 웃음을 빵 터뜨리자 나는 내 품에 안긴 누군가가 슬픔이 아닌 웃음으로 떨고 있다는 게 낯설면서도 당황스러웠다.

사라는 지구상에서 가장 열정적이면서도 냉소적인 사람이다.

애교심이라는 개념에 치를 떨지 않았다면 완벽한 치어리더가 되었을 것이다. 그러면서도 나처럼 독서광인데 훨씬 어두운 장르만 팠다. 10학년 때 사르트르의 《구토》를 읽던 애니 말 다 했다. 매일 (심지어 해변에서까지) 검은 옷을 입고, (누구보다 건강한 혈색으로) 담배를 피우며, (밤새 파티를 벌이면서) 자신의 존재론적 위기에 집착하기 시작한 것도 그 무렵부터였다.

"왔구나, 레니."

또 다른 목소리에 고개를 돌리자 제임스 선생님이 피아노 의자에서 일어나 나를 바라보고 있었다. 외모와 음악적 영향력을 통틀어 내가 속으로 요다 스승님이라고 부르는 분이다.

"우리 모두 정말 유감이다."

"감사해요."

오늘만 벌써 백 번째 되풀이하는 말이었다.

사라와 조도 나를 바라보고 있었다. 사라는 걱정, 조는 미대륙에 필적하는 함박 미소와 함께. 얘는 아무나 다 이런 식으로 바라보나? 정치적인 미소인가? 뭐, 타고난 건지 일부러 그러는 건지 모르겠지만, 확실히 사람을 홀리긴 했다. 나도 모르게 그 미대륙 미소에 화답하자 조는 한술 더 떠 푸에르토리코와 하와이 땅까지 추가했다. 젠장. 희희낙락한 상주라니, 내 꼴은 부적절해 보일 게 뻔했다. 어디 그뿐인가. 어느새 나는 조와 키스하면 어떨지, **진하게** 키스하면 어떨지 상상하고 있었다. 아, 이런. 바로 이게 문제였다. 장례식 때부터(미친!) 시작된, 전혀 나답지 않은 문제. 어둠 속으로 가라앉는 와중에 장례식장에 있는 남자들이 전부 빛나 보인 것이다. 언니의 극단 동료나 대학 동기라는 처음 보는 남자들이 내게 다가와 애도를 표하는데 내가 언니와 닮았다고 생각해서인지 아니면 그저 안쓰럽게 느껴져서인지 그중 몇몇이 나를 뚫어지게 바라봤고 나는 마치 내가 아닌 다른 사람처럼 그 시선을 피하지 않고 맞받아쳤다. 머릿속에는 그전에 상상해 본 적도 없는 일들을, 그것도 교회 안, 더구나 친언니의 장례식에서 상상하기에 자괴감이 들 일들을 감히 떠올리면서.

하지만 내 앞에서 활짝 웃고 있는 이 남자애는 자기 혼자 교실 전체를 밝히고 있는 듯했다. 은하수에서도 가장 빛나는 별에서 온 게 틀림없었다. 나는 내 얼굴에 떠오른 멍청한 미소를 지우려고 애썼지만 하마터면 그 대신 옆에 있던 사라에게 쟤 히스클리프 닮았어, 하고 말할 **뻔**했다. 문득 정말 닮았다고 생각했으니까. 뭐, 저 해사한 미소만 **빼**면. 그 순간 나는 숨이 턱 막히면서 차가운 콘크리트 바닥으로 곤두박질치는 기분이 들었다. 학교 끝나고 집에 가서 언니에게 밴드부에 새로 들어온 남자애에 대해 말해줄 수 없단 걸 깨달았기 때문이다.

언니는 오늘 하루 몇 번이나 죽는 걸까.

"레니, 괜찮아?"

사라가 내 어깨를 쓰다듬었다.

나는 고개를 끄덕였다. 날 향해 돌진하는 슬픔의 폭주 기관차를 피하고 싶었다.

그때 우리 뒤에 있던 누군가가 영화 〈조스〉의 주제곡을 연주하기 시작했다. 고개를 돌리자 레이철 브라질이 우릴 향해 미끄러지듯 다가오다가 연주를 담당한 색소포니스트, 루크 야코부스를 향해 "참 재밌네." 하고 쏘아붙였다. 루크는 남자 부원 킬러 레이철의 수많은 희생자 중 하나였다. 남자애들은 살벌한 도도함으로 꽉 찬 레이첼의 화려한 몸매에 한 번 속고, 커다란 황갈색 눈망울과 라푼젤처럼 길고 탐스러운 머리에 두 번 속았다. 사라와 나는 신이 레이철을 만들 때 기분이 좀 오락가락했다고 확신한다.

"우리 마에스트로와 벌써 인사했나 보네."

레이철은 자연스럽게 조의 등에 손을 대며 내게 말하고는 자기 의자, 즉 수석 클라리넷 자리로 가서 앉았다. 그곳은 응당 내가 앉았어야 할 자리이기도 했다.

레이철이 클라리넷 케이스를 열어 악기를 조립하기 시작했다.

"조는 **프롱스**에 있는 음악학교에서 지도를 받았대. 들었어?"

과연 레이철은 **프랑스**를 평범한 영어권 국가 사람이 하듯 발음하지 않았다. 내 옆에서 사라가 뻣뻣이 굳어가는 게 느껴졌다. 사라는 레이철이 날 제치고 수석 자리를 차지했을 때부터 굳이 싫은 티를 감추지 않는다. 하지만 사실 그게 문제가 아니라는 걸 사라는 모른다. 아무도 모른다.

레이철이 자기 클라리넷을 질식시키려는 듯이 마우스피스의 조리개를 꽉 조였다.

"네가 없는 동안 조는 **환상적**인 차석이었어."

레이철은 **환상적**이라는 단어를 바다 건너 에펠탑까지 닿을 만큼 길게 늘어뜨렸다.

그것참 살맛 났겠구나, 하고 받아칠 수도 있었지만, 나는 한마디도 내뱉지 않았다. 그저 몸을 공처럼 말아 저 멀리 굴러가고 싶었다. 그와 반대로 사라는 당장 손도끼라도 하나 있었으면 하는 표정이었다.

어느새 음악실이 온갖 음률과 음계로 소란스러워졌다.

"어서 조율들 끝내렴. 오늘은 브라스 파트부터 시작할 거다."

제임스 선생님이 피아노 의자에 앉아 지시했다.

"그리고 연필들 꺼내고. 편곡에 몇 가지 수정이 있으니까."

"어서 뭐라도 두들겨야겠어."

사라는 레이철을 향해 넌더리 난다는 표정을 지어 보이고는 씩씩대며 팀파니 앞에 앉았다.

레이철은 어깨를 으쓱하고 조를 향해 미소 지었다. 아니, 눈을 깜빡거렸다. 으, 젠장.

"뭐, 사실인걸. 너는 정말이지, **환상적**이었어."

"그 정돈 아니야."

조는 허리를 구부려 클라리넷을 챙겼다.

"잠시 빈자리만 데워줬을 뿐인걸. 이제 내가 속한 곳으로 가야겠다."

조가 자기 클라리넷으로 호른 섹션을 가리켰다.

"겸손하기는."

레이철은 동화에서 튀어나온 듯한 금발을 의자 등받이 뒤로 휙 넘기며 덧붙였다.

"너는 **정말** 다채로운 음색을 가진 애야."

그 오글거리는 말에 조가 신음이라도 내뱉길 내심 기대했건만, 정반대의 것을 보고 말았다. 레이철을 향한 그 대륙적 규모의 미소를. 목구멍에 훅 열이 오르는 듯했다.

"그리울 거야. 알지?"

레이철이 입술을 삐죽이며 말했다.

"곧 다시 만날 텐데. 이를테면 다음 교시, 역사 시간에."

조가 악보를 주시하며 대답했다.

둘 사이에서 나는 투명 인간이 됐다. 차라리 다행이었다. 그 순간 내 표정과 몸과 박살 난 심장을 주체하지 못할 것 같았으니까. 나는 자리에 앉으면서 **프롱스**에서 온 이 부리부리한 눈의 헤벌쭉한 멍청이가 히스클리프와 전혀 닮지 않았음을 깨달았다. 내가 잘못 본 것이다.

나는 클라리넷 케이스를 열고 리드를 입에 물어 적셨다. 두 동강 내는 대신.

4월의 어느 금요일 오후 4시 4분

언니는 줄리엣 역으로 리허설을 시작한 지

채 1분도 지나지 않아 죽었다.

놀랍게도 시간은 언니의 심장과 함께

멈추지 않았다.

사람들은 학교에 가고 일터에 가고 식당에 갔다.

클럽 차우더에 크래커를 으깨 넣고

시험 때문에 초조해하고

차 안에서 노래를 불렀다.

신이 저지른 끔찍한 실수의 증거처럼,

비는 몇 날 며칠을 우리 집 지붕을

쉴 새 없이 두드렸다.

매일 아침, 잠에서 깰 때마다 나는

그 지칠 줄 모르는 두드림에 귀 기울이고

창문 너머로 우중충한 하늘을 바라봤다.

적어도 태양은 우리에게 코빼기도 안 비출 만큼

염치가 있다는 사실에 위안을 얻으며.

: 오선지 조각에 쓰임. 플라잉맨즈 계곡에 있는 나지막한 나뭇가지에 꽂혀있었음

제 3 장

나머지 시간은 흐릿하게 지나갔고 나는 마지막 종이 울리기 전에 슬그머니 학교를 빠져나와 숲으로 향했다. 평소 하굣길을 밟기 싫었고 더 이상 학교 사람들과 마주치고 싶지도 않았다. 특히 사라와. 사라는 내가 칩거하는 동안 상실에 대해 자세히 공부했다며, 여러 전문가에 의하면 이제 내가 얼마나 힘든지 누군가와 터놓고 얘기할 때가 되었다고 했다. 하지만 그 문제라면 사라도, 전문가들도, 할머니도 이해하지 못했다. 나도 제대로 설명할 수 없었다. 그러려면 새로운 언어가 필요했다. 붕괴와 지각변동, 집어삼킬 듯한 암흑에서 탄생한 언어가.

삼나무 사이를 걷다 보니 지난 며칠간 내린 빗물에 운동화가 흠뻑 젖어 들었다. 유족들은 뭐하러 굳이 상복이란 걸 입을까? 슬픔 자체가 이토록 분명한 의상을 제공하는데. 오늘 내게서 그걸 눈치채지 못한 사람은(레이철은 빼자) 새로 온 전학생뿐이었다. 그 애는 언니를 잃기 전의 나를 영영 모를 것이다.

　나는 마른 땅 위에 떨어져 있는 종잇조각을 주워들고 바위에 걸터앉았다. 그리고 뒷주머니에 늘 꽂아두고 다니는 펜을 꺼내 언니와의 대화를 기억 나는 대로 휘갈긴 뒤 접어서 촉촉한 땅에 묻었다.

　숲에서 집으로 이어지는 길로 들어서자 안도가 밀려왔다. 집에 있고 싶었다. 집이 그나마 언니가 가장 살아있는 곳이니까. 언니가 창밖으로 몸을 내밀고 "빨리 와, 레니, 얼른 강에 가자." 라고 외치는 모습이 눈에 선했다. 얼굴 주위로 마구 휘날리던 검은 머리카락도.

　"어, 안녕."

　토비의 목소리에 깜짝 놀랐다. 언니가 2년 동안 만난 사람, 반은 카우보이, 반은 스케이트보드광, 언니만의 사랑의 노예는 최근 할머니의 숱한 초대에도 불구하고 감감무소식이었다. 할머니는 "우리는 지금 그 애에게 손을 내밀어야만 해."라고 누누이 말했다.

　토비는 할머니의 화원에 등을 대고 누워있었다. 그 곁에는 옆집 개 루시와 에델이 네 발을 뻗고 자고 있었다. 봄철에 흔히 볼 수 있는 광경이다. 브루그만시아와 라일락이 만개하면 할머니의 화원은 여지없이 최면 효과를 일으켰다. 이 꽃들에 잠시 둘러싸여 있다 보면 아무리 활력 넘치는 사람이라도 벌러덩 누워 구름을 세게 된다.

"나는, 어, 할머니를 도와 잡초 좀 뽑고 있었는데."

드러누운 자세가 민망했던지 토비가 덧붙였다.

"괜찮아, 늘 있는 일이니까."

한쪽으로 가르마를 타서 길게 내린 머리와 햇볕에 그을려 주근깨가 박힌 넓적한 얼굴을 보니 과연 토비는 사자와 인간의 후손이 맞는 것 같았다. 언니가 토비를 처음 본 것은 나와 함께 산책 독서를 하고 있을 때였다. (우리 가족은 모두 길에서 책을 읽는다. 몇 안 되는 이웃들은 다 이 기벽을 알아서 우리 집 근처에서 운전할 때마다 최대한 서행한다. 혹시 우리 중 하나가 넋이 빠진 채 배회하고 있을지도 모르니까.) 나는 언제나처럼 《폭풍의 언덕》을, 언니는 자기가 가장 좋아하는 《달콤 쌉사름한 초콜릿》을 읽고 있었다. 그때, 아름다운 적갈색 말 한 마리가 우리 곁을 또각또각 지나 숲길로 향했다. 멋진 말이군, 하고 생각하며 다시 캐시와 히스클리프의 이야기로 눈을 돌렸는데, 몇 초 뒤 언니의 책이 땅에 툭 떨어지는 소리에 다시 고개를 들어야 했다.

언니는 내 옆이 아니라 몇 발자국 뒤에 우두커니 서 있었다.

"왜 그래?"

내가 갑자기 넋이 나간 언니를 살피며 물었다.

"레니, 저 남자 봤어?"

"무슨 남자?"

"와, **넌** 진짜 왜 그렇게 둔해? 방금 말 타고 지나간 남자 말이야. 내 책에서 튀어나온 줄 알았잖아. 그 남자를 못 봤다는 게 말이 돼?"

이성에 무관심한 나를 향한 언니의 짜증은 이성에 심취한 언니를 향한 나의 짜증만큼이나 끝이 없었다.

"아까 우릴 지나쳐 가면서 고개 돌려 날 보고 씩 웃는데, **끝내주게** 잘생겼더라고. 이 책에 나오는 혁명가처럼."

언니는 땅에 떨어진 책을 집어 들어 덮개에 묻은 흙을 털었다.

"그 있잖아, 순간의 격정에 이끌려서 게르트루디스를 말 위에 휙 태우고 달아나는—."

"관심 없거든."

나는 뒤돌아서 독서를 재개하며 우리 집 현관 포치로 향했다. 곧 안락의자에 몸을 파묻고 영국의 황야에서 펼쳐지는 두 사람의 폭풍 같은 사랑에 금세 빠져들었다. 나는 내 소설 속 무해한 사랑이 언니의 마음속을 차지한 사랑보다 좋았다. 아무렴. 그 사랑 때문에 장장 몇 달이나 나를 방치했으니까. 그래도 종종 숲길 초입 바위 위에서 책을 읽는 척하는 언니를 보면 감탄이 나오곤 했다. 누가 봐도 어설픈 모습이 도무지 배우 지망생이라고는 믿기 어려웠지만. 언니는 그 자리에 몇 시간이고 앉아 자신의 혁명가가 돌아오길 기다렸다. 마침내 돌아오긴 했다. 다만 엉뚱한 방향에서, 말이 아닌 스케이트보드를 타고서. 알고 보니 그 남자는 언니의 책에서 튀어나온 인물이 아니었다. 우리와 같은 클로버고등학교 학생이었다. 다만 걔는 주로 목장 애들이나 스케이터들과 어울렸고, 언니는 전적으로 연극계의 디바였기 때문에 그때까지 서로 한 번도 마주친 적 없었던 것이다. 하지만 그때쯤 되니 걔가 어디서 왔는지, 무엇을 타고 왔는지는 중요하지 않았다. 그 혁명가가 말을 타고 지나치는 모습이 언니의 뇌리에 깊이 박혀 이성적으로 사고할 능력을 앗아가 버렸기 때문이다.

나는 한 번도 토비 쇼를 진심으로 좋아한 적 없다. 특유의 카우보이 스타일이나 스케이트보드 위에서 180 알리와 페이키 피블 그라인드를 연달아 해내는 묘기도 내 언니를 영원한 사랑의 좀비로 만들어 버렸다는 사실을 상쇄하지 못했다.

게다가, 그쪽에서도 나를 딱 군감자 정도로만 신경 쓰는 것 같았다.

"레니, 너 괜찮아?"

토비가 두 손으로 잔디를 짚고 몸을 일으키며 물었다. 나는 순식간에 현실로 돌아왔다.

무슨 까닭인지, 나는 본심을 드러냈다. 고개를 좌우로, 불신에서 절망으로, 연거푸 내저었다.

"나도 알아."

토비가 일어나 앉으며 말했다. 나는 그 고독한 표정에서 그 말이 진심이란 걸 느꼈다. 내게서 한마디도 끌어내지 않고 내 심정을 단박에 이해해 줘서, 고맙다고 말하고 싶었다. 하지만 나는 침묵을 유지했다. 태양이 오갈 데 없는 우리의 머리 위로 빛과 열기를 마치 물처럼 퍼부었다.

토비는 자기 옆자리를 손으로 툭툭 쳤다. 다가가 앉고 싶었지만 망설여졌다. 언니 없이 둘만 있어본 적은 한 번도 없었으니까.

나는 집을 가리켰다.

"올라가 봐야 해서."

사실이었다. 내가 당장 가고 싶은 곳은 성소였다. 정식 이름은 호박 지성소(至聖所)로, 몇 달 전 언니가 주도해서 주황색으로 페인트칠한 우리 방에 내가 내린 세례명이다. 그 쨍하디 쨍한 오렌지색은 방 안에서 종종 선글라스를 껴야 하는 상황까지 초래했다. 오늘 아침 나는 학교에 가기 전에 방문을 잠가두었다. 할머니가 언제 빈 종이 상자들을 이끌고 쳐들어올지 모르니까. 나는 있는 그대로의 성소를 원할 뿐, 다른 뜻은 없었다. 그러나 할머니의 해석은 달랐다. **내가 제 나무를 벗어나 멋대로 날뛴다고**

생각하는 모양이었다. 이는 할머니의 언어로 **미쳤다**는 뜻이다.

"아가."

데이지 무늬로 뒤덮인 밝은 보라색 드레스를 입은 할머니가 현관 포치로 나왔다. 손에 붓을 쥐고 있었다. 언니가 죽은 뒤로 처음 보는 모습이었다.

"학교 복귀 첫날은 어땠니?"

할머니에게 다가가자 친숙한 냄새가 났다. 파촐리, 물감, 텃밭의 흙.

"나쁘지 않았어."

할머니는 마치 스케치라도 할 기세로 내 얼굴을 구석구석 살폈다. 요즘 툭하면 그러하듯 침묵이 우리 사이에서 똑딱거렸다. 할머니의 불만이 느껴졌다. 책을 털어 단어들을 우수수 떨어뜨릴 수 없듯이 나를 탈탈 털어댈 수 없어서 답답한 심정이.

"밴드부에 전학생 남자애가 들어왔어."

내가 마지못해 덧붙였다.

"오, 그래? 걔는 뭘 연주하니?"

"이것저것 다. 아마도."

점심에 숲으로 탈출하기 전에 그 애가 레이철과 함께 교정을 걷는 걸 봤다. 그 애의 손에 들려 앞뒤로 흔들리던 기타도.

"레니, 내 생각엔 말이야…… 지금 너에게 정말로 필요한 건……."

아, 이런. 또 시작이군.

"그러니까……, 네가 마거릿과 연주할 때 얼마나 몰입했었는
지—."

"다 지나간 일이야."

내가 할머니 말을 가로막았다. 이런 식의 대화는 곤란하다.
더는 못 참아. 나는 몸을 틀어 할머니를 피해 집 안으로 들어가
려고 했다. 그저 언니의 옷장에 처박혀 언니의 원피스에 얼굴을
파묻고 강가의 모닥불과 코코넛 선탠로션과 장미 향수가 뒤섞인
잔향을, 언니의 냄새를 들이마시고 싶었다.

"레니."

할머니가 손을 뻗어 내 옷깃을 고치며 나지막이 말했다.

"저녁 식사에 토비를 초대했다. 저 아이, 제 나무를 완전히 벗
어났더구나. 네가 같이 좀 있어줘. 잡초라도 같이 뽑아주든지."

아마 우리 집으로 불러내려고 토비에게도 비슷한 말을 했겠
지. 하.

뭐라 대꾸할 틈도 없이 할머니가 붓끝으로 내 코를 툭 쳤다.

"아, 할머니!"

소리를 버럭 질렀지만 이미 집 안으로 들어간 사람의 등 뒤에
대고 성을 내봤자 소용없었다. 손으로 코를 훔치자 녹색이 묻어

나왔다. 언니와 나는 어릴 때부터 툭하면 이런 식으로 할머니의 기습 붓 공격에 당했다. 여지없이 녹색이었다. 바닥에서 천장까지 온 집 안 벽면, 소파 뒤, 의자 위, 테이블 밑, 벽장 속에 빼곡히 자리한 그림들은 하나같이 녹색을 향한 할머니의 영원한 헌신을 증명했다. 연녹색에서 녹갈색에 이르는 색조를 모조리 써서 할머니가 주로 그리는 그림은 반은 인어, 반은 화성인처럼 생긴 호리호리한 여자들이었다. "내 여인들이지. 이 세계와 저 세계 사이 어딘가에 있는." 할머니가 우리에게 말했다.

나는 할머니의 명령에 따라 가방과 클라리넷 케이스를 내려놓고 따뜻한 잔디 위에 반듯이 누운 토비와 잠자는 개들 옆에 털썩 앉았다. 어디까지나 '제초'를 도우려고.

"부족 표시 당함."

내가 코를 가리키며 말했다.

토비는 꽃향기에 취해 건성으로 고개를 끄덕였다. 초록 코 군 감자 신세라니, 끝내주네.

나는 몸을 웅크리고 두 무릎을 가슴에 끌어와 그 틈에 머리를 기댔다. 라일락이 격자 울타리를 따라 폭포처럼 흘러내리고 수선화 군락이 산들바람에 속살대는 광경을 보니 우비를 벗어 던지고 활보하는 봄의 기운이 여실히 느껴졌다. 속이 울렁거렸다. 세상이 우리에게 일어난 일을 이미 지워버린 듯해서.

"언니 물건들을 상자에 담아 치워버리진 않을 거야. 절대로."

나도 모르게 내뱉은 말이었다.

토비가 옆으로 누워 손을 차양처럼 이마에 대고 내 얼굴을 똑바로 보며 말했다.

"당연하지."

내가 얼떨떨하게 고개를 끄덕이자 토비도 덩달아 끄덕였다. 나는 양팔을 얼굴 위로 교차해 올리며 잔디 위로 풀썩 드러누웠다. 살짝 올라간 입꼬리를 들키지 않으려고.

태양이 어느 틈에 산마루를 넘어갔나 싶었는데 알고 보니 빅 삼촌이 태양을 등진 채 우리를 내려다보고 있었다. 혹시 토비와 내가 함께 잠시 의식을 잃었던가?

"꼭 오즈 외곽의 양귀비밭에서 도로시와 허수아비, 토토 두 마리를 내려다보고 있는 착한 마녀 글린다가 된 기분이군."

삼촌이 말했다.

봄꽃 몇 송이의 마취성이 빅 삼촌의 나팔 같은 음성을 이길 순 없었다.

"안 일어나겠다면 비를 내려주마."

나는 삼촌을 올려다보며 맥없이 웃었다. 풍성한 콧수염이 가지런히 덮인 입술이 마치 운명을 예고하듯 엄숙해 보였다. 삼촌은 빨간 호스를 서류 가방처럼 들고 있었다.

"나눔은 잘 되고 있어?"

나는 발로 호스를 툭툭 치며 물었다. 현재 우리 집은 햄 난리를 치르고 있었다. 장례식 이후 클로버에는 각자 햄 하나씩을 들고 우리 집에 방문하라는 행동 지침이 있었던 것 같다. 집 안 곳곳에 햄이 넘쳐났다. 냉장고와 냉동고를 가득 채우고 난로 위, 싱크대, 차가운 오븐까지 차지했다. 빅 삼촌은 사람들이 조의를 표하려고 들를 때마다 문 앞에서 그들을 맞았다. 할머니와 나는 삼촌의 우렁찬 목소리를 몇 번이나 들을 수 있었다. "어이구, 햄이네요. 감사해라. 잠깐 들어오세요." 날이 갈수록 삼촌의 반응은 우리를 위해 더 과장되었다. "오, 햄!" 그때마다 할머니와 나는 눈을 맞추고 부적절한 웃음을 눌러 참아야 했다. 이제 빅 삼촌은 반경 30킬로미터 안에 있는 모든 이웃에게 하루에 한 번씩 햄샌드위치를 배급하는 임무를 수행하고 있었다.

삼촌은 호스를 땅에 떨구고 손을 뻗어 나를 일으켜 세웠다.

"며칠만 지나면 드디어 햄 없는 집이 되겠어."

삼촌은 내 정수리에 가볍게 입 맞춘 뒤 토비에게 손을 뻗었다. 토비가 제 발로 서자 삼촌이 토비를 끌어당겨 안았다. 덩치가 작다고 할 수 없는 토비도 삼촌의 거대한 품에 쏙 가려졌다.

"잘 버티고 있냐, 카우보이?"

"별로요."

토비가 대답했다.

빅 삼촌이 포옹을 풀고 한 손을 토비의 어깨에, 다른 한 손을 내 어깨에 얹었다. 삼촌은 우리 둘을 번갈아 봤다.

"우리 누구도 벗어날 수는 없어. 그저 통과하는 수밖에……."

모세의 예언처럼 들리는 삼촌의 말에 토비와 나는 큰 지혜를 얻은 양 고개를 끄덕였다.

"일단 테레빈유* 좀 갖다주마."

삼촌이 내 코를 보고 윙크하며 말했다. 빅 삼촌은 윙크의 초고수다. 다섯 번의 결혼이 뒷받침하는 사실이다. 사랑했던 다섯 번째 아내마저 삼촌을 떠나자 할머니는 삼촌을 우리 집에 들이자고 했다. "가엾은 너희 삼촌은 실연 상태로 오래 두면 아마 굶어 죽을 거다. 시름은 모든 요리에 독이 되거든."

이는 할머니 스스로 증명한 사실이다. 이제 할머니가 하는 모든 음식은 재처럼 떫은맛이 났다.

토비와 나는 빅 삼촌을 따라 집 안으로 들어갔다. 삼촌은 자신의 누나이자 행방불명된 우리 엄마, 페이지 워커의 초상화 앞에 멈춰 섰다. 할머니는 16년 전 엄마가 떠나기 전에 시작한 그림을 끝내 완성하지 못한 채 그대로 전시했다. 거실 벽난로 위에 머무는 엄마의 반쪽짜리 얼굴 주위로 긴 녹색 머리카락이 물처럼 일렁였다.

---

* 소나무에서 얻는 무색의 정유다. 유화용 물감을 녹일 때 쓴다.

할머니는 항상 우리에게 엄마가 돌아올 거라고 했다. "금방 올 거야."라고, 마치 엄마가 슈퍼에 달걀을 사러 가거나 강에 수영하러 간 것처럼 말했다. 너무 자주, 확신에 차서 말했기에 언니와 나는 한참이나 의문을 품지 않고 초인종이 울리기를, 전화벨이 울리기를, 편지라도 도착하기를 기다렸다.

고요한 애도의 대화 속에 길을 잃은 듯 '반쪽 엄마'를 올려다보는 빅 삼촌을 손으로 톡톡 두드렸다. 삼촌은 한숨을 쉬며 토비와 내 어깨에 팔을 하나씩 둘렀다. 우리는 머리 셋에 다리가 여섯 개 달린 10톤짜리 슬픔의 덩어리가 되어 저벅저벅 부엌으로 향했다.

저녁 식사는 예상대로 햄과 재 맛 캐서롤이었다. 우리는 먹는 둥 마는 둥 했다.

잠시 뒤, 토비와 나는 거실 바닥에 앉아 언니가 좋아하던 음악을 듣고 무수한 사진첩을 들여다보며 아주 근본적으로는 우리의 마음을 잘게 잘게 조각냈다.

나는 맞은편에서 토비를 힐끔거렸다. 평소처럼 언니가 주변에서 얼쩡거리다가 몰래 다가와 토비의 목에 팔을 두르는 모습이 눈에 선했다. 언니가 낯부끄러운 말을 토비의 귀에 속삭이면 토비는 아랑곳하지 않고 받아쳤다. 둘 다 내가 없는 것처럼 행동했다.

"언니가 있는 것 같아. 이 공간에, 우리와 함께."

내가 그 존재감에 벅차서 내뱉었다.

토비는 무릎 위에 놓인 앨범에서 시선을 떼고 놀란 표정을 지었다.

"나도 그래. 아까부터 죽 그랬어."

"너무 좋다."

말과 함께 안도가 쏟아져 나왔다.

토비가 마치 햇살에 눈이 부신 것처럼 얼굴을 찡그리며 웃었다.

"정말 그래, 레니."

언니가 토비는 말수가 별로 없는 편이지만 단 몇 마디로 목장의 놀란 말을 달랠 수 있다고 했다. 성 프란시스처럼 말이지, 내가 대꾸했다. 언니 말을 의심하는 것은 아니었다. 토비의 낮고 느린 목소리는 확실히 진정 효과가 있었다. 밤에 해안을 덮는 잔잔한 파도처럼.

나는 클로버초등학교 〈피터팬〉 연극에서 웬디로 분한 언니의 사진으로 돌아갔다. 토비도 나도 더는 그 얘기를 꺼내지 않았지만 언니와 함께 있다는 안도감은 저녁 내내 이어졌다.

한참 뒤, 토비와 나는 화원에 서서 작별 인사를 했다. 어지럽고 독한 장미 향이 우리를 에워쌌다.

"오늘 너와 함께해서 좋았어, 레니. 기분이 한결 나아졌어."

"나도."

내가 라벤더 꽃잎을 따며 말했다.

"실은, 정말 많이."

장미 덩굴을 향해 나지막이 말해서 과연 토비에게 들렸을까 싶었는데, 이윽고 고개를 들어 다시 본 토비의 얼굴이 좀 더 뭐랄까, 새끼 사자처럼 온순해 보였다.

"그래."

날 바라보는 토비의 검은 눈이 반짝이면서도 슬펐다. 손을 들어 올린 순간 내 얼굴을 만지려나 싶었는데 토비는 그저 햇살을 뭉쳐놓은 듯한 자기 머리를 쓸어 넘겼다.

우리는 몇 안 되는 돌계단을 천천히 내려가 길가로 접어들었다. 어디선가 루시와 에델이 뛰어와 토비에게 덤벼들었다. 토비는 무릎을 꿇고 개들에게 작별 인사를 했다. 한 손에 스케이트보드를 든 채 다른 한 손으로 연신 녀석들을 긁고 쓰다듬으며 털 속에 알아들을 수 없는 말을 속삭였다.

"진짜 성 프란시스 아니야?"

나는 예전부터 성자의 행적에 관심이 많았다. 고행보다는 기적에 관해서.

"많이 들은 말이지. 주로 네 언니한테."

부드러운 미소가 너부데데한 얼굴을 굽이치듯 타고 올라가 눈가에 도달했다.

순간적으로 나는 그 생각을 먼저 한 게 언니가 아니라 나였다고 말하고 싶었다.

인사를 끝내고 일어난 토비가 스케이트보드를 땅에 떨구고 발로 잡았다. 올라타진 않았다. 그대로 긴 시간이 흐른 듯했다.

"가야겠다."

토비는 그렇게 말하면서 꼼짝도 하지 않았다.

"응."

나도 마찬가지였다.

마침내 토비가 보드에 올라타기 전에 내게 작별의 포옹을 했다. 우리는 별 하나 없는 슬픈 밤하늘 아래 서로를 마주 안았다. 그 순간만큼은 각자의 부서진 심장이 하나처럼 느껴졌다.

그때 불현듯, 내 골반쯤에 뭔가 단단한 것이 닿았다. 토비의, **그것. 이런 미친!** 나는 황급히 몸을 떼며 잘 가라고 얼버무리고 허둥지둥 집으로 돌아갔다.

내가 그것을 느꼈다는 걸 토비도 눈치챘는지 알 수 없었다.

아무것도 알 수 없었다.

언니와 연극반 동기라는 사람이
장례식이 끝날 무렵 브라보를 외쳤다.
그러자 모두 일어나서
손뼉을 치기 시작했다.
우리와 같은 박수갈채에
교회 지붕이 날아갈 것 같았다.
두 손바닥 사이 슬픔의 공간을
절박한 빛이 허겁지겁 채웠다.
우리는 언니가 세상의 일원이던
19년 세월 동안 손뼉을 쳤다.
박수는 멈추지 않았다.
해가 지고 달이 뜰 무렵
사람들은 각자 음식과 극심한 슬픔을 안고
우리 집으로 흘러들었고
박수는 멈추지 않았다.
새벽이 되어서야
우리는 토비를 보내고
문을 닫아걸었다.
토비는 홀로 슬픈 길을 돌아가야 했고
우리도 발을 떼야 했다.
씻고 자고 먹어야 했다.
하지만 내 기억에 할머니와 삼촌과 나는
그 자리에 몇 주간 못 박혀 있던 것 같다.
닫힌 문만 바라보며
두 손 사이에는
공허함만 남긴 채.

: 노트 낱장에 쓰임, 시내 큰길가에 뒹굴고 있었음

제 4 장

조 폰테인이 밴드 연습에서 처음으로 트럼펫 솔로를 펼쳤을 때 벌어진 상황은 다음과 같다. 내가 가장 먼저 레이철 브라질 위로 쓰러지고, 레이철은 캐시디 로젠 위로, 캐시디는 재커리 퀴트너 위로, 재커리는 사라 위로, 사라는 루크 야코부스 위로 고꾸라졌다. 어느새 밴드부 전원이 어리벙벙한 상태로 바닥에 뒤엉켜 있었다. 뒤이어 지붕이 날아가고 벽이 무너졌으며 밖을 보니 근처의 삼나무숲이 뿌리를 쳐들고 교정을 지나 우리가 있는 교실로 진군하고 있었다. 거대한 나무 인간들이 나뭇가지를 부딪치며 박수갈채를 보냈다. 마지막으로 레인강 강물이 둑을 넘어 좌우로 굽이치며 이곳 클로버고등학교 음악실까지 찾아와서는 우리 모두를 휩쓸어 갔다. 조는 **그 정도로** 잘했다.

음악적 재능으로는 보통 인간에 지나지 않는 우리 나머지는 간신히 정신을 붙잡고 곡을 끝마쳤지만, 악기를 모두 내려놓을 때쯤 교실은 텅 빈 성당만큼이나 고요했다.

타조라도 본 듯이 넋 놓고 조를 바라보던 제임스 선생님이 마침내 언어 능력을 되찾고 말문을 열었다.

"이런, 이런. 소문대로 정말 형편없구나."

다들 웃음을 터뜨렸다. 나는 고개를 돌려 사라의 표정을 살폈다. 커다란 무지개 색 비니 아래로 한쪽 눈만 보였다. 사라는 입 모양으로 **초대박**이라고 말했다. 나는 조를 응시했다. 트럼펫을 닦는 조의 얼굴이 불그스름했다. 모두의 반응에 멋쩍어서인지 연주를 끝낸 직후라 숨이 가빠서인지 알 수 없었다. 그때 고개를 든 조가 나와 눈이 마주치자 눈썹을 의미심장하게 들어 올렸다. 마치 그 트럼펫에서 갓 뽑아낸 폭풍이 나를 위한 것이었다는 듯이. 왜일까? 그리고 내가 연주할 때마다 왜 자꾸 빤히 쳐다보는 걸까? 나한테 관심 있는 것도 아니면서. 그러니까, **그런 쪽의** 관심은 확실히 아니었다. 조는 나를 진찰하듯 바라봤다. 한창 레슨 받을 때 내가 어디에서 실수하는지 파악하려고 주시하던 마거릿 선생님처럼.

"오르지 못할 나무야."

내가 고개를 바로 하자 레이철이 말했다.

"저 트럼펫 연주자 말이야, 레니. 애초에 너랑 노는 물도 다른 걸. 네가 마지막으로 사귄 남자애가 누구였더라? 아, 맞다. 아예 없었지."

저 머리 위로 번개를 쳐 머리카락을 홀라당 태워버릴까.

중세 고문 기구도 나쁘지 않을 것 같았다. 이왕이면 팔다리를 잡아 늘이는 고문대.

아니면 작년 가을 수석 선발 오디션 때의 진실을 얘기해 줄까.

그 대신 나는 1년 내내 그래왔듯이 레이철을 무시하고 클라리넷의 물기를 닦았다. 솔직히 말하면 토비와 있었던 일을 떠올리느니 차라리 조 폰테인에게 정신이 팔렸으면 했다. 내 몸에 지그시 와 닿던 그 감각이 떠오를 때마다 머리부터 발끝까지 전율이 일었다. 언니 애인의 발기에 대한 반응으로는 확실히 적절치 않았다. 최악인 것은 내가 행동과 달리 내심 그 고요한 하늘 아래 토비의 품에 잠자코 안겨있고 싶었다는 사실이다. 그 생각에 수치스러워서 얼굴이 화끈거렸다.

클라리넷 케이스를 탁 닫으면서 토비 생각도 이렇게 닫아버릴 수 있었으면 했다. 교실을 둘러보니 다른 관악기 연주자들이 마치 마법에 홀린 듯이 조의 주변으로 모여들고 있었다. 나는 복귀 첫날 이후로 조와 한마디도 나눈 적 없다. 따지자면 학교의 누구와도 거의 말을 나누지 않았다. 심지어 사라와도.

제임스 선생님이 주의를 끌고자 손뼉을 쳤다. 선생님은 다소 들뜬 걸걸한 목소리로 하계 밴드 연습에 관해 설명하기 시작했다. 여름 방학까지 일주일도 안 남은 상태였다.

"방학 때 어디 안 가는 사람들, 연습은 7월부터다. 뭘 연주할지는 그날 나온 사람들끼리 정하도록 하자. 나는 재즈가 어떨까 하는데."

선생님이 플라멩코 댄서처럼 손가락을 들어 튕겼다.

"정열의 스페인식 재즈. 하지만 어떤 의견이든 환영이다."

선생님은 집회를 이끄는 목사처럼 두 팔을 벌렸다.

"제군들, 감 잃지 마라."

수업을 마친다는 선생님만의 공식 인사였다. 하지만 이내 다시 손뼉을 쳤다.

"참, 내년 주(州) 대표 선발 오디션에 참가할 사람 손 들어볼래?"

아 이런. 나는 선생님과 눈이라도 마주칠세라 얼른 연필을 떨어뜨려 줍는 척했다. 바닥을 신중하게 더듬대다 몸을 일으키는데 주머니에서 휴대폰이 부르르 진동했다. 고갤 돌려 사라를 보니 비닐로 가리지 않은 한쪽 눈을 한껏 부라리고 있었다. 나는 휴대폰을 꺼내 메시지를 확인했다.

손 왜 안 들어???

솔로라고 하면 난 그날 생각만 나!

오늘 밤에 우리 집 올래???

나는 사라에게 입 모양으로 답했다. **못 가.**

사라는 스틱을 두 손으로 잡고 자기 배를 콱 찌르는 시늉을 했다. 그 과장된 몸짓 속에 서운함이 자라나고 있다는 걸 알았지만 나도 어찌해야 할지 몰랐다. 살면서 처음으로 나는 사라가 찾을 수 없는 곳에 있고, 나를 찾으러 오라고 건넬 지도조차 없었다.

사라가 잡을까 봐 잼싸게 짐을 챙기는데 때마침 루크 야코부스가 사라를 불러세웠다. 문득 사라가 말한 **그날**의 기억이 밀려들었다. 우리는 신입생이었고 나란히 밴드부에 입성한 상태였다. 그날따라 신입 부원들의 오합지졸 연주에 잔뜩 실망한 제임스 선생님이 의자 위로 뛰어올라 외쳤다.

"왜들 이래? 다들 전설적인 연주라도 해야 한다고 생각해? 바람에 몸을 맡기라고! 자, 다들 따라와. 악기 들고 올 수 있는 사람은 들고 오고."

줄줄이 교실을 빠져나온 우리는 오솔길을 따라 숲속으로 들어갔고 도착한 곳에는 강물이 우렁찬 소리를 내며 흐르고 있었다. 전원이 강둑에 모이자 제임스 선생님은 바위 위에 올라섰다.

"자, 귀 기울여 봐. 듣고, 따라 해봐. 그냥 **아무거나, 아무 소리나** 내봐. **뭔가** 만들어 내봐. 으으으으음악으로."

그러더니 선생님은 그야말로 실성한 사람처럼 강물, 바람, 나무 위 새들을 향해 지휘하기 시작했다. 정신없이 웃던 우리는 차츰 입을 다물고 이내 한 명씩, 악기를 들고 소리를 내기 시작했다. 놀랍게도 가장 먼저 시작한 사람이 나였다. 이윽고 잠시 후, 강과 바람과 새와 클라리넷과 플루트와 오보에가 한데 뒤섞여 찬란한 불협화음을 빚어내자 숲을 지휘하던 제임스 선생님도 다시 우릴 향해 몸을 흔들며 두 팔을 좌우로 휘저었다.

"옳지, 그거야, **바로 그거야!**"

바로 그거였다.

우리가 교실로 돌아오고 난 뒤 제임스 선생님은 내게 다가와 마거릿 세인트 데니스의 명함을 건네주었다.

"연락해 봐, 당장."

오늘 조가 펼친 거장다운 연주를 떠올리자 손가락 끝에 그것이 느껴졌다. 나는 주먹을 말아쥐었다. 그것이 무엇이든, 그날 우리가 제임스 선생님을 따라 숲에 가서 찾은 것이 무엇이든, 자유든, 열정이든, 혁신이든, 아니면 그저 단순한 용기든, 조는 그것을 가지고 있었다.

조는 바람을 타고 있었다. 나는 차석에 처박혀 있고.

제 5 장

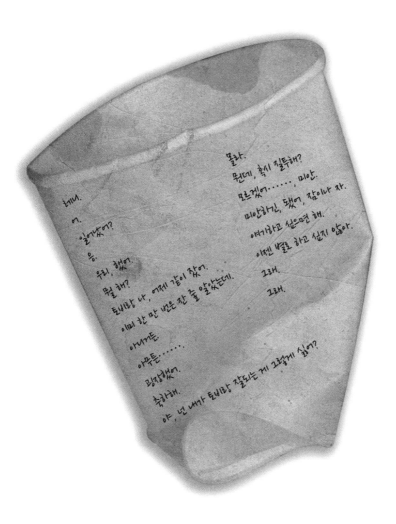

: 테이크아웃 컵에 쓰임, 레인강 강둑에서 발견

누군지 알았지만, 차라리 몰랐으면 했다. 방 창문을 돌멩이로 톡 치는 소리를 듣고 처음으로 떠오른 사람, 토비만은 아니길 바랐다. 나는 언니의 옷장에 들어앉아 벽에 시를 쓰고 있었다. 혜성을 잡아 가두듯 내 몸 안에 휘몰아치는 혼란을 억누르려고.

티셔츠 위에 껴입었던 언니의 셔츠를 벗고서 옷장 문고리를 잡고 몸을 일으켜 성소로 돌아갔다. 창문으로 걸어가면서 맨발로 바닥 여기저기 깔린 세 장의 납작한 파란 러그를 밟았다. 수년간 언니와 나는 푸른 하늘 조각을 닮은 이 러그들 위에서 치열한 댄스 배틀을 벌이곤 했다. 바보 같은 춤사위를 펼쳐서 상대방을 먼저 웃기는 사람이 이겼다. 그리고 지는 쪽은 항상 나였다. 언니에게는 여러 필살기가 있었는데 페럿처럼 입술을 오므리고 턱을 없앤 뒤 진지하게 원숭이 흉내를 내는 콤보 기술은 치명타였다. 언니가 작정하고 콤보를 쓰면(그 기술을 쓰려면 좀 더 자아를 내려놓아야 했는데 나로선 도무지 그 경지에 이를 수 없었다) 나는 무력해져서 발작적으로 웃고 말았다. 열이면 열 번 모두.

창문틀에 기대어 밖을 내다봤다. 짐작했던 대로 토비가 있었다. 보름달에 가까운 둥근 달 아래. 불행히도 나는 내 안의 동요를 잠재우지 못했다. 한 차례 심호흡한 뒤 아래층으로 내려가 문을 열었다.

"이 시간에 웬일이야? 다들 자는데."

내 목소리는 한동안 쓰지 않아 삐걱거렸다. 입 밖으로 박쥐 떼가 쏟아져 나오는 느낌이었다. 현관 불빛 아래 토비의 모습이 한층 선명해졌다. 얼굴이 거친 슬픔으로 가득했다. 마치 거울을 보는 것 같았다.

"그냥 좀 같이 있을 수 있나 해서."

토비가 말했다. 하지만 내 머릿속에는 다른 말이 맴돌았다. 발기, 발기, 기립, 단단함, 딱딱함, 발기, 발기, 발기ᅳ.

"얘기 좀 할래, 레니. 너 말곤 말할 사람이 없어."

목소리에 담긴 절박함이 내 몸을 전율케 했다. 토비의 머리 위로 빨간 경고등이 더없이 밝게 깜빡였지만 차마 거절할 수는 없을 것 같았다. 어쩌면 거절하기 싫은 건지도.

"들어오시죠."

토비가 내 곁을 지나며 팔을 툭 쳤다. 가족처럼 친근한 행동에 마음이 놓였다. 어쩌면 남자들은 딱히 별 이유 없이 단단해지는 걸지도 모른다. 하긴 나는 발기에 관해 아무 지식도 없다. 이제껏 세 명의 남자와 키스해 본 게 다이니 실제로 남자들은 어떻더라고 말할 만한 경험도 없다. 그래도 소설 속 남자들에 한해서는 꽤 잘 안다고 자부한다. 특히 히스클리프. 히스클리프는 발기 같은 건 안 하는 남자다. 잠깐, 이제 와 생각해 보니 그 남자는 캐서린과 황야에서 만나는 **족족** 세워야 했다. 히스클리프는 완전히 발기쟁이여야 했다.

　나는 토비 뒤에서 현관문을 닫고 손짓으로 소리 내지 말라고 당부하며 앞장서 성소로 올라갔다. 몇 년 전부터 성소는 클라리넷 소음으로부터 나머지 공간을 보호하기 위해 방음 처리가 되어있었다. 평일 새벽 두 시에 토비가 날 찾아온 걸 알면 할머니는 뒷목을 잡을 것이다. **아니, 요일이 중요한 게 아니잖아, 레니.** 이 상황은 아무리 봐도 할머니가 토비에게 손을 내밀 때 기대한 그림은 결코 아닐 것이다.

　성소의 문이 닫히자마자 나는 요즘 곧잘 듣는 자살 권장 인디 음악을 틀어놓고 토비를 따라 벽에 등을 붙이고 앉아 다리를 뻗었다. 우리는 두 개의 비석처럼 나란히 앉았다. 그대로 몇 세기가 흘렀다.

　더는 견디기 힘들다 싶을 때쯤 내가 농담처럼 말을 걸었다.

　"네가 이렇게까지 길게 침묵할 수 있는 줄은 몰랐는데."

　"아, 미안. 그런 줄 몰랐어."

　토비가 당황한 듯 머리를 털었다.

　"뭘 그래?"

　"아무 말도 안 하기……."

　"정말? 그럼 뭐 하고 있었는데?"

　토비는 고개를 기울이며 눈을 가늘게 떴다. 왠지 귀여웠다.

"마당에 있는 참나무를 생각하고 있었어."

그 말에 나는 웃었다.

"그렇다면 인정. 참나무 흉내 예술이던걸."

"고마워⋯⋯. 베일리는 화만 냈는데. 내가 말이 너무 없어서."

"아니, 실은 좋아했어. 너랑 부딪힐 일이 별로 없다고⋯⋯ 게다가 자기 무대가 더 늘어나는 셈이니까."

"하긴."

토비는 잠시 입을 다물고 있더니 조금 지친 목소리로 덧붙였다.

"우린 너무 달랐지."

"맞아."

내가 가늘게 대답했다. 둘은 성향이 정반대였다. 토비는 언제나 (말이나 보드 위에서가 아니라면) 평온하고 침착했으며 언니는 쉴 새 없이 걷고, 말하고, 생각하고, 웃고, 먹고, 마셨다. 빛의 속도와 광채로.

"널 보면 베일리가 떠올라⋯⋯."

토비가 말했다.

나도 모르게 소리칠 뻔했다. **뭐?! 옛날부터 날 군감자 취급한 게 누군데!** 하지만 그렇게 말하지는 않았다.

"설마, 에너지의 양이 다른걸."

"너는 많은 편이야⋯⋯ 턱없이 부족한 건 나였지."

토비가 놀랄 만큼 풀이 죽은 목소리로 말했다.

"언니한테는 아니었어."

내가 말했다. 순식간에 촉촉해진 토비의 두 눈을 보자 가슴이 찢어질 것 같았다. 우리는 이 모든 사랑을 도대체 어떻게 처리해야 할까?

토비가 가당찮다는 듯 머리를 흔들었다.

"내가 운이 좋았지. 그 초콜릿 어쩌고 하는 책 덕분에……."

익숙한 장면이 날 할퀴었다. 그날 토비가 보드를 타고 다시 나타났을 때 언니는 바위에서 뛰어내리며 책을 집어 던졌다. "돌아올 줄 알았어, 이 책 내용처럼! 내가 그럴 줄 알았다고!"

나는 토비가 머릿속으로 같은 날을 떠올리고 있음을 직감했다. 예의상 일부러 가볍게 나누던 대화가 어느새 끼익 하고 멈췄으니까. 이제껏 나눈 대화 속의 과거형들이 별안간 한데 모여 우릴 짓누르는 것 같았다.

절망이 서서히 토비의 얼굴을 물들였다. 보나 마나 내 얼굴도 마찬가지겠지.

나는 괜히 방 안을 둘러보며 오래도록 칙칙했던 파란 벽 위로 두껍게 바른 쨍한 오렌지색을 눈에 담았다. 언니가 말했었다. "이걸로 우리 삶이 변하지 않는다면 문제가 있는 거야, 레니. 이건 아주 **비범한 색채**니까." 그때 나는 우리 삶이 변하기를 원치 않았기에 언니를 이해하지 못했다. 나는 예전부터 늘 파란색이 좋았다.

내가 한숨을 내쉬었다.

"토비, 와줘서 정말 고마워. 실은 나 언니 옷장에 몇 시간 동안 처박혀 있었거든."

"다행이다, 고맙다니. 그러니까, 널 귀찮게 할지도 모른다고 생각했거든. 근데 나도 도저히 잠이 안 와서……. 괜히 보드를 타다 죽을 고비를 넘기고 멍하니 걷다 보니 어느새 여기까지 왔더라고. 자두나무 아래에서 한 시간쯤 앉아 고민하다가 혹시나 하고……."

토비의 풍부한 음색에 귀를 기울이다 문득 방 안에 또 다른 목소리가 있다는 걸 알아챘다. 스피커를 울리는 가수의 음성은 좋게 들어봐야 목을 쥐어짜는 소리 같았다. 나는 일어나서 좀 더 듣기 편한 곡으로 바꾸고 다시 바닥에 털썩 앉으며 말했다.

"학교에선 아무도 날 이해 못 해. 정말 아무도. 심지어 사라도."

토비는 뒤통수를 벽에 툭 기댔다.

"겪지 않은 사람은 아무도 모를 거야. 절대로……."

"동감이야."

나는 불현듯 토비를 껴안고 싶었다. 오늘만은 나 혼자 이 안에서 허우적대지 않아도 된다는 생각에 마음이 탁 놓였다.

토비는 자기 두 손을 내려다보고 있었다. 무슨 말을 어떻게 해야 할지 고심하듯 이마를 잔뜩 찌푸린 채. 나는 잠자코 기다렸다.

계속 기다렸다.

아직도 기다리고 있다. 대체 언니는 이 기나긴 침묵을 어떻게 견딘 거야?

마침내 고개를 든 토비의 얼굴이 마냥 애처로웠다. 영락없는 새끼 사자였다. 새끼 사자의 입에서 말이 조곤조곤 새어 나왔다.

"너네처럼 가까운 자매는 처음 봤어. 레니, 정말 유감이야. 이루 말할 수 없이. 베일리 없는 네가 어떻게 지낼지 계속 생각나더라."

"고마워."

내가 속삭이듯 말했다. 진심이었다. 순간적으로 토비를 만지고 싶었다. 나와 맞닿을 듯 가까이 있는 허벅지 위에 얹힌 손을 쓰다듬고 싶었다.

슬쩍 고개를 들었다. 샴푸 냄새까지 날 만큼 가까웠다. 그 순간 나는 놀랍도록 끔찍한 생각에 사로잡혔다. 참 잘생겼다. 가슴이 덜컹할 정도로. 왜 그전에는 몰랐을까?

자답하겠다. 그야 언니의 애인이잖아, 레니. 돌았어?

이성아, 정신 차려. 나는 허벅지 위에 손가락으로 휘갈겼다.

머릿속으로 언니에게 미안하다고 속삭였다. 토비를 그런 쪽으로 생각할 마음은 없었다고, 다시는 이런 일이 없을 거라고.

그저 토비가 날 이해하는 유일한 사람이라서라고…… **아, 이런.**

잠시 침묵이 흐른 뒤 토비가 재킷 주머니에서 불쑥 테킬라 병을 꺼내 뚜껑을 열었다.

"좀 마실래?"

때마침 반가운 제안이었다.

"응."

원래 술은 입에도 안 대지만 당장은 도움이 될 것 같았다. 알코올이 내 안의 광기를 잠재워 줄지도 모르니까. 내가 술병으로 손을 뻗자 우리의 손끝이 스쳤다. 스치기보다는 오래 머문 듯했으나 나만의 착각이겠거니 하고 병을 입가로 가져가 한 모금 꿀떡 삼켰다. 그리고 아주 고상하게도 확 내뿜었다.

"으웩, 역겨워."

나는 옷소매로 입가를 닦았다.

"후아."

토비가 킥킥 웃더니 두 팔을 벌려 내가 선사한 난장판을 보여 주었다.

"적응하려면 시간이 좀 걸려."

"미안. 이렇게 독할 줄 몰랐어."

토비는 대답으로 병을 허공에다 건배하고 한 모금 들이켰다.

나도 이번에는 발사체를 뿜어내지 않고 마셔보기로 했다. 병을 뺏어 들고 입으로 가져왔다. 액체가 목구멍을 태울 듯 타고 내려가자 이어서 한 모금 더 크게 들이켰다.

"천천히."

토비가 내게서 병을 거둬갔다.

"할 말이 있어, 레니."

"말해."

나는 가만히 온몸에 퍼지는 열기를 즐겼다.

"나, 베일리에게 청혼했었어······."

그 말은 너무 갑작스러워서 곧바로 입력이 안 됐다. 토비는 나를 똑바로 보며 반응을 살폈다. 무슨 그딴 말도 안 되는 헛소리를!

"청혼? 농담이지?"

분명 토비가 원했던 반응은 아니었겠지만 나는 뵈는 게 없었다. 차라리 언니가 몰래 서커스 쪽으로 진로를 계획 중이었다고 말하는 편이 받아들이기 쉬웠을 것이다. 둘 다 고작 열아홉이었고 내가 아는 베일리 워커는 결혼 제도를 혐오했다.

"언니는 뭐라고 답했는데?"

대답을 듣기가 못내 두려우면서도 물었다.

"승낙했어."

토비는 희망과 절망이 반반씩 섞인 목소리로 말했다. 그 약속은 아직 토비 안에 살아있었다. **승낙했어.** 나는 테킬라를 한 모금 더 들이켰다. 아무런 맛도 얼얼함도 느낄 수 없었다. 나는 언니가 그걸 원했다는 데 놀랐고, 동시에 상처받았다. 어떻게 나한테 말도 안 했지? 언니가 그때 무슨 생각을 하고 있었는지 반드시 알아내야 했다. 그런데 물어볼 수가 없다. 앞으로도 영영. 나는 토비를 물끄러미 바라봤다. 진심 어린 두 눈이 날 마주했다. 작고 여린 동물 같은 두 눈이.

"토비, 정말 유감이야."

나는 쉽사리 믿을 수 없는 마음과 상처받은 감정을 애써 억누르며 말했지만, 이내 본심이 튀어나왔다.

"언니가 왜 나한테 말 안 했을까?"

"우리도 바로 그다음 주에 말하려고 했어. 그땐 청혼까지만 했던 거라……."

우리라는 말이 거슬렸다. **우리**는 언제나 언니와 나를 가리키는 대명사였다. 언니와 토비가 아니라. 갑자기 앞으로 일어나지도 않을 미래 안에서 나 혼자 소외된 느낌이 들었다.

"연기는 어쩌고?"

나는 어쩌고?

"연기는 하고 있었잖아……."

"알아, 근데…… 무슨 뜻인지 알잖아."

나는 고개를 들었다.

토비의 표정을 보고 눈앞의 남자가 내 말을 이해하지 못한다는 걸 깨달았다. 물론 어떤 여자들은 결혼을 꿈꾼다. 하지만 언니는 줄리아드를 꿈꿨다. 뉴욕에 있는 줄리아드대학교. 언젠가 인터넷에서 그 학교의 강령을 본 적이 있다. **세계 곳곳의 전도유망한 음악가, 무용가, 배우들에게 최상의 교육을 제공하여 예술가, 지도자, 세계 시민으로서 잠재력을 최대한 발휘할 수 있도록 육성한다.** 비록 작년 가을에 불합격 통지를 받고서 클로버주립대학교에 입학하긴 했지만 나는 언니가 분명 다시 지원할 거라고 확신했다. 안 할 리가 있겠는가? 그건 언니의 오랜 꿈이었는데.

토비와 나는 더 이상 그 얘기를 하지 않았다. 어느덧 거세진 바람이 집 안까지 파고들어 와 덜거덕거렸다. 한기가 든 나는 흔들의자 위에 있던 담요를 끌어내려 다리 위로 덮었다. 테킬라 기운에 온몸이 녹아 없어질 것 같은 기분이 들었다. 차라리 그러고 싶었다. 이대로 사라지고 싶었다. 그러다 문득 오렌지색 벽 위에 빽빽이 글을 휘갈기고 싶었다. 책에서 찢어낸 결말의 언어로, 시계에서 뜯어낸 초침의 언어로, 차가운 돌멩이의 언어로, 텅 빈 신발의 언어로. 나는 토비의 어깨에 이마를 떨궜다.

"우린 세상에서 가장 슬픈 사람들이야."

"맞아."

토비가 내 무릎을 잠시 쥐었다 놨다. 나는 온몸을 훑는 전율을 모른 척했다. **둘은 결혼할 예정이었다.**

"어쩌지, 우리? 언니가 없는 하루하루를……."

"아아, 레니."

토비가 고개를 틀어 한 손으로 내 얼굴 근처의 머리카락을 매만졌다.

나는 토비가 손을 치우고 고개를 돌리길 잠자코 기다렸다. 하지만 토비는 계속 머물렀다. 내게서 손도, 시선도 떼지 않았다. 시간이 더디게 흘렀다. 방 안의 무언가가, 우리 둘 사이의 무언가가 어긋났다. 나는 고개를 들어 토비의 슬픈 눈을 들여다봤고 토비도 내 눈을 들여다보았다. 알 수 있었다. **이 사람도 나만큼 언니를 그리워하는구나.** 그 순간 토비가 내게 키스했다. 토비의 입술, 부드럽고, 뜨겁고, 너무나 생생한. 나도 모르게 앓는 소리가 났다. 그때 밀어냈다고 말할 수 있으면 좋으련만, 나는 밀어내지 않았다. 오히려 적극적으로 응했고 멈추지 않길 바랐다. 그때 나는 토비와 함께 시간을 어찌어찌 되돌려 언니를 되살려내고 있다고 느꼈으니까.

토비가 입술을 떼고 벌떡 일어났다.

"이건 아니야."

토비는 아무에게나 어떻게 좀 해보라는 듯이 초조한 태도로 방 안을 서성거렸다.

"이런, 갈게, **가야겠어.**"

그러면서 막상 가진 않았다. 언니의 침대에 걸터앉아 나를 내려다보더니 한숨을 내쉬었다. 마치 어떤 보이지 않는 힘에 굴복하듯이. 토비가 내 이름을 불렀다. 그 나직하면서도 살짝 쉰 목소리가 나를 일으켜 수치심과 죄책감의 길로 한참을 끌고 갔다. 다가가기 싫으면서도 다가가고 싶었다. 나는 테킬라의 기운에 살짝 비틀거리며 토비의 곁으로 갔다. 토비가 내 손을 살며시 잡아당겼다.

"그저 좀 더 가까워지고 싶었어. 그래야 잠시나마 베일리가 그리워 죽을 것 같지 않아서."

"나도 그래."

나는 손가락으로 토비의 뺨 위를 수놓은 주근깨를 덧그렸다. 토비의 두 눈에 눈물이 차오르자 나도 덩달아 눈시울이 뜨거워졌다. 나는 토비의 옆에 앉았고 어느새 우리는 언니의 침대에 누워 서로를 끌어안고 있었다. 그 단단하고 아늑한 팔에 안겨 까무룩 잠들기 전에 마지막으로 한 생각은 부디 침구에 스며든 언니의 냄새가 우리 두 사람의 냄새로 인해 지워지지 않길 바란다는 것이었다.

한참 뒤 눈을 떴을 때 우리는 여전히 마주한 채 몸을 꼭 붙이고 있었다. 서로의 숨이 섞였다. 토비가 날 지그시 바라봤다.

"너 정말 예쁘다, 레니."

"아니."

나는 목에 걸린 말을 마저 내뱉었다.

"언니겠지."

"나도 아는데."

토비는 아랑곳하지 않고 입술을 겹쳤다.

"못 멈추겠어."

입술이 맞닿은 채로 속삭였다.

그건 나도 마찬가지였다.

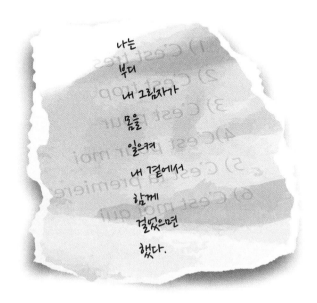

나는
부디
내 그림자가
몸을
일으켜
내 곁에서
함께
걸었으면
했다.

: 프랑스어 쪽지 시험지 뒷면에 쓰임, 클로버고등학교에 있는 화분에서 발견

제6장

한때 같은 1방과 같은 옷과

같은 순간에 같은 생각을 공유하는

자매가 있었다.

자매는 엄마가 없었지만

서로가 있었다.

언니가 늘 동생보다 앞서 걸어서

동생은 어디로 가야 할지 알았다.

언니는 동생을 강에 데려가

물 위에 둥둥 누워

시체 놀이를 했다.

언니가 말했다.

머리를 조금 담근 채로

눈을 뜨고 태양을 봐.

동생이 말했다.

코로 물이 들어올 거야.

언니가 말했다.

해봐, 얼른

동생이 언니의 말대로 하자

빛으로 가득한 세상이 눈앞에 펼쳐졌다.

: 노트 낱장에 쓰임, 언덕 울타리에서 발견

유다, 브루투스, 베네딕트 아널드*, 그리고 나.

최악은 눈을 감을 때마다 토비의 사자 같은 얼굴이 떠오른다는 것이다. 숨결이 닿았던 그 입술을 떠올리면 머리부터 발끝까지 저릿했다. 죄책감 때문이 아니라 욕정 때문에. 그렇게 한순간 넋 놓고 토비와 키스하던 장면을 재생하다 보면 어느새 충격과 배신감으로 일그러진 언니의 얼굴이 우릴 내려다보고 있었다. 자기 애인, 자신의 **약혼자**가 자신의 배신자 동생과 **자신의 침대에서** 키스하는 모습을. 헉. 수치심이 감시견처럼 나를 노려봤다.

나는 지금 자진 유배 생활 중이다. 학교 뒤편 숲에 있는, 내가 가장 좋아하는 나무의 갈라진 줄기 사이에 걸터앉아서. 매일 점심마다 이곳에 숨어들어 종이 울릴 때까지 펜으로 나뭇가지에 글자를 새기며 남몰래 실컷 내 심장을 조각냈다. 학교에선 그 무엇도 숨길 수 없었다. 다들 날 뼛속까지 훤히 꿰뚫어 보는 것 같았다.

할머니가 챙겨준 갈색 종이봉투를 막 열었을 때 밑에서 잔가지가 부러지는 소리가 났다. 아, 이런. 내려다보니 조 폰테인이었다. 나는 얼어붙었다. 부디 날 발견하지 않았으면 했다. 레니 워커, 나무 위에 숨어 점심을 먹는 이상한 애(나무 안에 숨는 것이야말로 가장 제 나무를 벗어나는 일이다)로 찍히고 싶지 않았

---

* 미국 독립전쟁 당시 장군 신분으로 영국군에 자진 투항하여 미국사에서 배신자의 대명사가 되었다.

다. 조는 누군가를 찾는 듯 주변을 두리번거리며 내 발밑에서 맴돌았다. 숨을 참고 있었지만 조는 좀처럼 내가 있는 나무 근처를 떠나지 않았다. 하필 그때 나도 모르게 종이봉투를 부스럭거렸다. 조가 고개를 들어 나를 봤다.

"안녕."

나는 이곳이 가장 평범한 점심 식사 장소라는 듯이 무심히 인사했다.

"아, 거기 있─."

조가 말을 하다 말고 허둥댔다.

"그냥 이쪽에 뭐가 있나 하고……. 혹시 과자로 만든 집이나 아편굴이라도 있나 해서."

조는 주위를 둘러보며 말했다.

"그럴듯한 변명이네."

나는 스스로의 과감한 발언에 내심 놀랐다.

"들켰네. 맞아, 너 따라왔어."

조가 씩 웃었다. 그때와 똑같은 미소였다. 와우, 역시 그때 내가 괜히 그런 생각을 한 게…….

조가 다시 입을 열었다.

"아마 혼자 있고 싶은 거겠지. 아무래도 여기까지 와서 나무 위에 올라가 있는 게 대화가 고파서는 아닐 테니까."

그러면서도 내심 기대에 찬 얼굴로 날 바라봤다. 나는 토비 사태로 마음속이 초토화된 와중에도 조에게 끌렸다. 그것도 크루 엘라 같은 레이철 브라질이 찜한 애한테.

"올라올래?"

내가 발판 삼을 나뭇가지를 가리키자 조는 한 3초 만에 훌쩍 올라 내 옆에 적당히 자리를 잡고 날 향해 빔을 쏘았다. 저 속 눈썹을 잊고 있었네. 와우, 와우.

"메뉴가 뭐야?"

조가 갈색 봉투를 가리키며 물었다.

"너무한 거 아냐? 내 고독을 방해하더니 이젠 내 음식까지 탐내? 대체 어디서 굴러먹던 양아치야?"

"파리. 그러니까 난 좀 *라피네*(고상한) 양아치라고 할 수 있지."

휴, 프랑스어를 배워두길 잘했군. 맙소사, 새삼 왜 전교생이 얘를 두고 떠들썩했는지, 내가 얘한테 왜 그토록 키스하고 싶었는지 이해가 갔다. 심지어 오늘 백팩에 채 들어가지도 않는 바게트를 욱여넣고 등교한 레이철도 지금으로선 용서할 수 있었다.

"하지만 태어난 곳은 캘리포니아고, 아홉 살까지는 샌프란시스코에 살았어. 그리고 1년 전에 샌프란시스코로 돌아왔고 지금은 여기 있지. 그래도 그 봉투 안에 뭐가 들었는지 알고 싶은데."

"상상도 못 할걸. 실은 나도 못 하겠거든. 우리 할머니는 온갖 것들을 우리, 아니 내 도시락 봉투에 넣는 게 아주 재밌다고 생각하나 봐. 열어보기 전까지는 절대 몰라. 에드워드 커밍스의 시, 꽃잎, 단추 한 주먹 등등. 이제 도시락 봉투의 원래 용도를 잊어버린 게 아닌가 싶어."

"다른 형태의 양식이 더 중요하다고 생각하셨을지도 모르지."

"할머니 생각이 딱 그래!"

내가 놀라서 외쳤다.

"좋아. 먼저 열어볼 권한을 줄게."

나는 봉투를 내밀었다.

"갑자기 좀 무서운데. 뭔가 살아있는 게 들었던 적은 없지?"

빔, 빔, 빔. 좋아, 저 눈빛 공격에 방어력을 기르려면 시간이 좀 걸리겠어.

"또 모르지……."

절로 사르르 녹는 목소리를 애써 다잡으며 답했다. 물론 그 순간 '얼레리 꼴레리~ 나무 위에서~ 뽀뽀했대요~.' 하는 돌림 노래 구절이 떠오른 것도 들킬 생각 없었다.

조가 봉투를 벌리고 거창한 동작으로 손을 쑥 집어넣었다. 그리고 꺼낸 것은 사과 한 알이었다.

"사과? 실망인데! 사과 안 먹는 사람이 누가 있어."

조가 사과를 내게 휙 던졌다.

나는 계속해 보라고 했다. 조가 다시 손을 넣어《폭풍의 언덕》을 꺼냈다.

　"그건 내가 제일 좋아하는 책. 나한테는 애착 이불 같은 거야. 이제까지 스물세 번 읽었어. 할머니가 항상 넣어주는 메뉴지."

　"《폭풍의 언덕》을 스물세 번? 이게 얼마나 슬픈 책인데, 일상생활 가능해?"

　"그럼 점심시간에 나무 위에 앉아있는 애한테 뭘 바라?"

　"하긴."

　조가 다시 봉투 안에 손을 넣어 줄기를 제거한 모란 한 송이를 꺼냈다. 그 짙은 향기가 잠시 우리 둘을 휘감았다.

　"와."

　조가 숨을 들이켰다.

　"공중부양하는 느낌인데."

　조는 모란을 내 코밑에 가져다 댔다. 나도 눈을 지그시 감고 향기에 두 발이 붕 뜨는 느낌을 상상했다. 아무 느낌 없었다. 그 대신 다른 생각이 떠올랐다.

　"내가 가장 좋아하는 성자도 조야. 성 조지프 쿠퍼티노. 실제로 공중부양을 했대. 신을 생각하면 환희에 겨워 두둥실 떠올랐대."

　"설마."

　조가 고개를 살짝 틀고 의심스러운 눈초리로 나를 바라보며 눈썹을 치켜올렸다.

나는 고개를 끄덕였다.

"목격자도 엄청 많아. 툭하면 떠올랐대. 한창 미사 중에도."

"그래? 완전 질투 나네. 난 고작해야 공중부양 지망생에 불과한데."

"아쉽다. 네가 클로버 위를 표류하며 트럼펫을 부는 모습을 보고 싶은데."

"그야 문제없지. 너도 따라와. 내 발 같은 거 잡고."

우리는 잠시 서로 탐색하는 듯한 눈빛을 주고받았다. 내심 서로가 궁금했는데 이토록 쉽게 친해질 거라곤 예상치 못했다는 듯이. 찰나와 같은 눈 맞춤이었다. 팔뚝에 무당벌레가 내려앉듯이 거의 기적도 느끼지 못할 만큼.

앤 대체 뭐지? 나는 복귀 이후로 학교 안에서 말한 걸 전부 합친 것보다 오늘 이 나무 위에서 더 많이 말했다. 하지만 《폭풍의 언덕》을 읽었다는 남자애가 어떻게 레이철 **우라질** 같은 애한테 넘어갈 수 있지? 레이철이 **프롱스**에 가본 경험이 있어서? 아니면 음악적 스펙트럼이 넓은 척해서? 아무렴, 투바의 스로트 싱잉* 같은 걸 안 들어본 사람이 어딨겠어.

"지난번에 널 봤어."

조가 사과를 집어 들고 말했다. 한 손으로 던져 다른 손으로

---

* 몽골 투바의 전통 창법인 후미 창법을 말한다. 한 사람이 동시에 두 가지 이상의 음을 내며 화음을 연출하는 독특한 목 노래이다.

받았다.

"대초원 근처에서. 벌판에 앉아 기타 치고 있는데 길가에 네가 서있더라고. 가만 보니 웬 차에다 대고 종이에 뭔가 쓰는 거 같더라. 그러더니 그 종이를 그냥 버리고 가는 거야……."

"뭐야, 스토커야?"

나는 순간적인 희열이 목소리에 묻어나오지 않게 애쓰며 물었다.

"아마 조금은."

조가 사과 던지고 받기를 멈췄다.

"어쩌면 궁금해서일지도 모르고."

"궁금하다니, 뭐가?"

조는 대답하지 않고 나뭇가지에 돋아난 이끼를 뜯었다. 기타 굳은살이 박인 긴 손가락이 눈에 들어왔다.

"뭔데?"

내가 재촉했다. 대체 뭐가 그렇게 궁금해서 이 나무까지 날 따라왔는지 알고 싶어 숨이 넘어갈 것 같았다.

"네가 클라리넷을 부는 방식 말이야……."

희열이 순식간에 빠져나갔다.

"그게 왜?"

"아니, 엄밀히 말하면 불지 않는 방식이지."

"무슨 뜻이야?"

나는 그 뜻을 정확히 알면서 물었다.

"내가 보기에 넌 테크닉이 풍부해. 손가락도 빠르고 혀 놀림도 민첩해. 음역도 폭넓게 넘나들고……. 그런데 꼭 거기서 멈출달까? 잘 이해가 안 돼."

조가 웃었다. 방금 자기가 폭탄을 투하한 줄도 모르고.

"꼭 자면서 부는 것 같아."

얼굴로 피가 몰렸다. 자면서 분다니! 그물에 걸린 물고기가 된 느낌이었다. 밴드부를 그만두고 싶었을 때 진작 그만뒀다면 좋았으련만. 나는 제각각 고독에 휩싸인 채 하늘로 솟아오르는 삼나무들을 올려다보았다. 조가 날 바라보는 게 느껴졌다. 내 반응을 기다리고 있는 것도. 하지만 누구 하나 나타나 방해해 주지 않았다. 애초에 이곳은 출입금지 구역이었다.

"저기."

조가 결국 자신의 매력이 다했음을 눈치채고 조심스럽게 운을 뗐다.

"내가 널 여기까지 따라온 건 혹시 우리가 같이 연주할 수 있을까 해서야."

"왜?"

목소리가 의도했던 것보다 좀 더 격앙되어 나왔다. 익숙한 불안감이 서서히 몰려왔다.

"그야 존 레넌이 제대로 연주하는 걸 들어보고 싶어서지. 누군들 안 그렇겠어?"

조의 농담이 우리 사이에서 산산이 부서졌다.

"난 그렇게 생각 안 하는데."

내가 대답하자마자 학교 종이 울렸다.

"있잖아―."

조가 다시 입을 열었지만 나는 끝까지 들어줄 생각이 없었다.

"난 너랑 연주하고 싶지 않아, 됐지?"

"알았어."

조는 사과를 공중에 휙 던졌다. 그리고 사과가 땅에 채 떨어지기도 전에 나무에서 뛰어내리며 말했다.

"애초에 내 아이디어도 아니었거든."

제7장

    사라의 지프, 앙뉘*의 경적 소리에 잠에서 깼다. 급습이었다. 돌아누워 창밖을 보니 사라가 운전석에서 풀쩍 뛰어내리고 있었다. 즐겨 입는 검정 빈티지 로브에 검정 통굽 부츠 차림이었다. 검은 물이 반쯤 빠진 금발은 머리 꼭대기로 높이 틀어 올리고 허옇게 분을 바른 얼굴에 뻘겋게 칠한 입술 사이로 담배를 물고 있었다. 시계를 봤다. 오전 7시 5분. 고개를 빼든 사라가 창문 너머로 날 발견하곤 허리케인을 만난 풍차처럼 손을 붕붕 흔들었다.

    나는 이불을 머리끝까지 뒤집어쓰고 다가올 공격을 기다렸다.

    "네 피를 취하러 왔다."

    잠시 후 사라가 나타나 말했다.

    나는 이불 밖으로 고개를 빼꼼히 내밀었다.

    "너 진짜 끝내주는 뱀파이어 같다."

    "나도 알아."

* Ennui. 권태를 뜻하는 프랑스의 문예용어다. 생활에 대한 정열을 상실하고 무엇에도 마음이 내키지 않는 상태를 이른다.

사라는 내 서랍장 위 거울을 들여다보며 검정 매니큐어를 칠한 손가락으로 치아에 묻은 립스틱을 지웠다.

"나한테 찰떡이지……. 알프스 소녀 하이디가 흑화한 느낌."

특수 분장만 없다면 사라는 해맑은 금발 소녀를 연출할 수 있는 애였다. 건강하게 그을린 해변의 소녀가 고스그런지펑크히피로커이모코어메탈마니아패셔니스타노브레인보이크레이지레게걸로 감쪽같이 변신했달까? 사라는 방을 가로질러 내 앞에 서더니 이불을 쓱 걷고 내 옆에 털썩 누웠다. 부츠도 안 벗은 채로.

"예전의 네가 그리워, 레니."

사라의 커다랗고 푸른 눈동자가 나를 비추었다. 복장과 어울리지 않는 순수한 눈빛이었다.

"학교 가기 전에 아침 먹으러 가자. 11학년 마지막 날이잖아. 전통은 지켜야지."

"그래."

그리고 덧붙였다.

"미안해, 그동안 내가 너무 제멋대로 굴었지."

"그런 말 하지 마. 나도 너한테 뭘 해줘야 좋을지 몰랐으니까. 정말이지 상상도……."

성소를 둘러보던 사라가 말끝을 흐렸다. 경악한 기색이 역력했다.

"이럴 수가……. 베일리가 떠난 그대로잖아. 맙소사, 레니."

"그래."

숨이 콱 막혔다.

"나 옷 좀 갈아입을게."

사라는 울지 않으려고 아랫입술을 깨물었다.

"아래층에서 기다릴게. 너네 할머니랑 얘기 좀 하기로 약속했거든."

사라는 침대에서 일어나 문으로 걸어갔다. 아까까지만 해도 나풀대던 발걸음은 이제 질질 끄는 모양새였다. 나는 다시 이불을 머리 위로 끌어당겼다. 나도 이 방이 묘지나 다름없다는 걸 안다. 그게 모두를 힘들게 하는 걸 알지만(토비만 빼고. 토비는 눈치도 못 챘다), 나는 이대로가 좋았다. 언니가 아직 여기 있거나 언젠가 돌아올 것 같아서.

시내로 향하면서 사라는 동경하는 실존주의자 장 폴 사르트르에 관해 대화할 수 있는 남자를 낚는 게 요즘의 목표라고 말했다. 문제는 사라가 비정상적으로 끌리는 근육질 서퍼들이 대개(일반화하긴 싫지만) 프랑스 문학과 철학에 밝지 않다는 것이다. 따라서 사라가 정한 '사르트르를 잘 알거나 적어도 D. H. 로런스의 저서를 몇 권이라도 읽어봤거나 최소한 브론테 자매의 소설을 한 권이라도 읽었어야 한다'라는 만남의 조건을 좀처럼 충족하지 못했다.

"이번 여름에 주립대에서 프랑스 페미니즘 학회를 여는데, 너도 갈래?"

나는 피식 웃었다.

"남자 만나기 딱 좋은 장소겠네."

"두고 봐, 레니. 페미니스트가 되길 주저하지 않는 남자야말로 진짜니까."

나는 사라를 바라봤다. 담배 연기로 도넛을 만들려던 사라는 그 대신 반죽 덩어리만 내뿜었다.

사라에게 토비 얘기를 하는 건 무섭지만, 해야겠지? 하지만 겁쟁이인 나는 욕을 덜 먹을 소식을 꺼냈다.

"나 지난번 점심시간, 조 폰테인하고 보냈어."

"설마!"

"진짜."

"그럴 리가."

"있지."

"말도 안 돼."

"돼."

"불가능."

"완전 가능."

우리는 빙빙 도는 문답에 내성이 강한 편이었다.

"이 오리! 하늘을 나는 이 노란 오리! 그러고서 나한테 이제야 말해?!"

사라는 흥분하면 아무 동물 이름이나 내뱉는 동물농장형 투레트 증후군이 있었다.

"아무튼, 어땠어, 걔?"

"괜찮았어."

나는 창문을 바라보며 건성으로 대꾸했다. 조와 나의 듀엣은 대체 누구의 아이디어였을까? 제임스 선생님? 하지만 어째서? 웩, 미친, 설마.

"저기 레니, 너 방금 조 폰테인더러 **괜찮**다고 한 거야? 걔는 아주 그냥 **초대박**으로 축복받은 종마라고! 그리고 내가 들었는데 걔한테 형이 두 명이나 있대. 세 겹으로 축복받은 종마가 아니고 뭐야?"

"믿습니다, 배트걸."

내 대답에 사라가 킥킥 웃었다. 흡혈귀 같은 얼굴과 어울리지 않는 웃음소리였다. 사라는 마지막 한 모금을 빨고는 담배꽁초를 소다 캔 안에 버렸다.

"레이철을 좋아하는 애잖아. 그건 어떻게 설명하지?"

내가 물었다.

"걔한테도 Y 염색체가 있다는 뜻이지."

뭐라도 입에 물고 있어야 직성이 풀리는 사라는 껌 하나를 입에 집어넣으며 이어서 말했다.

"사실 잘 모르겠다. 듣기로 걔는 음악 말곤 관심도 없다는데 레이철은 목에 털 뭉치가 걸린 고양이처럼 연주하잖아. 아마 허구한 날 나불거리는 그 망할 스토트 싱잉 때문일지도 몰라. 걔는 레이철이 음악적으로 뭔가 안다고 착각하는 거지."

위대한 사람들은 같은 생각을 하는 법이라 했던가……. 그때 갑자기 사라가 스카이콩콩을 탄 것처럼 운전석에서 튀어 올랐다.

"레니, 해봐! 수석 자리에 도전해. 오늘 당장! 완전 흥미진진할 거야. 밴드부 역사에 최초로 기록될걸. 학년 마지막 날 도전장을 내밀다!"

나는 고개를 저었다.

"그럴 일 없어."

"왜?"

나는 대답하지 않았다. 뭐라고 해야 할지 몰랐다.

문득 작년 여름 오후 한때가 떠올랐다. 마거릿 선생님과의 레슨을 막 그만두고 언니와 토비와 함께 플라잉맨즈 계곡에 놀러 간 날이었다. 토비가 순종 경주마들에게는 늘 함께 다니는 조랑말이 있다고 했다. 그 말을 듣고 생각했다. **나잖아.** 나는 동반 조랑말이고 동반 조랑말은 독주를 하지 않는다. 수석에서 연주하거나 주 대표 선발 오디션을 치른 뒤 전국 대회에 나가거나 마거릿 선생님의 권유대로 뉴욕의 어느 음대 지원을 고려하지도 않는다.

그렇게 타고 났으니까.

사라는 주차장으로 꺾어 들어가며 한숨을 내쉬었다.

"뭐, 네가 그렇다면야 학년 마지막 날을 즐길 다른 방법을 찾아야겠네."

"아마도."

우리는 앙뉘에서 뛰어내려 세실리아 제과점으로 향했다. 그곳에서 페이스트리를 터무니없이 많이 주문했는데 전부 공짜로 받았다. 요즘 어딜 가든 날 따라오는 비통한 표정과 함께. 아마 내가 원했다면 오늘 준비한 물량을 탈탈 털어 주었을 것이다.

우리는 마리아 이탈리안 델리의 야외 벤치에 자리를 잡고 앉았다. 내가 열네 살 때부터 매년 여름 방학마다 라자냐 담당 주방장으로 일하는 곳이다. 일은 내일부터 다시 시작이다. 햇살이 수백만 조각으로 부서져 모든 곳에 고루 내려앉았다. 아름다운 날이었다. 내 죄의식을 제외한 모든 게 반짝였다.

"사라, 나 할 말 있어."

사라가 단박에 걱정스러운 표정을 지었다.

"말해."

"요전 날 밤에 토비랑 무슨 일이 있었어."

사라의 걱정이 다른 무언가로 바뀌었다. 내가 두려워했던 쪽으로. 사라에게는 남자와 관련해서 여자들 사이에 지켜야 할 행동 철칙이 있다. '자매애가 그 무엇보다 우선한다.'

"무슨 일? 아니면 **무슨** 일?"

사라의 눈썹이 화성에 착륙했다.

속이 울렁거렸다.

"**무슨** 일에 가까워……. 키스했거든."

사라가 두 눈을 크게 뜨더니 이내 믿을 수 없다는 듯 낯을 찡그렸다. 혐오감일지도 몰랐다. 이것이 내 수치의 민낯이구나, 라고 나는 사라를 보면서 생각했다. **어떻게 토비와 키스를 할 수 있어?** 속으로 꼬박 천 번째 묻는 말이었다.

"와우."

감탄사가 돌처럼 땅에 떨어졌다. 사라는 경멸을 애써 눌러 참지도 않았다. 나는 두 손에 얼굴을 묻으며 밀려오는 후회를 감내했다. 말하지 말걸.

"그 순간에는 그게 맞는 일처럼 느껴졌어. 우리 둘 다 언니를 죽도록 그리워하고, 토비는 그냥, 내 마음을 다 아는 거야. 마치 날 이해하는 유일한 사람 같아서……. 그리고 그때 나 좀 취해 있었거든."

내가 허벅지에 시선을 박은 채 털어놓았다.

"취했다고?"

사라는 놀라움을 금치 못했다. 자기가 여러 번 끌고 간 파티에서도 맥주조차 입에 안 대던 애가 나였으니까. 그리고 이내 나지막이 중얼거렸다.

"토비가 널 이해하는 유일한 사람이라고?"

아, 이런.

"그게 아니라."

나는 고개를 쳐들고 사라와 눈을 맞췄다. 그러나 진실은, 그게 맞았다. 그리고 사라의 표정이 이미 알아들었다고 말해주었다.

"사라."

사라는 마른침을 삼키며 내게서 시선을 거두고서 이내 화제를 나의 부도덕한 사건으로 돌렸다.

"그런 일이 일어나기도 하나 봐. 애도의 섹스라는 것도 있다더라. 책에서 봤어."

목소리엔 여전히 비난의 기색이 묻어났고 이제 그 위에 결이 다른 무언가가 덧씌워졌다.

"섹스는 안 했어. 여전히 난 동정으로 남은 최후의 1인이라고."

사라는 한숨을 내쉬고 나를 껴안았다. 누가 시킨 듯 어색하게. 마치 헤드록을 당하는 기분이었다. 우리 둘 다 이제껏 말로

전해진 것들과 전해지지 않은 것들을 어찌해야 할지 갈피를 잡

지 못했다.

　"괜찮아, 레니. 베일리도 이해할 거야."

　사라의 목소리는 전혀 설득력이 없었다.

　"다시 일어날 일도 아니고. 그치?"

　"당연하지."

　내 말이 거짓말이 아니길 바랐다.

　동시에 거짓말이길 바랐다.

다들 내가 언니를 닮았다고 했지만
사실 그렇지 않다.
언니는 눈동자가 녹색이고 난 회색이다.
언니는 얼굴이 하트형이고 난 타원형이다.
난 좀 더 작고, 깡마르고, 창백하고,
납작하고, 수수하고, 평범하다.
닮은 점이라곤 볶아 놓은 듯한 곱슬머리뿐이다.
머리를 하나로 올려 묶는 나와 달리
언니는 그냥 풀어헤치고
사방으로
마구 뻗치게 두었다.
나는 언니처럼 자면서 노래를 부르지도,
꽃잎을 따 먹지도,
일부러 비를 맞으러 달려 나가지도 않는다.

유행에도 관심이 없는 나는
언니의 그림자 한 귀퉁이에 움크린
걸다리 같은 동생이었다.
남자들은 언니가 어딜 가나 따라다녔다.
언니가 웨이트리스로 일하는
식당을 가득 채웠고
강에 갈 때도 떼로 몰려왔다.
한번은 어떤 남자애가 언니 뒤로 다가와
등에 붙은 머리카락을 살며시 떼어내는 걸 봤다.
이해할 수 있었다.
어떤 느낌인지 잘 아니까.
우리 자매가 찍힌 사진마다
언니는 카메라를 바라보고 있고
나는 언니를 바라보고 있다.

: 종잇조각에 쓰임, 레인강 산책로의 소나무잎 사이에 접힌 채 끼워져 있었음

제8장

언니의 책상에 앉아 성 안토니상을 바라보고 있었다. 잃어버린 물건을 찾아준다는 수호자.

원래 이곳에 있던 조각상이 아니었다. 오래전에 내가 벽난로 선반 위 '반쪽 엄마' 앞에 뒀는데 언젠가 언니가 옮겨온 게 분명했다. 이유는 모른다. 조각상은 컴퓨터 뒤, 벽에 핀으로 고정한 오래된 그림에 기대어 있었다. 언젠가 할머니가 우리 엄마는 콜럼버스 같은 탐험가라고 말해준 날 언니가 그린 그림이었다.

커튼을 쳐놓았다. 설령 그러고 싶다고 해도 창밖으로 토비가 자두나무 아래 있는지 확인하지 않을 생각이었다. 더는 길 잃은 토비의 입술이 내 입술 위를 지그시 덮치는 장면을 상상하지 않을 테다. 절대로. 이글루를 상상하겠다. 북극의 차갑고 멋진 이글루를. 그날 밤과 같은 일은 앞으로 절대 없을 거라고 언니에게 약속했으니까.

여름 방학 첫날이라 전교생이 강에 모여들었을 터였다. 방금 걸려온 전화에서 사라는 술에 취해 꼬부라진 목소리로 하나도 아니오, 둘도 아니오, 무려 초대박 폰테인 삼형제가 곧 플라잉 맨즈 계곡에 잠시 들러 야외 연주를 펼칠 예정이라고, 그리고 첫째와 둘째 폰테인이 LA에서 대학을 다니며, 심각하게 끝내주는 밴드 소속이라는 걸 알아냈다며 나더러 얼른 무거운 엉덩이를 끌고 와서 그 장관을 직접 목격하라고 했다. 나는 사라에게 그냥 집에 있겠다며 나 대신 폰테인가의 장관을 실컷 누리라고 말했으나 그것이 어제의 곤경을 다시 소환할 줄은 미처 몰랐다. "설마 레니 너, 지금 토비랑 같이 있는 거 아니지?"

응.

나는 연주 전용석 위 케이스 안에 방치된 클라리넷을 응시했다. 무심코 관에 든 시체 같네, 하고 생각했다가 얼른 그 생각을 머릿속에서 지웠다. 다가가 뚜껑을 달칵 열었다. 어떤 악기를 연주할지는 단 한 번도 고민해본 적 없다. 5학년 음악 시간에 여자애들이 우르르 플루트에 달려들 때 나는 클라리넷에 직진했다. 나를 닮은 악기라고 생각했다.

천과 리드를 넣는 주머니에 손을 뻗어 그 안에 접힌 종이를 더듬어 봤다. 내가 왜 이걸 보관하고 있는지(꼬박 1년이나!),

애초에 왜 그날 오후 쓰레기통을 뒤져 이걸 주웠는지 나도 모르겠다. 언니가 무덤덤한 말투로 "이런, 이제 너네는 나한테서 벗어나긴 틀렸다."라고 말하곤 토비의 품에 풀썩 안기며 별것 아니라는 듯이 던져버린 것을. 그러나 내가 알기로는 별것이었다. 아닐 리가 있는가? 줄리아드였는데.

마지막으로 읽어볼 생각도 없이 나는 언니의 불합격 통지서를 공처럼 구겨 쓰레기통에 던져버리고 다시 언니의 책상에 앉았다.

그날 밤 전화벨이 온 집 안을 울렸을 때, 아무것도 모르는 천진난만한 세상을 뒤흔들었을 때도 나는 바로 이 자리에 앉아있었다. 단 한 순간도 좋아한 적 없던 화학 숙제와 씨름하고 있었다. 할머니가 만드는 치킨 프리카셰의 짙은 오레가노 향이 우리 방까지 솔솔 풍겨왔고, 나는 굶주린 데다 동위원소가 지긋지긋했기에 그저 언니가 빨리 집에 와서 함께 저녁을 먹기만 바라고 있었다. 어떻게 그럴 수 있지? 언니의 마지막 숨이 넘어갈 때 어떻게 내가 프리카셰와 탄소 분자 따위를 생각하고 있었을까? 뭐 이딴 세상이 다 있지? 남들은 이럴 때 어떻게 하지? 벌어질 수 있는 최악의 사태가 실제로 벌어지면? **그런** 전화를 받는다면? 내 언니의 롤러코스터 같은 목소리가 너무 그리워서 손톱으로 온 집 안을 갈기갈기 찢고 싶다면?

나는 이렇게 한다. 휴대폰을 꺼내 언니의 번호를 누른다. 얼마 전 안개처럼 뿌연 정신으로 언니한테 집에 언제 올 건지 물어보려고 전화했다가 번호가 아직 살아있다는 걸 알았다.

안녕, 베일리예요. 이달의 줄리엣이죠. 여러분, 내게 전할 말이 있나요? 기쁨의 한마디가 아닐는지요? 아니면 따뜻한……

나는 삐 소리에 전화를 끊었다가, 다시 걸었다. 끊고 또 걸었다. 끊고 또 걸었다. 수화기에서 언니를 끄집어내고 싶어서. 그러다 한번은 끊지 않고 음성 메시지로 넘어갔다.

"왜 결혼할 거란 얘기 나한테 안 했어?"

나는 속삭이듯 내뱉고 휴대폰을 던지듯 책상 위에 놓았다. 이해가 안 갔다. 이제껏 서로 숨김없이 모든 걸 다 말해왔는데, 대체 왜? 벽에 페인트칠할 때 언니가 그랬지. **이걸로 우리 삶이 변하지 않는다면 문제가 있는 거야**라고. 그럼 그때 언니가 원한 것은 변화였을까? 나는 싸구려 플라스틱으로 만들어진 성 안토니상을 집어 들었다. 게다가 이건 왜 여기로 가져온 걸까? 나는 조각상이 등을 기대고 있던 그림을 좀 더 자세히 살폈다. 너무 오래되어 종이는 누렇고 가장자리가 쭈글쭈글했다. 언제나 그 자리에 있었기에 눈에 띄지도 않았다. 언니가 이 그림을 그린 것은 열한 살 무렵이었다. 그 무렵부터 언니는 할머니에게 엄마에 대해 꼬치꼬치 캐묻곤 했다.

한번 시작하면 몇 주간 이어졌다.

"할머니는 엄마가 돌아올 거란 걸 어떻게 알아?"

언니가 만 번째로 물었다. 할머니의 화실 마룻바닥에 엎드려 파스텔로 그림을 그릴 때였다. 할머니는 한 귀퉁이에서 우리를 등지고 자신의 여인 중 하나를 그리고 있었다. 온종일 언니의 질문을 교묘히 피하며 화제를 돌렸지만 이때만큼은 통하지 않았다. 할머니의 팔이 옆으로 툭 떨궈지며 붓이 이미 얼룩덜룩한 마룻바닥에 밝은 녹색 방울을 튀겼다. 할머니는 깊고 쓸쓸한 한숨을 내쉬고는 돌아서서 우리를 마주했다.

"너희들도 이제 다 컸지."

할머니의 말에 우리는 벌떡 일어나 파스텔을 내려놓고 집중했다.

"너희 엄마는……, 그래……, 뭐라고 표현하면 좋을까……, 음……, 그러니까……."

언니와 나는 놀란 눈빛을 교환했다. 할머니가 횡설수설하는 모습은 영 낯설었다.

"뭔데, 할머니? 엄마가 어떤 사람인데?"

"음……."

할머니는 입술을 지그시 깨물더니 마침내 머뭇거리며 입을 열었다.

"굳이 표현하자면……, 어떤 일에 자연스럽게 끌리는 사람들이 있잖니. 나는 그림을 그리고 화원을 가꾸지, 너희 삼촌은 나무 전문가이고, 베일리 너는 이다음에 커서 배우가 될 거고—."

"줄리아드에 갈 거야."

할머니가 미소 지었다.

"암, 그렇고말고, 할리우드 아가씨. 아니면 브로드웨이 아가씨라고 해야 하나?"

"그래서 엄마는?"

이쯤에서 내가 지적하지 않으면 그 멍청한 대학 얘기를 계속할 게 뻔했다. 나는 언니가 대학에 간다면 그저 내가 걸어서 찾아갈 수 있는 거리이길 바랐다. 아니면 적어도 매일 자전거를 타고 보러 갈 수 있을 만큼 가깝거나. 언니의 대답이 두려워 물어보지도 않았지만.

할머니는 입술을 달싹였다.

"좋아, 네 엄마 말이지, 조금 남달랐어. 뭐랄까…… 그래, 탐험가 같았지."

"콜럼버스 같은 탐험가?"

언니가 물었다.

"그래, 그렇지. **니냐, 핀타, 산타 마리아**˚도 없이 달랑 지도

˚ Niña, Pinta, Santa Maria. 이탈리아의 탐험가 크리스토퍼 콜럼버스가 대서양 횡단 시 사용한 세 척의 배 이름이다.

한 장으로 세상에 나선 여자. 고독한 예술가."

그러고 할머니는 화실을 떠났다. 할머니의 특기이자 가장 효과적인 대화 종료 방식이었다.

언니와 나는 서로를 바라봤다. 우리는 그동안 엄마가 어디에 있는지, 왜 우릴 떠났는지에 대해 끝없이 상상해 왔다. 하지만 그 어떤 상상도 이보다 매혹적이지 않았다. 나는 정보를 더 얻기 위해 할머니를 쫓아갔고 언니는 마룻바닥에 남아 이 그림을 그렸다.

그림 안에는 산꼭대기에 선 여자가 우리를 등진 채 먼 곳을 바라보고 있다. 할머니, 삼촌, 그리고 나(각자 발밑에 이름이 있다)는 산기슭에서 그 고독한 뒷모습을 향해 손을 흔들고 있다. 그림 하단에는 녹색으로 **탐험가**라고 적혀있다. 어떤 까닭인지 언니는 그림에 자신을 넣지 않았다.

나는 성 안토니상을 가슴에 품었다. 마침 내게 필요한 존재였다. 그런데 언니에게는 왜 필요했을까? 뭘 잃어버렸길래?

뭘 찾아야 했길래?

언니의 옷을 입는다.
내 티셔츠 위에 껴입은
언니의 프릴 블라우스 단추를 잠근다.
아니면 언니의 애용하는 스카프를 하나,
가끔은 두 개, 어쩔 땐 전부 목에 두른다.
옷을 훌렁 벗고 언니의 슬립 원피스 한 장을
머리부터 뒤집어쓰고서 피부 위로 물처럼 흐르게 한다.
그러면 기분이 좀 나아진다.
마치 언니에게 안긴 것 같아서.
그다음에는 언니가 떠난 후로
치우지 않은 물건들을 하나씩 만져본다.
땀에 젖은 호주머니에서 나온
구겨진 지폐들
더는 양이 줄어들지 않는
세 병의 향수,
샘 셰퍼드의 극본
《사랑의 바보짓》 사이에 낀
더는 나아가지 않는 책갈피까지.
언니를 떠올리려 두 번을 읽었지만
다 읽고 난 뒤에는 꼭 책갈피를
원래 있던 자리에 돌려놓았다.
가슴이 찢어진다.
언니가 결코

결말을
알 수 없다는 사실에.

: 《폭풍의 언덕》 커버 안에 쓰임, 클로버고등학교 도서실에서 발견

제9장

할머니는 밤새

'반쪽 엄마' 앞에 있다.

흐느끼는 소리가 들린다.

하염없이

구슬프게

내리는 비.

계단 꼭대기에 앉은 나는

할머니가 엄마를 어루만지는 걸 안다.

차갑고 편평한 볼을 쓰다듬으며 속삭인다.

미안하다.

정말 미안하다.

난 몹쓸 생각을 한다.

당연히 미안해야죠.

어떻게 이런 일이 일어나게 할 수 있죠?

어떻게 둘 다 날 떠나게 할 수 있죠?

: 세실리아 제과점 화장실 벽에 쓰임

방학이 되고 2주가 흘렀다. 할머니와 삼촌과 나는 확실히 제 나무를 벗어나 날뛰고 있다. 제각기 다른 방향으로.

증거 1. 할머니가 찻주전자를 들고 나를 따라다닌다. 차가 그 득한 주전자 주둥이에서 김이 폴폴 새어 나온다. 다른 손엔 머 그잔이 두 개 들려있다. 할머니와 나는 종종 둘이서 티타임을 가 졌다. 그날 전까지는. 늦은 오후에 부엌 식탁에 마주 앉아 차를 마시며 나머지 식구들이 올 때까지 대화하곤 했다. 내가 더 이상 차를 마시지 않는 건 할머니와 대화하고 싶지 않아서인데 할머 니는 그걸 알면서도 여전히 받아들이지 못하고 있다.

나는 침대에 털썩 누워 책을 집어 들고 읽는 척했다.

"나 차 안 마셔."

《폭풍의 언덕》 너머로 말하면서 보니 책을 거꾸로 들고 있었 다. 부디 할머니가 눈치 채지 못했기를.

할머니의 표정이 허물어졌다. 극적으로.

"알았다."

할머니가 머그잔 하나를 바닥에 내려놓고 다른 하나에 차를 부어 호로록 들이켰다. 혀를 지질만큼 뜨겁다는 게 티가 났으나 할머니는 아무렇지 않은 척했다. "알았다, 알았어, 알았어."라 고 반복하며 한 모금 더 들이켰다.

방학을 맞은 날부터 할머니는 계속 날 이렇게 졸졸 따라다녔다. 원래 여름은 원예가로서 가장 바쁜 시기지만 할머니는 모든 고객에게 가을까지 휴무라고 알렸다. 그렇게 화초를 가꾸는 대신에 내가 일하는 마리아 이탈리안 델리에 불쑥 들른다든지 브레이크타임에 잠시 쉬러 간 도서관으로 찾아온다든지 플라잉맨즈 계곡까지 미행해 내가 강물에 둥둥 뜬 채 눈물을 흘려보내는 동안 강둑을 따라 걸었다.

하지만 그중에서도 티타임이 최악이었다.

"얘야, 이건 정신 건강에 좋지 않아……."

할머니의 목소리가 걱정으로 녹아 강물처럼 흘렀다. 내 자진 고립을 두고 하는 말인가 싶었는데 곁눈질해 보니 다른 얘기였다. 할머니는 언니의 서랍장 위에 흩어진 껌 포장지와 까만 머리카락이 그물처럼 엉킨 빗을 바라보고 있었다. 그 시선은 방 안을 떠돌며 언니의 의자 등받이에 걸쳐진 옷가지, 침대 기둥 위에 걸린 수건, 빨래 바구니에 쌓인 옷들을 차례로 일별했다.

"일단 몇 가지만 좀 정리하자."

"알았다고 했잖아. 한다니까."

소리 지르게 될까 봐 일부러 속삭이듯 말했다.

"알겠다, 레니."

나는 굳이 눈을 들어 할머니의 상처받은 표정을 확인하지 않았다.

고개를 들었을 때 할머니는 없었다. 순간적으로 뒤쫓아가서 찻주전자를 빼앗아 내 머그잔에 가득 붓고 할머니와 마주 앉고 싶었다. 내가 가진 생각과 감정을 모조리 쏟아내고 싶었다.

하지만 그렇게 하지 않았다.

샤워기를 트는 소리가 났다. 요즘 할머니는 샤워하는 데 엄청난 시간을 쓴다. 물줄기 아래에서 울면 삼촌과 나에게 들리지 않을 거라 믿는 모양이다. 하지만 다 들린다.

증거 2. 나는 똑바로 누웠다가 금세 베개를 껴안고 허공에 대고 낯뜨거우리만치 열정적으로 키스했다. 또! 난 왜 이 모양이지? 대체 누가 장례식에 온 모든 남자애와 키스하고 싶어 하고, 언니의 애인과 키스한 다음 날 애꿎은 남자애를 모진 말로 할퀴며, **아니, 그보다 애초에 어떤 애가 언니의 애인과 키스를 해?**

내 생각을 차단할 순 없나? 도무지 이해가 안 갔다. 이제껏 육체관계는 상상한 적도 없고 실행한 적은 더더욱 없다. 지난 4년간 세 번의 파티에서 만난 세 명의 남자애가 다였다. 혀에서 핫도그 맛이 났던 케이시 밀러, 영화관에서 팝콘 통이 아닌 내 셔츠 속으로 손을 넣어 더듬던 댄스 로젠크란츠, 8학년 때 사라가 끌어들인 병 돌리기 게임에서 키스 상대로 걸린 재스퍼 스톨츠. 세 번 다 물컹한 심해어가 떠오를 뿐이었다. 캐시와 히스클리프도 아니고 채털리 부인과 올리버 멜러즈도 아니며 엘리자베스 베넷과 다아시도 아니었다. 물론 예전부터 폭풍 같은 치정 로맨스에 푹 빠졌던 나지만, 그런 건 어디까지나 이론상의 이야기일 뿐 책을 덮고 책장에 꽂아 넣으면 그만이었다. 남몰래 꿈은 꾸되 내게 일어나리라곤 상상도 못 했다. 그런 건 파란만장하게 극을 이끌어가는, 베일리 워커 같은 주인공들에게나 어울리는 상황이니까. 그런데 지금 나는 완전히 맛이 가서 손에 닿는 모든 것에 입술을 갖다 붙이고 있다. 베개, 안락의자, 문틀, 거울까지. 떠올려선 안 될 사람을 떠올리며, 다시는 엮이지 않겠다고 맹세한 사람을 떠올리며, 내 불안을 조금이나마 덜어주는 유일한 사람을 떠올리며.

아래층 현관문이 쾅 닫히면서 나는 토비의 금지된 품 안에서 화들짝 빠져나왔다.

빅 삼촌이었다.

증거 3. 삼촌이 쿵쿵거리며 곧장 부엌으로 들어서는 소리가 들렸다. 이틀 전, 빅 삼촌은 부엌에서 피라미드 모형 위에 씌워놓았던 천을 벗겼다. 좋은 징조는 아니었다. 그 모형은 오래전 삼촌이 이집트 피라미드의 기하학 구조에 담긴 수학 공식에 기초해 만든 것으로(나무와 대화도 하는 사람이니 그리 놀랄 일은 아니다), 삼촌 말로는 실제 피라미드처럼 특별한 힘을 지녔다고 한다. 삼촌은 줄곧 그 모형이 꽃이나 과일의 수명을 늘리고 심지어 죽은 벌레까지 되살릴 수 있다고 믿어왔다. 그래서 그것들을 모형 아래 두고 꾸준히 관찰했다. 피라미드 주술 기간이면 빅 삼촌과 언니와 나는 집 안팎을 뒤져 죽은 거미를 찾아냈고 매일 아침 부활을 목격하길 바라며 피라미드로 달려가곤 했다. 허탕의 연속이었다. 하지만 빅 삼촌은 극도로 심란할 때마다 내면의 주술사를 불러냈고 그때마다 피라미드도 덩달아 등장했다. 이번에는 성공하지 않을 리 없다. 지난번에는 단지 핵심 요소를 빼먹어서 실패한 것뿐이니까. 전기 띤 코일. 삼촌은 그것을 피라미드에 설치해 두었다.

잠시 뒤, 마리화나에 취한 삼촌이 열린 방문 사이로 지나갔다. 요즘 삼촌은 마리화나를 너무 자주 피워서 집에 오면 나와 할머니 위를 떠도는 거대한 풍선처럼 보인다. 마주칠 때마다 의자에 묶어놓고 싶을 지경이다.

삼촌은 가던 길을 되돌아와 내 방 문가에서 잠시 서성였다.

"내일 죽은 나방 몇 마리를 더 추가할 거야."

삼촌은 마치 우리가 대화 중이었던 것처럼 말했다.

나는 고개를 끄덕였다.

"좋은 생각이야."

삼촌도 고개를 끄덕이고 자기 방으로 두둥실 떠났다. 그대로 창문 밖으로 날아가 버릴 것만 같았다.

이게 우리다. 두 달째에 접어든 우리의 모습. 정신 나간 한 무리.

다음 날 아침, 할머니는 샤워 후 수건을 두른 채 재 맛 아침을 준비하고, 삼촌은 피라미드 아래에 둘 죽은 나방을 찾아 빗자루로 서까래 위를 쓸고, 나는 숟가락에 입술을 파묻고 쪽쪽대지 않으려고 애쓰고 있을 때, 누군가가 현관문을 두드렸다. 우리 셋은 얼어붙었다. 우리의 애처로운 무언의 촌극을 누군가에게 들킬까 봐. 나는 집에 사람이 있다는 티를 내지 않으려고 발끝으로 문까지 걸어가 감시창으로 밖을 살폈다. 조 폰테인이었다. 역대급으로 활기찬, 마치 문이 자기한테 농담이라도 건넨 듯한 얼굴이었다. 한 손엔 기타를 들고 있었다.

"다들 숨어."

내가 속삭였다. 남자애들은 색욕에 미친 내 머릿속 한구석에 꼭꼭 숨어있는 편이 안전했다. 침몰하는 우리 집 문 앞에 서있는 것보다. 특히 저 거리의 음악가라면. 나는 방학 이후 클라리넷을 케이스에서 꺼낸 적도 없다. 하계 연습에 참석할 생각도 없다.

"허튼소리."

수건 재질의 밝은 보라색 드레스를 입고 분홍색 수건을 터번처럼 두른 할머니가 현관으로 다가왔다.

"누군데?"

할머니는 평소보다 수백 데시벨이나 큰 목소리로 속삭였다.

"밴드부에 새로 온 애. 별로 상대하기 싫어."

나는 할머니를 부엌으로 돌려보내려고 손을 휘이휘이 내저었다.

가구에 문대는 것 말고는 입술 쓰는 법도 까먹은 상태였다. 내 안에는 대화의 씨가 말랐다. 학교 사람은 아무도 만나지 않았고 만날 생각도 없었다. 사라에게도 답장하지 않았다. 사라는 장문의 이메일(또는 에세이)을 보내 자신은 토비와의 일을 전혀 비난하지 않는다고 늘어놓았고 그것이 오히려 나를 얼마나 비난하고 있는지 알려주었다. 나는 눈에 띄지 않으려고 부엌 한구석으로 피신했다.

"오호라, 음유시인이시네."

할머니가 문을 열며 중얼거렸다. 사람을 홀리는 조의 얼굴을 확인했는지 곧바로 목소리가 간드러지기 시작했다.

"난 우리가 21세기에 사는 줄 알았는데 말이지……."

할머니가 콧소리를 내며 말했다. 조를 구해야 했다.

나는 마지못해 구석에서 나와 힌두교 지도자 같은 차림으로 방문객을 유혹하는 할머니 곁으로 다가갔다. 그제야 조의 모습이 눈에 제대로 들어왔다. 애가 얼마나 자체 발광하는지 잊고 있었다. 몸속에 피가 아닌 빛이 흐르는 낯선 인종.

조는 할머니와 얘기하면서 기타 케이스를 세워 팽이처럼 돌리고 있었다. 구해줄 필요도 없이 마냥 즐거워 보였다.

"안녕, 존 레넌."

그날 나무 위에서의 승강이는 없던 일처럼 조가 날 향해 빔을 쏘았다.

너 여기 왜 왔어? 어찌나 큰 소리로 생각했는지 머릿속이 터질 것 같았다.

"요새 잘 안 보이더라."

조의 얼굴에 얼핏 쑥스러운 기색이 스쳤다. 그 순간 가슴이 벌렁거렸다. 하, 이 안달 난 새 몸뚱이를 다스릴 수 있을 때까지 모든 남자애한테서 접근금지 명령을 받던가 해야지.

"들어오시게. 마침 아침을 차리던 중이니."

할머니가 기사를 응대하듯이 말했다.

조는 내게 그래도 되냐고 묻는 듯한 눈빛을 보냈다. 할머니는 먼저 부엌으로 향하면서 덧붙였다.

"한 곡 퉁겨주셔도 좋겠소. 우리 기운 좀 나게."

나는 조에게 미소 지었다. 불가항력이었다. 손으로 들어오라고 시늉했다. 부엌으로 가는데 할머니가 삼촌에게 여전히 거창한 어투로 말하는 게 들렸다.

"저 청년이 특출나게 긴 속눈썹을 나한테 껌뻑대더이다."

장례식 이후로 이렇다 할 방문객이 없던 터라 우리의 행동은 조금 부자연스러웠다. 두둥실 떠돌던 빅 삼촌은 어느새 바닥에 안착해, 죽은 것들을 쓸어 모으던 빗자루를 짚고 섰다. 할머니는 주방 한가운데 서서 주걱을 들고 만면에 미소를 머금었다. 자기가 뭘 입고 있는지도 모르는 게 분명했다. 나는 식탁 의자에 허리를 꼿꼿이 펴고 앉았다. 다들 아무 말도 하지 않고 그저 텔레비전이 저절로 켜지길 바라는 모양새로 조를 주시했다.

켜졌다.

"화원이 장난 아니던데요. 저렇게 야성미 넘치는 꽃들은 처음 봤어요. 어쩌면 저 장미들이 제 모가지를 싹둑 잘라 화병에 꽂을지도 모른다고 생각했다니까요."

조가 고개를 절레절레 흔들자 머리카락이 눈가에 사랑스럽게 내려앉았다.

"마치 에덴동산 같아요."

"에덴동산에선 정신 똑바로 차려야 한다. 유혹이 얼마나 많다고."

나는 신의 음성처럼 쩌렁쩌렁한 빅 삼촌의 목소리에 흠칫 놀랐다. 삼촌은 최근 내 묵언 수행에 동참해서 할머니의 속을 두 배로 긁고 있었다.

"여기 꽃향기는 심장에 온갖 고장을 일으키는 걸로 유명해."

"정말요? 어떤 고장을요?"

"별게 다 있어. 예를 들어 장미 향은 사랑의 열병을 키우지."

삼촌 말에 조의 시선이 미묘하게 날 훑고 지나갔다. 후와, 기분 탓이겠지? 조의 눈은 다시 삼촌에게 박혀있었다.

"개인적인 경험과 다섯 번의 결혼에서 우러나온 말이야."

삼촌은 조를 향해 씩 웃으며 말을 이었다.

"그나저나 난 빅이라고 한다. 레니의 삼촌이지. 보아하니 이곳이 처음인가 보구나. 아니면 이미 소문을 들어봤겠지."

따지자면 조는 빅 삼촌이 이 동네 난봉꾼이라는 소문을 먼저 들었을 것이다. 매일 점심때만 되면 각지에서 도시락을 싸 들고 온 여자들이 그 수목 관리 전문가의 눈에 띄어 식사에 초대받길 바라며 수목원 안을 배회한다는 소문을. 그 소문에는 항상 식사가 채 끝나기도 전에 두 사람의 옷가지가 추풍낙엽처럼 나뒹굴더라 하는 전설 같은 이야기가 뒤따랐다.

조가 삼촌의 광대하고 덥수룩한 수염을 유심히 바라봤다. 마음에 들었는지 조의 미소가 즉각 부엌을 한층 밝혔다.

"네. 한동안 도시에서 살다가 몇 달 전에 이곳으로 왔어요. 그 전에는 파리에 있었고요."

흠, 아무래도 이 친구는 대문에 붙은 경고문을 그냥 지나친 모양이군. 할머니 반경 1킬로미터 내에서 **파리**라는 단어는 금기란

것을. 너무 늦었다. 이미 할머니가 프랑스 찬미가를 늘어놓기 시작했으니까. 하지만 조는 할머니의 예찬에 공감하는 것 같았다.

"아, 계속 거기 살았**더라면**……."

조가 탄식했다.

"아니지, 아니지."

할머니가 나무라듯 손가락을 휘휘 내저었다. 아, 안 돼. 할머니의 양손이 허리를 짚었다. 나온다.

"엉덩이에 바퀴가 달렸**더라면**, 나는야 쇼핑 카트가 되리."

할머니가 엉터리 가락을 뽑아냈다. 자기연민에 빠지는 걸 미리 차단하는 할머니만의 주문이었다. 나는 진저리를 쳤으나 조는 소리 내어 웃었다.

할머니는 조에게 푹 빠졌다. 무리도 아니었다. 할머니는 조의 손을 이끌고 전시장의 도슨트처럼 집 안을 안내하며 자신이 그린 호리호리한 여자들을 자랑했다. 정말로 깊은 인상을 받았는지 조는 진심에서 우러나온 듯한 감탄사를 내뱉었다. 굳이 덧붙이자면 프랑스어로. 그 소리에 빅 삼촌은 다시 죽은 벌레를 찾아 온 집 안을 뒤졌고 나는 공상 속에서 실컷 희롱하던 숟가락을 조 폰테인의 입술로 대체했다. 거실에서 들려오는 대화로 보건대 둘은 '반쪽 엄마' 앞에 서있는 듯했다. 이 집에 온 방문객들은 하나같이 비슷한 감상을 꺼냈기 때문이다.

"어쩐지 으스스한데요."

조가 말했다.

"흠, 그래……, 이건 내 딸 페이지란다. 레니와 베일리의 엄마지. 집을 떠난 지 아주 아주 오래되었단다……."

충격받았다. 할머니가 자진해서 엄마 얘기를 꺼낸 적은 없었다.

"언젠간 마무리할 거야. 아직 미완성이거든……."

엄마가 돌아와 포즈를 취해주면 마저 끝낼 거라고 할머니는 입버릇처럼 말했다.

"자 이제, 먹자."

나는 할머니의 목소리에 스민 고통을 읽을 수 있었다. 언니가 떠난 뒤로 엄마의 빈 자리는 더욱 뚜렷해졌다. 나는 요새 할머니와 빅 삼촌이 생생한, 거의 필사적인 그리움으로 '반쪽 엄마'를 바라보는 모습을 걸핏하면 목격했다. 엄마의 부재가 내게도 한층 선연하게 다가왔다. 엄마가 지금 어디 있는지, 무엇을 하고 있을지는 자기 전에 언니와 함께 곧잘 상상하던 주제였다. 언니 없이 엄마를 생각하는 일은 엄두도 안 났다.

실내화 밑창에 시를 끄적이고 있을 때 두 사람이 부엌으로 돌아왔다.

"종이 다 떨어졌어?"

응. 나는 발을 내려놓았다. 네 전공은 뭐야, 레니? 응, 괴짜학.

조가 식탁 의자에 앉아 긴 팔다리를 연체동물처럼 우아하게 늘어뜨렸다.

우리는 여전히 이 낯선 이방인을 어떻게 대해야 할지 몰라 다시 멀뚱히 바라보고만 있었다. 그러나 이방인 쪽은 우리와 함께 있는 게 꽤 편안해 보였다.

"이 식물은 왜 이래요?"

조는 식탁 한가운데 놓인 절망적인 레니 화초를 가리켰다. 분명 심각한 병에 걸린 듯한 모양새였다. 우리는 침묵으로 일관했다. 하기야 내 도플갱어 화초에 대해 우리가 뭐라고 설명하겠는가?

"그건 레니야. 죽어가고 있지. 솔직히 우리도 손을 놓은 상태란다."

빅 삼촌이 엄숙히 선고했다. 공간 전체가 숨을 깊이 들이켠 듯 어색해졌다. 다음 순간 할머니와 삼촌과 나는 일제히 빵 터졌다. 삼촌은 식탁을 탕탕 치며 술 취한 물개처럼 웃었고 할머니는 조리대를 향해 몸을 뒤로 젖힌 채 숨을 헐떡거렸고 나는 나대로 식탁 위로 엎어진 채 주체 못 할 헐떡임과 쿵쿵거림을 오가며 숨을 쉬려고 애썼다. 우리 셋 다 몇 달간 겪어보지 못한 폭소의 도가니에 빠져 정신을 못 차렸다.

"구치 숙모! 구치 숙모!"

할머니는 폭소 사이사이 새된 비명을 질렀다. 구치 숙모란 언니와 내가 할머니의 웃음소리를 지칭하던 말이다. 어느 날 풍선이 가득 든 여행 가방을 들고 불쑥 찾아와 도무지 떠날 생각을 안 하는 분홍 머리의 미친 친척 같다고 해서 붙인 이름이었다.

"오, 이런, 이런. 난 구치가 영 떠난 줄 알았는데."

할머니가 씨근거렸다.

조는 폭소의 현장을 나름대로 잘 받아들이는 것 같았다. 의자 뒷다리로만 균형을 잡고 비스듬히 기대앉은 조는 마치 흥미로운 쇼를 구경하는 듯한 얼굴이었다. 뭐, 상심한 인간 셋이 폭주하는 꼴이 볼만했으려나. 마침내 어느 정도 진정한 내가 눈물을 닦고 잘게 들썩거리며 조에게 화초의 비화를 들려주었다. 이제껏 자기가 동네 정신 병원에 입성한 줄 용케 몰랐다면 이제 확실히 알았겠지. 뜻밖에 조는 어색한 변명을 주워섬기며 자리를 뜨지 않았다. 오히려 자못 심각한 얼굴로 내 얘기에 귀 기울이며 별 볼 일 없는 시한부 식물의 운명을 실제로 신경 쓰는 것처럼 보였다.

식사를 마친 조와 나는 여전히 아침 안개가 스산하게 감도는 뒤편 포치로 나갔다. 망으로 된 문이 우리 뒤로 닫히자마자, 조가 입을 열었다.

"한 곡만."

마치 그날 나무 위에서부터 시간이 흐르지 않은 것 같았다.

나는 난간으로 가 몸을 기대고 팔짱을 꼈다.

"넌 연주해. 난 들을게."

"이해가 안 가. 왜 안 하겠다는 건데?"

"하고 싶지 않으니까."

"그러니까 왜? 곡은 네가 정해도 돼."

"그냥 하고 싶지 않다고 했잖―."

조가 웃음을 터뜨렸다.

"맙소사, 내가 무슨 섹스라도 조르는 것 같다."

몸 안의 피가 일제히 두 뺨으로 모여들었다.

"제발, 딱 한 번만……."

조가 얼간이처럼 팔자 눈썹을 하고 날 놀렸다.

순간적으로 포치 밑에 기어 들어가고 싶었지만 조의 헤벌쭉한
미소에 이내 피식하고 말았다.

"모차르트 팬이지?"

조가 쪼그려 앉아 기타 케이스를 열었다.

"클라리넷 연주자들은 다 그렇던데. 아니면 바흐의 독실한 신
자?"

조가 눈을 가늘게 뜨고 날 올려다봤다.

"아니다, 둘 다 아닌 거 같아."

기타를 꺼낸 조가 커피 테이블에 걸터앉아 무릎으로 기타를 추어올렸다.

"알겠다. 혈관에 피가 흐르는 클라리넷 연주자라면 집시 재즈를 거부할 수 없지."

조는 기타 줄을 징징 퉁겼다.

"맞나? 아, 이건가!"

조가 손으로 장단을 맞추며 발로 바닥을 두드렸다.

"딕시랜드˚!"

삶에 취한 애다, 라고 생각했다. 낙천주의자의 상징인 캉디드를 울상으로 만들어 버릴 애. 애는 죽음이 존재한다는 걸 알고는 있을까?

"그래서, 누구 아이디어였는데?"

내가 물었다.

조가 손가락 장단을 멈췄다.

"무슨 아이디어?"

"우리가 같이 연주하는 거. 저번에 네가―."

"아, 그거. 마거릿 세인트 데니스, 마거릿 선생님이 우리 가족의 오랜 지인이거든. 날 이곳으로 망명 오게 한 장본인이시지. 뭐랬더라, 그래, 레니 워커가 *주 데 라 클라리네트 코마 운 레브*(클라리넷을 꿈처럼 연주한다)라던가."

˚ 재즈의 장르 중 하나로, 행진곡 리듬을 타고 즉흥적으로 연주하는 특성이 있다.

조가 마거릿 선생님처럼 손을 허공에 빙빙 휘둘렀다.

"*엘레 주 아 하비, 데 메르베이*(황홀하고, 놀랍다)라던가."

여러 감정이 한꺼번에 밀어닥쳤다. 당혹감, 뿌듯함, 죄책감, 메스꺼움까지. 너무 벅차서 난간을 부여잡아야 했다. 마거릿 선생님이 조에게 또 뭐라고 했을까.

"*켈 카타스터프*(대참사)였지. 마거릿 선생님에게 꿈처럼 연주하는 제자는 **내가** 유일한 줄 알았으니까."

내가 혼란스러워 보였는지 조가 덧붙였다.

"프랑스에서 말이야. 마거릿 선생님은 여름마다 우리 학교에서 가르쳤거든."

내가 나의 마거릿 선생님이 조의 마거릿 선생님이기도 하다는 사실을 받아들이고 있을 때 창문 사이로 빅 삼촌이 바쁘게 오갔다. 또다시 머리 위로 빗자루를 들고 장차 부활할 생물들을 채집하고 있었다. 조가 눈치채지 못한 게 다행이라면 다행이었다.

"농담이야. 사실 클라리넷은 내 특기도 아닌걸."

"내가 듣기론 아주 **환상적**이라던데."

"레이철은 귀가 그리 예민한 편이 아니야."

조가 덤덤하게 말했다. 깔보는 기색은 없었다. 그 이름이 그리 쉽게 나오는 걸 보니 아주 입에 달고 사는 걸지도 모른다. 아마도 키스하기 직전에. 다시 얼굴로 피가 몰렸다. 시선을 내려

애꿎은 신발만 살폈다. 나 정말 왜 이래? 얘는 그저 흔한 뮤지션들처럼 함께 음악을 하고 싶을 뿐인데.

"널 생각했어⋯⋯."

그 말, 그 다정하고 조심스러운 말투를, 설마 내가 머릿속으로 꾸며냈나 싶어 감히 고개를 들지 못했다. 하긴 그랬다면 더 엄한 것을 상상했겠지.

"얼마나 미치게 슬플지, 그리고⋯⋯."

조가 말을 멈췄다. **그리고 뭐?** 고개를 드니 조도 역시 내 신발을 살피고 있었다.

"그래."

조가 나와 시선을 맞추고 다시 입을 뗐다.

"우리가 손을 잡고 대초원 같은 데서 날아오르는 상상을 했어."

후와, 기대했던 바는 아니지만, 마음에 들었다.

"성 조지프?"

"그분 탓이지."

조가 고개를 끄덕였다.

"어떻게 날아올랐는데? 로켓처럼?"

내가 물었다.

"아아니. 그냥 슉, 슈퍼맨 스타일로. 느낌 알지?"

조가 한쪽 팔을 치켜들고 기타를 든 팔은 뒤로 접어 보였다.

알지. 얼굴만 봐도 웃음이 나오는 느낌. 방금 한 말에 내 꼬인 속이 펴지는 느낌. 포치 주변을 감싼 짙은 안개가 세상으로부터 우릴 차단해 주는 느낌.

털어놓고 싶었다.

"꼭 너랑 하고 싶지 않은 건 아니야."

용기가 식기 전에 얼른 내뱉었다.

"그냥 그래. 잘은 모르겠어. 그냥 달라, 연주는."

나는 나머지 말도 꾸역꾸역 내보냈다.

"수석이 되고 싶지도 않고, 솔로도 하고 싶지 않았어. 내가 다 망쳤어. 수석 오디션도 일부러……."

이 얘기를 누군가에게 소리 내어 말한 것은 처음이었다. 후련함이 행성처럼 다가왔다. 나는 이어서 말했다.

"솔로가 싫더라고. 너는 잘 모를 수도 있겠지만, 그건 너무……."

나는 말을 찾지 못해 팔만 이리저리 휘둘렀다. 그러다 손을 뻗어 플라잉맨즈 쪽을 가리켰다.

"강에서 돌다리를 건너는데, 이런 짙은 안개 속에서는 혼자 덩그러니 떨어진 것 같으니까, 그 한 발짝 한 발짝이 마치……."

"마치?"

퍼뜩 내 말이 얼마나 우스꽝스럽게 들릴지 자각했다. 나도 내가 무슨 얘기를 늘어놓고 있는지 몰랐다.

"아무것도 아냐."

내가 말했다.

조는 어깨를 으쓱했다.

"실수를 두려워하는 뮤지션은 셀 수 없이 많아."

줄기차게 흐르는 강물 소리가 어렴풋이 들렸다. 마치 안개를 가르고 찾아온 듯했다.

무대 공포증 같은 게 아니었다. 마거릿 선생님도 그런 식으로 오해했다. 그게 내가 레슨을 그만둔 이유일 거라고. **담력을 길러야 해, 레니. 담력을.** 하지만 그게 아니었다. 그런 문제는 차라리 사소했다. 나는 연주할 때마다 꼭 장난감이 튀어나오는 상자 속에 억지로 쑤셔 넣어지는 기분이었다. 스프링도 없이. 그렇게 된 지 꼬박 1년째였다.

조는 허리를 굽혀 케이스에서 악보를 뒤지기 시작했다. 손으로 쓴 악보가 많았다.

"그냥 해보자. 기타와 클라리넷은 멋진 듀엣이라고. 미개발 분야일 뿐이지."

조는 나의 일대 고백을 심각하게 받아들이지 않은 눈치였다. 큰맘 먹고 고해성사했더니 신부님이 귀마개를 꽂고 있단 걸 뒤늦게 알아챈 느낌이었다.

"오늘은 말고."

내가 한발 물러섰다.

"와우. 희망이 보이는데."

조가 씩 웃었다.

어느새 나는 사라지고 없었다. 조는 기타 위로 몸을 숙이고 온 신경을 집중해 기타를 조율했다. 시선을 돌려야 할 때였지만, 나는 눈을 뗄 수 없었다. 실은, 완전히 얼이 빠졌다. 얘는 어쩜 이렇게 시원스럽고 태평하고 대담하고 열정적이고 생기 넘칠 수 있을까? 짧은 순간, 나는 조와 연주하고 싶었다. 함께 새들을 방해하고 싶었다.

한참 뒤에야, 조가 몇 곡을 연달아 치고 난 뒤에야, 모든 안개가 사라졌을 때쯤에야, 조의 말이 맞았다는 걸 깨달았다. 그랬다. 나는 미치게 슬펐다. 그리고 마음속 깊은 곳에선 그저 날아오르고 싶었다.

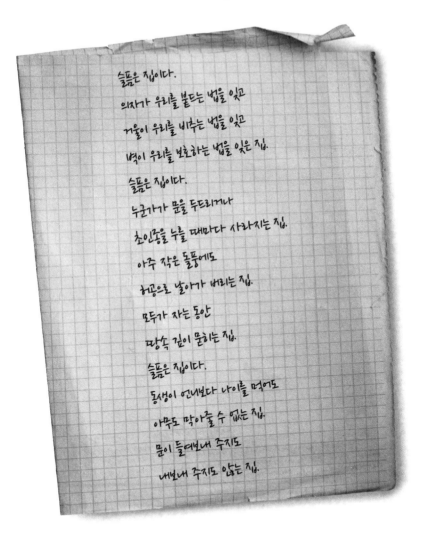

제10장

슬픔은 집이다.

의자가 우리를 붙드는 법을 잊고

거울이 우리를 비추는 법을 잊고

벽이 우리를 보호하는 법을 잊은 집.

슬픔은 집이다.

누군가가 문을 두드리거나

초인종을 누를 때마다 사라지는 집.

아주 작은 돌풍에도

허공으로 날아가 버리는 집.

모두가 자는 동안

땅속 깊이 묻히는 집.

슬픔은 집이다.

동생이 언니보다 나이를 먹어도

아무도 막아줄 수 없는 집.

문이 들메보내 주지도

내보내 주지도 않는 집.

: 할머니의 화원 바위 밑에서 발견

평소처럼 잠이 안 와서 언니의 책상에 앉아 성 안토니상을 쥐고 있었다. 언니의 물건 정리를 앞두고 심란한 상태였다. 오늘 델리에서 라자냐 임무를 끝내고 돌아오니 언니 책상 옆에 종이 상자가 펼쳐져 있었다. 나는 아직 서랍 하나 열어보지 않았다. 못했다. 그 나무 손잡이를 만질 때마다 생각하지만, 언니는 한 번도 서랍에서 노트나 명함이나 펜 따위를 꺼낸 적이 없었다. 갑자기 몸 안의 모든 숨이 한꺼번에 빠져나갔다. **언니는 그 갑갑한 공간 속에……**.

아니야. 나는 떠오른 이미지를 머릿속 벽장에 처박고 문을 쾅 닫았다. 눈을 감고 숨을 한 번, 두 번, 세 번 쉬고 눈을 뜨니 어느새 나는 다시 '탐험가 엄마'를 보고 있었다. 손을 뻗어 바스러질 듯한 종이를 만졌다. 흐릿해져 가는 형상을 손가락으로 쓸며 크레용의 질감을 느꼈다. 이 그림의 실제 인물은 자신의 딸 중 하나가 열아홉 살에 죽었다는 사실을 알고 있을까? 그 순간 차가운 공기나 뜨거운 섬광을 느꼈을까? 아니면 그 비범한 방랑 생활 속 여느 한때처럼 아침을 먹거나 신발 끈을 묶고 있었을까?

할머니가 엄마를 탐험가라고 말한 이유는 엄마가 워커가에 흐르는 '역마살'을 타고난 인물이라는 것을 우리에게 어떻게 설명해야 좋을지 몰랐기 때문이다. 할머니에 따르면 이 역마살은 대대로 우리 가문, 주로 여자들을 괴롭혀 왔다. 살이 낀 사람들은 이 동네에서 저 동네로, 이 대륙에서 저 대륙으로, 이 연인에서 저 연인에게로 정처 없이 떠돌았고(따라서 엄마조차 우리의 아빠가 누군지 모른다는 게 할머니의 설명이었다), 지쳐 쓰러질 때쯤 집으로 돌아왔다. 할머니의 고모 실비, 먼 친척인 버지니아도 그랬고 선대들과 마찬가지로 전 세계를 유랑하다 되돌아왔다. 떠나는 것이 그들의 운명이지만, 돌아오는 것 또한 운명이라고 할머니는 말했다.

"남자들은 안 걸려?"

열 살 때 내가 할머니에게 물었다. '그 병'을 차츰 이해하기 시작했을 무렵, 할머니와 함께 강에 수영하러 가던 길이었다.

"물론 남자들도 걸리지."

할머니는 가던 길을 멈추고 내 두 손을 그러쥐더니 드물게 엄숙한 투로 말했다.

"좀 더 커야 이해할지 모르겠다만, 레니, 이런 식이란다. 남자가 그걸 걸려 봐야 사람들은 잘 몰라. 우주비행사니, 조종사니, 지도 제작자니, 범죄자니, 시인 따위가 돼서 자기가 아빠가 됐는지 알기도 전에 떠나버리곤 하니까. 여자가 걸리면, 뭐, 복잡해지지. 그냥 달라."

"뭐가? 어떻게 다른데?"

"글쎄, 엄마란 사람이 이렇게 오랫동안 자기 딸들을 돌보지 않는 경우는 잘 없잖니?"

정곡이었다.

"너희 엄마는 그렇게 타고난 거야. 내 자궁에서 곧장 세상으로 뛰쳐나간 거나 다름없지. 처음부터 줄곧 달리고 또 달리고 있었던 거야."

"도망치는 거야?"

"아니다, 얘야. 결코 **도망**이 아니야. 그건 알아두렴."

할머니가 내 손을 꽉 쥐었다.

"그저 앞만 보고 달리는 거지."

앞에 대체 뭐가 있길래? 나는 언니의 책상에서 일어났다. 엄마는 그때 뭘 향해 달려가고 있었을까? 엄마에게 언니와 난 뭐였을까?

창가로 가 커튼을 조금 젖히자 별빛을 머금은 자두나무 아래, 푸른 잔디 위, 세상 속에 덩그러니 앉아있는 토비가 보였다. 쭉 뻗은 다리 위로 루시와 에델이 늘어져 있었다. 늘 안 보이던 개들이 토비만 오면 나타나는 게 참 신통했다.

불을 *끄고* 침대에 들어가 조 폰테인에 대해 상상하는 편이 낫다는 걸 알면서도, 나는 그러지 않았다. 나무 아래서 토비를 만나, 마치 몇 날 며칠을 함께 계획했던 것처럼 아무 말 없이, 강을 향해 숲속으로 깊숙이 들어갔다. 루시와 에델은 얼마간 우리를 뒤따라오더니, 토비와 알아들을 수 없는 대화를 나눈 뒤 다시 집 쪽으로 총총히 되돌아갔다.

나는 이중생활을 하는 기분이었다. 낮에는 레니 워커, 밤에는 헤스터 프린*으로.

나는 속으로 중얼거렸다. 키스는 안 돼. 무슨 일이 있더라도.

훈훈하고 바람 없는 밤, 숲은 적막하고 쓸쓸했다. 그 속에서 우리는 개똥지빠귀의 휘파람을 들으며 나란히 걸었다. 고요한 달빛 속에서도 토비는 따가운 햇볕과 강한 바람에 노출된 뱃사람처럼 지쳐 보였다.

"오지 말아야 했겠지."

"아마도."

"네가 걱정돼서……."

토비가 나직하게 말했다.

"고마워."

대답하자마자, 다른 사람과 있을 때 걸치는 멀쩡함이라는 겉옷이 어깨에서 스르르 떨어졌다.

걸음걸음 슬픔이 맥동했다. 우리가 지나갈 때마다 나무들이 가지를 옹그리고 별들이 빛을 좀 더 보내줄 것만 같았다. 나는 유칼립투스와 송진의 톡 쏘는 향을 들이켰다. 한 번 들이마실 때마다 이 세상에 내가 존재하는 시간이 몇 초 늘어나는 듯했

* 소설 《주홍 글자》의 주인공이다.

하늘은 어디에나 있어

다. 여름 공기의 달콤함을 혀로 음미하고 꿀꺽꿀꺽 삼켜버리고 싶었다. 살아 숨 쉬고 심장이 뛰는 몸속으로.

"토비."

"응?"

"살아있다는 걸 좀 더 느껴? 그때 이후로⋯⋯."

마치 부끄러운 일을 고백하는 것 같아서 묻기 두려웠지만 토비가 나와 똑같이 느끼는지 궁금했다.

토비는 망설이지 않았다.

"그때 이후로 **모든 걸** 좀 더 느껴."

맞다. 모든 걸 좀 더. 마치 어떤 존재가 세상의 스위치를 켜 만물을 가동하듯, 그 안의 나와 내 안의 모든 것을, 좋은 것이든 나쁜 것이든, 죄다 최고치로 끌어올리는 느낌.

토비가 나무에서 잔가지 하나를 꺾어 손가락 사이로 툭 부러뜨렸다.

"요즘 밤마다 보드를 타면서 한심한 짓을 해. 멍청이들이나 시도하는 말도 안 되는 과시용 기술들을 혼자서 하다가⋯⋯, 몇 번은 완전히 골로 갈 뻔했지."

토비는 이 동네에서 안정적으로 고난도 기술을 뽐내는 몇 안 되는 스케이터 중 하나다. 스스로 위험하다고 자각했을 정도면 실제로는 거의 자살행위 수준이었으리라.

"언니가 원치 않을 거야, 토비."

나는 목소리에 애원조가 묻어나지 않도록 애썼다.

"알아, 알지."

토비가 탄식하며 방금 한 얘기를 떨구고 가려는 듯 걸음을 재촉했다.

"날 죽이려 들걸."

너무 단호하게, 힘주어 말해서 설마 스케이팅이 아니라 우리 둘 사이에 있었던 일을 두고 하는 말인가 싶었다.

"다신 안 그럴 거야."

토비가 못 박았다.

"좋아."

여전히 어느 쪽인지 모른 채로 대답했다. 만약 우리 얘기라면 토비는 걱정하지 않아도 좋았다. 안 그런가? 나는 그 일을 없던 일로 해왔고, 언니에게도 다시는 아무 일 없을 거라고 약속했으니까. 이렇게 생각하면서도 내 눈은 토비를 빨아들이고 있었다. 넓은 가슴과 단단한 팔뚝, 그리고 주근깨. 기억 저편에서 내 입술을 굶주린 듯 탐하던 입술, 내 머리카락을 파고들던 커다란 손, 내 속을 관통하던 열기, 그게 얼마나 나를—

"너무 무모했지……."

토비가 말했다.

"맞아."

나는 숨을 약간 헐떡였다.

"레니?"

누가 각성제 좀.

토비가 날 이상하게 쳐다봤지만 이내 내 눈을 통해 내 머릿속에 무슨 일이 벌어지고 있는지 알아챈 것 같았다. 왜냐면 눈을 크게 번뜩이더니 재빨리 눈길을 돌렸으니까.

정신 차려, 레니.

침묵한 채 숲속을 걷다 보니 어느새 감각들이 돌아왔다. 별과 달은 우거진 나무 우듬지에 거의 가려졌고 내 몸은 물 같은 허공을 가르며 어둠 속에서 유영하는 것 같았다. 걸음을 옮길 때마다 점점 거세지는 물살 소리에 언니가 떠올랐다. 날마다, 해마다, 이 길 위에서 우리는 정신없이 이야기하다 웅덩이에 빠지고, 태양이 내리쬐는 바위 위에 하염없이 널브러져…….

"이제 나 혼자야."

내가 속삭이듯 말했다.

"나도……."

목소리의 울림이 컸다. 토비는 다른 말 없이, 나를 보지도 않고, 그저 내 손을 그러쥐었다. 머리 위 우듬지가 점점 두꺼워지고 우리가 함께 점점 더 깊은 어둠 속으로 파고들 때까지.

"너무 죄책감이 들어."

작은 소리로 말하자마자, 토비의 귀에 닿기 전에 이 밤이 모두 빨아들였으면 했다.

"나도 그래."

토비도 속삭이듯 답했다.

"그것만이 아니야, 토비……."

"그럼?"

주위를 감싼 어둠 속에서 토비의 손을 잡고 있자니 말할 수 있을 것 같았다.

"나만 혼자 살아있는 것도……."

"아니, 그러지 마, 레니."

"하지만 언니는 항상 훨씬……, 좀 더—."

"아니."

토비가 말을 막았다.

"베일리는 네가 그런 식으로 느끼길 원치 않을 거야."

"알아."

이어서 나는 스스로 금기시했던 생각을 불쑥 내뱉었다.

"언니는 관 속에 있어, 토비."

그것도 아주 크게, 거의 비명에 가까울 정도로. 그 말에 나는 아찔한 폐소공포증을 느꼈다. 내 몸에서 당장 뛰쳐나와야 할 것처럼.

토비가 숨을 들이켰다. 하지만 나오는 목소리는 발소리에 묻힐 만큼 미약했다.

"아니, 그렇지 않아."

나도 알았다. 그렇기도 하고 아니기도 하다는 걸.

토비가 잡은 손을 꽉 쥐었다.

플라잉맨즈 계곡에 다다르니 열린 우듬지 사이로 하늘이 넘실거렸다. 우리는 평평한 바위에 앉았다. 강물에 보름달이 환히 비추고 물은 맑게 줄달음질 치는 빛처럼 보였다.

"세상이 어쩜 이렇게 계속 반짝거리지?"

나는 밤하늘의 별빛에 취해 벌러덩 누우며 말했다.

토비는 대답 없이 그저 고개를 가로저으며 내 옆에 누웠다. 맘만 먹으면 그대로 나를 품에 가둘 만큼, 그러면 나는 그 가슴에 얼굴을 파묻을 수 있을 만큼 가까웠다. 하지만 토비도 나도 그러지 않았다.

이윽고 토비가 밤 안으로 사라지는 연기처럼 나직하게 말하기 시작했다. 언니가 결혼식을 이곳 플라잉맨즈에서 올리고 싶어 했다고, 혼인 서약을 하고 바로 계곡물에 뛰어들자고 했다고. 나는 팔꿈치를 세워 몸을 반쯤 일으켰다. 영화 같은 그 장면이 달빛 아래 선명히 그려졌다. 흠뻑 젖은 쨍한 오렌지색 웨딩드레스를 입은 언니가 환하게 웃으며 앞장서서 하객들을 집으로 이끄는 모습이. 언니의 야성미는 실로 압도적이어서 가끔 실체를 몇 발짝 추월해 스스로 드러나곤 했다. 나는 토비의 말들이 만들어 낸 영화 장면 속에서 언니가 얼마나 행복한지 느낄 수 있었다. 그리고 불현듯 그 행복이, 언니의 행복이, 우리 모두의 행복이, 이제 어디로 가야 하나 도무지 갈피를 잡을 수 없었다. 울기 시작한 내 얼굴 위로, 토비의 얼굴이 드리우며 눈물을 떨구었다. 내 뺨 위로 흐르는 눈물이 누구의 눈물인지도 알 수 없었다. 그저 행복이 사라졌다는 것, 우리가 다시 키스하고 있다는 것만이 내가 아는 전부였다.

그 사람과 함께 있으면
슬픔의 침에 누군가와
같이 있는 느낌이다.

집의 구조를
나만큼 잘 아는 사람.
멀쩡한 방에서 슬픔의 방으로
함께 걸어갈 수 있는 사람.

바람과 몸부림 채워져요
엄청한 구조물을
예전만큼
무섭지도 쓸쓸하지도 않게
따뜻이 주는 사람.

: 클로버고등학교 교외의 어느 나무에서 발견

제11장

조 폰테인이 현관문을 두드렸다. 나는 침대에서 눈만 뜬 채, 토비와 저지른 사고에서 달아나 남극에서 살까 고민하던 중이었다. 팔꿈치를 짚고 상체를 일으켜 새벽빛이 어슴푸레 드는 창밖을 내다보았다.

조는 우리 집 수탉이다. 열흘 전 첫 방문 이후 매일 아침 기타와 함께 빵집에서 사 온 초콜릿 크루아상 한 봉지와 빅 삼촌을 위한 죽은 벌레 몇 마리를 들고 왔다. 그때까지 아무도 일어나지 않았으면 스스로 문을 열고 들어와 타르처럼 진한 커피를 한 주전자 끓여 놓고 식탁에 앉아 구슬픈 기타 선율을 연주했다. 이따금 나에게 연주할 마음이 있는지 물었고, 내가 **아니**, 라고 말하면 **좋을 대로**, 라고 답했다. 잔잔한 대치상황이었다. 조는 그 후로 레이철을 입에 올리지 않았고 나야 아무래도 좋았다.

이 모든 상황의 가장 이상한 점은 우리 누구도 전혀 이상하게 느끼지 않는다는 것이었다. 아침형 인간이 아닌 빅 삼촌도 슬리퍼를 끌고 계단에서 내려와 조의 등을 치며 떠들썩한 인사를 건네고는 (조가 이미 확인한) 피라미드를 확인한 뒤 전날 아침에 나누다 만 대화를 이어나갔다. 빅 삼촌이 요즘 집착하는 화제는 폭발하는 케이크였다.

삼촌이 들은 바로는 아이다호에 사는 한 여자가 남편의 생일 케이크를 만들던 도중 밀가루가 발화했다고 한다. 한창 건기였기 때문에 공기 중에 정전기가 많았다. 미세한 밀가루 입자가 여자를 에워쌌고 메마른 손과 접촉하면서 정전기 착화를 일으켜서 터진 것이다. 뜻밖의 밀가루 폭탄이었다. 이제 삼촌은 과학 실험이라는 명목으로 조를 꼬드겨 그 상황을 재연하려 하고 있었다. 할머니와 나는 명백한 이유로 완강히 반대했다. "우리는 재앙을 충분히 겪었다, 빅." 할머니가 단호히 말했다. 나는 삼촌이 요즘 시도 때도 없이 피우는 마리화나가 폭발하는 케이크 아이디어를 실제보다 훨씬 매혹적으로 느끼게 했다고 생각하지만 어쩐지 조는 그 아이디어에 똑같이 매료되어 있었다.

오늘은 일요일이고 나는 한두 시간 후면 델리에 있어야 한다. 부엌에 들어서자 뭔가 부산스러웠다.

"좋은 아침, 존 레넌."

조가 기타에서 고개를 들고 씩 웃으며 말했다. 나는 절로 입이 헤 벌어졌다. 이런 앨 두고 토비와 키스하다니, 그것도 **언니의** 토비와. 나는 '축복받은 초대박 종마' 조 폰테인에게 마주 웃어주며 생각했다. 뒤죽박죽이다. 내가 키스해야 할 남자는 날 동생처럼 대하고, 날 동생처럼 대해야 할 남자는 계속 내게 키스한다. 허 참.

"안녕, 존 레넌."

할머니가 조를 따라 했다.

안 돼. 입에 붙도록 할 순 없어.

"그 호칭은 조에게만 허락했거든."

내가 퉁명스럽게 말했다.

"존 레넌!"

부엌으로 휙 들어선 삼촌이 나를 품에 안고 빙글빙글 돌았다.

"우리 아가씨는 오늘 안녕하신가?"

"다들 왜 이렇게 신났어?"

나는 혼자 스크루지 영감이 된 것 같았다.

"딱히 신난 건 아니고."

그렇게 말한 할머니는 조처럼 입이 귀에 걸리게 웃었다. 평소처럼 머리가 젖어있지 않았다. 오늘 아침은 슬픔의 샤워가 없었다는 뜻이다. 처음이다.

"어젯밤에 막 떠오른 아이디어가 있거든. 아직 비밀이다."

조와 빅 삼촌이 나를 흘낏 보며 어깨를 으쓱했다. 할머니의 아이디어는 빅 삼촌의 엉뚱함에 필적할 때가 종종 있다. 적어도 폭발이나 마법이 포함되진 않았겠지만.

"우리도 아직 뭔지 몰라."

오전 8시에 어울리지 않는 삼촌의 바리톤 음성이 우렁우렁 울렸다.

"또 다른 소식이라면, 조가 오늘 기발한 묘안을 하나 떠올렸지. 글쎄 레니 화초를 피라미드 아래 두자는 거야. 난 그 생각을 왜 진작 못 했나 몰라."

삼촌은 흥분을 억누르지 못하고 자랑스러운 아버지처럼 조를 보며 흐뭇하게 웃었다. 조는 어쩜 이리 자연스레 우리 삶에 들어왔을까? 언니를 모르기 때문일까? 언니에 대한 기억이 단 하나도 없어서? 마치 우리의 비통함을 모르는 세상처럼—.

휴대폰이 울렸다. 액정 화면을 흘끔 보니 토비였다. 음성사서함으로 돌렸다. 휴대폰에 뜬 이름만 봐도 어젯밤이 떠오르며 속이 걷잡을 수 없이 울렁거렸다. 세상에서 제일 나쁜 인간이 된 것만 같았다. 어떻게 내가 감히 이런 일을 벌일 수 있단 말인가?

고개를 드니 모두가 날 보고 있었다. 내가 왜 전화를 받지 않는지 궁금하다는 얼굴로. 일단 부엌에서 나가야 했다.

"조, 연주할래?"

클라리넷을 가지러 계단에 올라서며 말했다.

"미친!"

조가 곧이어 할머니와 삼촌에게 사과하는 소리가 들렸다.

나는 곧 뒤편 포치로 나왔다.

"먼저 시작해. 뒤따를게."

고개를 끄덕인 조가 G단조의 감미롭고 부드러운 선율을 만들어 내기 시작했다. 하지만 나는 감미롭기에도, 부드럽기에도 불안정한 상태였다. 토비의 전화를, 키스를, 떨쳐낼 수 없었다. 빈 종이 상자도, 줄어들지 않는 향수도, 움직이지 않는 책갈피도, 움직이는 성 안토니상도, 열한 살의 언니가 가족 초상화를 그리면서 자신을 포함하지 않았다는 사실도 떨쳐버릴 수 없었다. 갑자기 울컥한 나는 내가 연주를 하고 있다는 사실도, 조가 옆에 있다는 사실조차도 잊어버렸다.

언니가 떠난 뒤로 하지 않은 말들, 내 마음 깊은 곳에, 우리의 오렌지색 방 안에 쌓여버린 말들, 홀로 남은 슬픔, 분노, 피폐, 죄책감 때문에 밖으로 나오지 못한 세상의 그 모든 말이 거센 급류처럼 밀려들었다. 나는 공기를 있는 힘껏, 이 동네 주민들의 숨이 모자랄 때까지 빨아들인 다음, 초강력 태풍과도 같은 한 음조로 우렁차게 내뿜었다. 클라리넷이 그렇게 끔찍한 소리를 낼 수 있는지 몰랐지만, 멈출 수 없었다. 겹겹이 쌓인 세월이 쏟아져 나오고 있었다. 언니와 나는 엄마 없이 수많은 낮과 밤, 계절을 거듭하며 강과 바다를 오갔고 우리 방, 자동차 뒷좌석, 욕조에 드나들었으며 숲속의 나무 사이를 뛰어다녔다. 나는 창문을 깨고 벽을 부수고 과거를 불사르고 토비를 밀어내고 멍청한 레니 화초를 바다에 내던졌다.

눈을 떴다. 조가 놀란 눈으로 날 바라보고 있었다. 옆집 개들이 요란하게 짖었다.

"와. 다음번엔 내가 뒤따라야겠다."

며칠을 고민 끝에 언니가 영원히 입을 옷을 골랐다.

몸에 착 붙는 검정 원피스, 좀 그래도, 제일 좋아하던 옷이니까.

그 위에 걸칠 카디건, 귀고리, 팔찌, 목걸이,

가장 아끼던 끈 달린 샌들까지 준비했다.

쓰던 화장품을 모아 최근 사진과 함께 장의사에게 보냈지만

옷을 입힐 사람은 나라고 생각했다.

설마하니 낯선 이가 언니의 얼굴을 보고

만지고 다리털을 밀고 립스틱을 바를 줄은 몰랐다.

나는 할머니를 도와 관과 물터를 고르고

삼촌이 쓴 추모시에서 몇 줄을 고쳐 쓰고

비석에 새길 묘비명을 고민했다.

이 모든 일을 아무 말 없이 했다.

몇 날 며칠을 한마디도 하지 않다가

예식 전에 언니를 보고서 정신을 놓았다.

사람들이 이러궁저러궁 떠드는 사이

퍼뜩

눈앞의 광경이 현실임을 자각하고

언니를 흔들기 시작했다.

어쩌면 내가 언니를 깨워

관 밖으로 나오게 할 수 있을 것 같았다.

하지만 언니는 눈을 뜨지 않았다.

말 좀 해봐, 나는 소리 질렀다.

삼촌이 나를 추슬러 안고 식장 밖, 교회 밖으로,

억수같이 퍼붓는 빗속으로, 개울가로 데려갔다.

그곳에서 우리는 흐느껴 울었다.

비를 막으려고 삼촌이 머리 위로 씌운 검정 코트 아래 웅크린 채로.

: 오선지에 쓰임, 숲길 초입에서 구겨진 채 발견

제12장

클라리넷 가져올걸. 델리에서 집으로 가면서 생각했다. 그랬다면 곧장 숲으로 들어가 오늘 아침 포치에서처럼 망신당할 일 없이 남몰래 실컷 불 텐데. 마거릿 선생님은 늘 말했다. **악기가 아닌 음악을 연주해.** 제임스 선생님은 한술 더 떴다. **악기가 널 연주하게 해.** 오늘에서야 두 가르침을 한 번에 이해할 수 있었다. 나는 항상 음악이 내 안이 아니라 내 클라리넷 안에 갇혀있다고 생각했다. 그런데 음악이 찢어진 가슴에서 탈출하는 것이라면?

집 쪽 길가로 접어들자 빅 삼촌이 산책 독서를 하고 있었다. 커다란 제 발에 걸려 휘청이면서도 좋아하는 나무들을 지나칠 때마다 안부 인사를 빼먹지 않았다. 특별히 희한한 광경은 아니었다. 날아오는 열매만 빼면. 해마다 몇 주쯤, 바람이 몹시 불고 자두가 유독 실하게 열리는 기간이면 집 주변 자두나무들이 인간에게 적대적으로 돌변해 우리를 표적으로 삼는 경우가 있었다.

빅 삼촌이 날 보고 팔을 좌우로 마구 흔들 때 마침 자두 한 알이 삼촌의 머리를 간신히 비껴갔다. 나는 삼촌에게 한 손을 들어 보이고 충분히 가까워졌을 때 삼촌의 콧수염을 비비 꼬며 인사했다. 어쩌다 한번씩 보는, 왁스를 발라 최대한 멋쟁이처럼 (달리 말하면 최대한 해괴하게) 매만진 수염이었다.

"네 친구 왔다."

삼촌이 윙크하며 말했다. 그러고는 다시 책에 코를 박고 산책을 재개했다. 조를 뜻한 것이겠지만, 사라가 떠오르면서 속이 약간 울렁거렸다. 오늘 나는 사라에게서 문자 메시지를 하나 받았다.

우정 수색대 출동 예정

아직 답장하지 않았다. 우정을 어디서 찾아야 하는지 나도 몰랐다.

뒤에서 빅 삼촌의 목소리가 들렸다.

"아, 레니. 토비가 전화했었어. 바로 연락 좀 달래."

델리에 있을 때도 몇 번 휴대폰으로 전화가 왔었다. 나는 음성 사서함도 확인하지 않았다. 다시는 토비를 만나지 않겠다는 맹세를 온종일 되풀이하고서 언니에게 용서의 신호를 달라고 빌었다. **미묘할 필요는 없어, 언니. 지진 정도면 돼.**

도착해 보니, 집이 뒤집혀 있었다. 앞마당에 책 더미, 가구, 탈, 냄비와 프라이팬, 상자, 골동품, 그림, 접시, 자잘한 장식품들이 마구 쌓여있었다. 그리고 조와 똑 닮았는데 키와 체격이 좀 더 큰 누군가가 조와 함께 소파를 들고나오고 있었다.

"어디에다 둘까요, 할머니?"

집 밖으로 소파를 옮기는 게 세상 자연스러운 일이라는 듯이 조가 말했다. 이 상황은 아침에 할머니가 말한 비밀이 분명했다. 마당으로 이사하기. 멋지군.

"아무 데나 두렴."

그렇게 대답한 할머니가 날 발견했다.

"레니."

할머니는 스르륵 다가왔다.

"횡액을 불러들이는 게 뭔지 알아내려고. 한밤중에 문득 영감이 떠올랐지. 수상한 것들을 집 밖으로 옮겨 세이지를 태우며 의식을 치르고, 정결해진 것들만 집 안으로 들일 거야. 기특하게도 조가 자기 형을 데려왔더구나."

"흐음."

달리 무슨 말을 해야 할지 몰랐다. 그저 할머니가 맨정신으로 이 비정상적인 아이디어를 설명할 때 조의 표정을 보지 못해 아쉬울 따름이었다. 내가 할머니에게서 기껏 달아나면 조는 거의 경주마처럼 달려온다. 분위기도 못 읽고.

"정신 병동의 흔한 하루지?"

내가 조에게 말했다.

"사실 당혹스러운 지점은⋯⋯."

조가 교수처럼 진지하게 검지로 자기 관자놀이를 짚었다.

"뭐가 행운을 불러오고 뭐가 불행을 몰고 오는지 할머니가 어떻게 판단하느냐, 이거야. 난 아직 해독하지 못했어."

놀라웠다. 할머니가 자기만의 세상에 빠져있을 땐 잠자코 거드는 게 낫다는 걸 벌써 파악하다니.

그때 조의 형이 다가와 조의 어깨를 툭 짚고 섰다. 순식간에 조는 막내로 변했다. 심장에 날카로운 통증이 지나갔다. **나는 이제 막내가 아니다. 아니, 동생도 아니다.**

형을 소개하는 조의 말투에서 숨길 수 없는 뿌듯함이 느껴졌다. 익히 아는 느낌이었다. 나도 누군가에게 언니를 소개할 때마다 세상에서 가장 파격적인 예술 작품을 선보이는 기분이었으니까.

"마커스 형은 여름까지만 여기 있다가 UCLA로 돌아갈 거야. 마커스 형이랑 우리 큰형은 그 대학 밴드 소속이거든."

큰형, 작은형, 막냇동생.

"안녕."

나는 또 한 명의 눈빛남에게 말했다. 폰테인가에는 전구가 따로 필요 없으리라.

"클라리넷을 아주 거칠게 분다고 들었어."

내가 얼굴을 붉히자 조의 얼굴이 덩달아 붉어졌다. 그 모습을 보고 마커스가 씩 웃으며 자기 동생의 팔뚝을 쳤다. "오호, 조, 이 엉큼한 놈."이라고 속삭이면서. 내 착각이 아니라면 얼굴이 한층 더 붉어진 조가 램프를 옮긴다며 집 안으로 향했다.

조가 정녕 엉큼한 놈이라면 왜 한 번도 내게 그런 식으로 접근하지 않았지? 그래, 나도 안다. 나도 나름대로 페미니스트라 자부하고 충분히 내가 먼저 다가갈 수 있지만, 일단 첫째, 이제껏 이성에게 다가가 본 적이 없으니 어떻게 다가가야 하는지 모르겠고. 둘째, 내 마음속 금지된 종탑 안에서 나가지 않는 박쥐 한 마리에 정신이 좀 팔려있었고. 셋째, 레이철. 조가 우리 집에서 아침을 보내는 건 확실하다만 저녁은 그쪽에서 보낼지 누가 알겠는가?

할머니는 폰테인 청년들에게 홀딱 반했다. 마당을 빙빙 돌면서 참 잘들 생겼다고 침이 마르게 칭찬하고, 부모가 자기들을 내다 팔 의향이 조금이라도 있는지 캐물었다.

"그렇다면 아주 떼돈을 벌 거야. 저런 속눈썹을 사내아이들이 다 가져서 어쩜 좋아. 안 그러냐, 레니? 저런 속눈썹을 얻기 위해서라면야 뭔 짓을 못 하겠냐?"

아오, 민망해. 그래도 속눈썹 얘긴 반박할 수 없었다. 마커스도 조처럼 눈을 부릅뜨고 빔을 쏘았다. 이중 공격이었다.

정결 의식을 제대로 치르려면 폰테인 삼형제가 모두 자리해야 한다며, 할머니는 나머지 한 명을 데려오라고 조와 마커스를 집으로 돌려보냈다. 둘은 할머니의 마수에 단단히 걸린 게 분명했다. 할머니가 은행을 털어오라고 시켜도 따를 기세였다.

"올 때 악기들 챙겨 오렴! 너도, 레니."

할머니가 형제의 등에 대고 외치곤 나에게 덧붙였다.

나는 군말 없이 나무 밑에 내 물건들과 함께 놓여있던 클라리넷을 챙겼다. 그리고 할머니와 나는 할머니가 정결하다고 여기는 냄비와 프라이팬 몇 개를 들고 부엌으로 가 저녁 식사를 준비하기 시작했다. 내가 감자들을 큼직하게 자르고 마늘과 로즈메리로 양념하는 옆에서 할머니는 닭을 손질했다. 모두 오븐에 넣고 굽는 사이 함께 밖에 나가 타르트에 올릴 자두를 주웠다. 할머니가 타르트 시트를 반죽하는 동안 나는 샐러드용 토마토와 아보카도를 썰었다. 할머니는 내 곁을 지나칠 때마다 내 머리를 쓰다듬거나 팔을 꾹 쥐었다 놨다.

"이렇게 함께 요리하니 참 좋지 않니?"

나는 미소 지었다.

"좋아."

아니, 좋았었다. 어느새 할머니는 예의 '얘기 좀 하자'라는 표정으로 날 바라보고 있었다. 할머니표 연설이 시작될 징조였다.

"레니, 네가 걱정된다."

시작이군.

"난 괜찮아."

"이젠 정말 때가 됐어. 하다못해 정리라도, 빨래라도 하렴. 아니면 내가 할 수 있게 해다오. 네가 일하러 간 사이에 해치울 수 있어."

"내가 할게."

나는 언제나처럼 대답했다. 정말로 할 것이다. 언제 할지 모를 뿐.

할머니가 어깨를 과장스레 움츠렸다.

"다음 주에 하루 날 잡아서 같이 시내에 나가 점심이나 한 끼―."

"나중에."

나는 칼질에 시선을 고정했다. 할머니의 실망을 눈으로 확인하고 싶지 않았다.

할머니는 땅이 꺼지도록 쓸쓸한 한숨을 내쉬고는 다시 반죽으로 돌아갔다. 나는 텔레파시로나마 미안하다고 전했다. 지금 당장은 속마음을 털어놓을 수 없다고, 우리 사이의 세 걸음이 삼광년처럼 멀게 느껴지지만 지금으로선 어떻게 좁혀야 할지 모르겠다고.

텔레파시가 되돌아왔다. 이미 조각난 마음을 내가 아주 가루를 내었다고.

형제가 돌아와서 최연장자를 소개했다. 역시 여름을 나기 위해 LA에서 왔다는 첫째 폰테인이었다.

"이쪽은 프레드."

"이쪽은 더그."

조와 마커스가 서로 다른 이름을 말했다.

"부모님이 아직 마음을 못 정하셔서."

새로 온 폰테인이 말했다. 이 폰테인은 좋은 쪽으로 무시무시한 기운이 흘러넘쳤다. 할머니가 옳았다. 이들을 팔면 돈방석에 앉으리라.

"헛소리야."

마커스가 끼어들었다.

"고등학생 때 프랑스 여자애들을 낚으려고 일부러 고상한 척을 하고 다녔는데, 프레드란 이름이 뭔가 교양 없어 보인다고 가운데 이름인 더그를 썼지. 조랑 나는 아직도 적응을 못 했어."

"그 탓에 이제 두 대륙에서 더그프레드라고 부르지."

조가 손등으로 더그프레드의 가슴을 퍽 치자, 반격으로 갈비뼈에 잽이 돌아왔다. 폰테인 청년들은 대형견 강아지 한 무리처럼 서로 치고받으며 사방을 휘젓고 다녔다. 끝없이 움직이는 격렬한 애정의 소용돌이였다.

속 좁은 태도란 걸 알지만, 그들의 우애를 지켜보고 있자니 문득 달처럼 외로워졌다. 어젯밤 어둠 속에서 토비와 손을 맞잡고 강가에서 입을 맞출 땐 그나마 내 슬픔이 거할 곳이 있다고 느꼈는데.

우리는 각자 잔디 위 아무 가구에 걸터앉아 음식을 먹었다. 바람이 좀 잦아드니 열매의 습격 없이 앉아있을 수 있었다. 닭고기는 닭고기 맛이 나고 자두 타르트는 자두 타르트 맛이 났다. 이렇게 하루아침에 재 맛이 하나도 안 날 수 있나.

황혼이 여름 하늘을 느른하게 거닐며 분홍빛과 주황빛을 뿜어냈다. 강물이 나무 사이로 흐르며 어떤 가능성을 속삭였다…….

언니는 폰테인 삼형제를 모를 것이다.

오늘 저녁의 일화를 강변 산책길에서 듣지 못할 것이다.

내일 아침에도, 화요일에도, 석 달 뒤에도 돌아오지 않을 것이다.

영원히 돌아오지 않을 것이다.

언니는 아예 떠났고, 세상은 이대로 느긋하게 돌아갈 것이다.

나는 갑자기 숨을 쉴 수도, 생각을 할 수도, 앉아있을 수도 없었다.

금방 오겠다고 말하려 했는데 소리가 나오질 않았다. 걱정 어린 얼굴들을 마당에 그대로 둔 채 황급히 숲 쪽으로 향했다. 큰길로 나서자마자 힘껏 내달렸다. 날 잡아 누르려는 슬픔을 떨치기 위해.

할머니나 삼촌이 따라올 줄 알았는데, 그 대신 조가 따라왔다. 내가 숨을 몰아쉬며 길에서 주운 종잇조각에 뭔가 휘갈기고 있을 때 조가 다가왔다. 나는 쪽지를 바위 뒤에 버리고 얼른 눈물을 털었다.

처음으로 조는 웃음기가 싹 가신 얼굴을 하고 있었다.

"괜찮아?"

조가 물었다.

"넌 언니를 알지도 못하잖아."

차마 어찌해보기도 전에 날카로운 비난조의 말이 튀어나왔다. 조의 얼굴에 놀란 기색이 스쳤다.

"맞아."

조는 입을 다물었지만, 나는 도무지 폭주를 멈출 수 있을 것 같지 않았다.

"네 형들은 멀쩡히 살아있고."

마치 그것이 죄라도 되는 양 쏘아붙였다.

"그래."

"근데 네가 왜 맨날 우리랑 어울리는지 모르겠어."

수치심이 온몸을 관통하면서 낯이 뜨거워졌다. 그보다 적절한 의문은 왜 내가 틈만 나면 회까닥 돌아버리느냐였다.

"모르겠어?"

조의 두 눈이 내 얼굴을 배회하더니, 입꼬리가 서서히 위로 말려 올라갔다.

"네가 좋아서잖아, 레니."

설마 몰랐냐는 눈빛으로 조가 날 바라봤다.

"내 눈엔 네가 특별해서……."

특별? 특별한 건 언니지, 할머니와 삼촌, 그리고 엄마지, 난 아닌데. 삼차원 가족 안에서 나만 이차원인데.

조는 다시 미소 짓고 있었다.

"그리고 물론 예뻐서지. 얄팍해서 미안."

그 순간 몹쓸 생각이 들었다. **내가 예뻐 보이고, 특별해 보이는 건 언니를 만나보지 못해서겠지.** 뒤이어 훨씬 더 지독한 생각이 따라왔다. **다행이다.** 나는 매직 스크린처럼 그 생각을 지우려고 도리질 쳤다.

"왜 그래?"

조가 내 얼굴에 손을 뻗어 엄지로 내 뺨을 천천히 쓸었다. 너무나 부드러운 손길에 도리어 깜짝 놀랐다. 이제껏 누구도 나를 이런 식으로 만진 적도, 바라본 적도 없었다. 지금처럼, 내 안 깊은 구석까지. 그 순간 나는 조에게서 달아나고 싶기도, 입술을 겹치고 싶기도 했다.

그리고 빔, 빔, 빔.

난 글렀어.

조가 날 동생처럼 대하는 것도 여기까지겠지.

"풀어도 돼?"

조가 내 머리끈을 만지작거리며 물었다.

고개를 끄덕였다. 아주 천천히, 조가 머리끈을 끌어 내렸다. 끝까지 내 눈을 똑바로 보면서. 나는 꼼짝도 할 수 없었다. 꼭 내 셔츠 단추가 풀리는 느낌이었다.

조가 손을 거두자 나는 고개를 살짝 흔들었다. 머리카락이 타고난 대로 사방으로 뻗쳤다.

"와. 꼭 해보고 싶었거든……."

조가 나직하게 말했다.

우리의 숨소리가 들렸다. 뉴욕까지도 들릴 것 같았다.

"레이철은 어쩌고?"

내가 물었다.

"뭘 어째?"

"너랑 걔?"

"나랑 너야."

조가 정정했다.

나래!

"미안, 아까 그런 식으로 말해서……."

조는 아무렇지도 않다는 듯 고개를 저었다. 뜻밖에도 입술 대신, 두 팔이 다가와 나를 감싸 안았다. 나는 그대로 잠시 조의 품 안에서, 조의 심장을 가까이한 채, 바람이 부는 소리를 들었다. 그 바람이 우리의 발을 띄워 하늘로 데려갈지도 모른다고 생각하면서.

제13장

오래된 삼나무의 마른 가지들이 우리 머리 위에서 음산하게 삐걱거렸다.

"헉. 왜 저래?"

조가 화들짝 몸을 떼더니 고개를 쳐들고 주위를 살폈다.

"뭐가?"

내심 즐기던 품이 휙 떨어져 나가자 나는 민망해서 괜히 농담을 덧붙였다.

"이런, 분위기 좀 읽자. 벌써 잊었어? 나 폭주하던 거?"

"하긴, 오늘 하루만 해도 충분히 식겁했지."

조가 씩 웃으며 손가락을 관자놀이 근처에 대고 빙빙 돌렸다. 나는 웃음을 터뜨렸다. 그때 조가 또다시 겁에 질린 얼굴로 주변을 훑었다.

"아니 진짜로, 왜 저래?"

"깊고 울창한 숲이 무서운가 봐, 도시 소년?"

"당연하지, 난 제정신이니까. 혹시 사자나 호랑이나 곰이면 어떡해?"

조가 내 벨트에 손가락을 걸고 나를 집 방향으로 이끌더니 뚝 멈춰 섰다.

"지금, 저 소리 말이야. 소름 끼치는 공포 영화 사운드 같지 않아? 도끼 살인마가 뛰쳐나와 우릴 잡기 직전에 나오는 소리."

"오래된 나무들이 삐걱거리는 소리야. 바람이 심하게 부는 날엔 문짝 수백 개가 한꺼번에 열렸다 닫히는 소리가 나. 장난 아니게 으스스하지. 넌 감당 못할 듯."

조가 내 어깨에 팔을 둘렀다.

"허? 바람 심한 날에 다시 오자, 그럼."

조는 자기를 가리키며 "헨델." 나를 가리키며 "그레텔."이라고 말했다.

숲에서 나오기 전, 나는 머뭇거리며 입을 열었다.

"고마워, 따라와 줘서. 그리고……."

온종일 할머니를 위해 가구를 옮겨줘서, 아침마다 빅 삼촌을 위해 죽은 벌레들을 들고 와줘서, 내가 없을 때도 그들과 함께해 줘서 고마워.

"나는 네 연주가 정말 좋아."

이 또한 진심이었다.

"나도."

"야, 솔직히 그건 연주가 아니라 굉음이었잖아. 완전 망신, 진짜."

내 말에 조가 웃었다.

"그럴 리가. 기다릴 만한 가치가 있었어. 만약 말과 연주 중 하나만 택해야 한다면 차라리 말을 포기하겠어. 연주는 단연 우월한 의사소통 방식이거든."

나도 동의했다. 망신이든 아니든, 그날 잃어버린 알파벳을 찾은 것 같았다. 속에서 무언가가 움트는 느낌이었다. 조가 날 더욱 가까이 끌어당기자 그 무언가가 부풀어 올랐다. 뭐랄까, 기쁨과 닮은 것이었다.

나는 내 안에서 끈질기게 울려 퍼지는 목소리를 무시하려고 애썼다. 레니 네가 어떻게 감히? 어떻게 이렇게 금방 기쁨을 느껴?

숲에서 나오자마자 집 앞에 주차된 토비의 트럭이 눈에 들어왔다. 뼈가 일제히 흐물거렸다. 나는 걸음을 늦추며 날 의아한 눈으로 바라보는 소에게서 봄을 떼어냈다. 할머니가 정결 의식의 일원으로 토비를 초대한 게 분명했다. 나는 둘과 한 공간에 있을 필요가 없도록 또 한 번 경기하며 숲속으로 뛰어들까 고민

했지만, 배우도 아닌 내가 그런 상황을 연출할 수 있을 리 없었다. 울렁거리는 속을 애써 다스리며 조와 함께 돌계단을 오르고, 마당에 엎드린 루시와 에델을 지나쳤다. 물론 녀석들은 토비가 나타나기만 기다릴 뿐 우리가 지나가는 동안 움찔하지도 않았다. 현관문을 열고 복도를 지나 거실로 들어섰다. 거실은 촛불로 붉게 빛나고 향긋한 세이지의 탄내로 가득했다.

더그프레드와 마커스는 거실 중앙에 남은 의자에 앉아 플라멩코 기타를 연주하고 있었다. '반쪽 엄마'는 온 집 안을 점령한 거칠고 강렬한 선율을 음미하듯 그들 위에서 일렁였다. 벽난로 선반을 가리고 우뚝 선 빅 삼촌은 그 열정적인 리듬에 맞춰 손바닥으로 허벅지를 두드리고 있었다. 그리고 모두와 떨어진 채 거실 한구석에 선 토비는 아까 내가 느꼈던 것만큼이나 절실히 외로워 보였다. 덜컥 심장이 토비 쪽으로 휘청했다. 창에 기대어 있는 토비의 금빛 머리칼과 피부가 번뜩이는 촛불에 의해 찬란히 빛나고 있었다. 토비는 거실에 들어서는 우리를 지나치게 이글거리는 눈으로 주시했고, 그대로 그 눈길이 조에게 꽂혀들자 나는 전신이 쭈뼛했다. 굳이 옆을 보지 않아도 당황한 조가 느껴졌다.

그 와중에 나는 토비의 품으로 달려가지 않으려고 발바닥에 뿌리가 자라는 상상을 하고 있었다. 문제가 심각했다. 지금 이

밤, 여기 이 집에, 이 모든 사람과, 그것도 바로 옆에 더는 날 동생처럼 대하지 않는 환상적인 조 폰테인과 함께 있건만, 여전히 나는 어떤 보이지 않는 밧줄에 묶여 토비에게 속수무책으로 끌려가는 것 같았다.

옆으로 고개를 돌리자, 조는 꼭 낯선 사람처럼 보였다. 언짢은 표정, 당혹감에 뻣뻣해진 몸, 토비와 나를 번갈아 오가는 시선까지, 마치 토비와 나 사이에 있어서는 안 될 모든 순간이 조의 눈앞에서 낱낱이 까발려지는 것 같았다.

"누구야?"

조의 목소리에는 평상시의 태연함이 느껴지지 않았다.

"토비."

내 목소리는 묘하게 기계처럼 나왔다.

날 보는 조의 표정이 말했다. **그래서, 토비가 누군데, 멍청아?**

"소개해 줄게."

내가 마지못해 말했다. 마비가 온 것처럼 계속 서있을 수는 없으니까.

달리 표현할 말이 있을까? **망했다.**

설상가상으로 플라멩코 선율이 절정을 향해 가면서 정열의 불꽃과 성적 긴장감을 사방에서 부채질했다. 금상첨화군. 그냥 좀 잔잔한 소나타 같은 걸 고를 순 없었나? 밝고 경쾌한 왈츠도 있거든요, 형제님들? 내 발꿈치에 바짝 따라붙은 조가 거실을 가로질러 토비에게 갔다. 태양이 달과의 충돌 궤도에 들어서고 있었다.

어둑어둑한 하늘이 창문으로 쏟아져 들어와 토비에게 테를 둘렀다. 조와 나는 토비의 몇 걸음 앞에서 멈춰 섰다. 우리 셋은 이제 낮인지 밤인지 모를 어슴푸레함에 갇혔다. 주위를 둘러싼 음악은 불꽃 튀기는 혁명을 이어갔고 내 안에는 그 광적인 리듬에 굴복하고 싶어 하는 한 소녀가 있었다. 쿵쿵거리는 공간을 누비며 광란의 춤사위를 펼치길 원하지만 안타깝게도 그 소녀는 어디까지나 내 안에 있는 소녀였다. 나는 이 난장판에서 벗어날 수 있는 투명 망토를 원했다.

옆을 보니 일순 마음이 놓였다. 조는 어느새 과열된 연주에 주의를 빼앗긴 듯했다. 한 손은 허벅지를, 한 발은 바닥을 두드렸고 까딱이는 고개에 맞춰 머리칼이 눈가에서 들썩였다. 정부를 전복시킬 기세로 흉포하게 기타를 뚱땅대는 자기 형들을 보며 피식거렸다. 조를 따라 음악 폭동을 지켜보던 나도 어느새 폰테인가의 일원처럼 미소 짓고 있었다. 조가 지금 자기 기타를 얼마나 원하는지 알 수 있었다. 불현듯, 꼭 그만큼, 토비가 나를 원하고 있다는 게 느껴졌다.

슬쩍 시선을 돌려보니 토비는 예상대로 조를 지켜보는 나를 지켜보고 있었다. 두 눈이 나를 옥죄었다. 어쩌다 우리 세 사람이 이 지경에 처했지? 이 순간 기댈 것은 아무것도 없는 느낌이었다. 있다면 다른 게 있었다. 내가 발끝을 보며 허벅지에 '**도와줘**'라고 쓰다가 눈을 든 순간, 토비와 조의 시선이 얽혀있었다. 둘 사이에 나와 관련된 무언가가 조용히 오갔다. 둘이 마치 큐에 맞춘 듯 내게 눈으로 물었기 때문이다. **이게 무슨 상황이야, 레니?**

온몸의 모든 장기가 서로 위치를 바꿨다.

입을 벌려 무슨 말이라도 뱉어보라는 듯이 조가 내 팔을 슬며시 잡았다. 토비의 눈이 번뜩였다. 토비는 오늘 왜 이럴까? 왜 언니의 애인이 아니라 꼭 내 애인처럼 구는 걸까? 비록 두 번 키스하긴 했지만 둘 다 정상참작이 가능한 불의의 사고 아니었던가? 그리고 그 모든 사고를 치고도 대책 없이 토비에게 끌리는 난 대체 뭐란 말인가?

"조는 얼마 전에 이 동네로 이사 왔어."

토비가 정중하게 고개를 끄덕이고 내 목소리는 사람처럼 들리니 일단 출발이 좋았다. 이어서 '토비는 언니의 연인이었어.'라고 소개하려는데 '**이었어**'라는 과거형 서술어도 그렇고 나 자신이 배신자처럼 역겹게 느껴져서 말이 안 나왔다.

그때 토비가 날 보며 말했다.

"머리 내렸네."

저기요? 지금 그 말할 때가 아니거든요. '오, 어디서 왔어?'라든지, '클로버는 꽤 괜찮은 동네야.'라든지, 하다못해 '스케이트보드 좀 타?'라든지, 말 그대로 아무 말이나 해도 되는데 하필이면 '머리 내렸네.'라니.

조는 토비의 말에 딱히 동요하지 않은 것 같았다. 내 머리칼을 속박에서 해방한 게 바로 자기라는 듯이 날 보고 뿌듯하게 웃었다.

바로 그때 문간에서 우릴 지켜보고 있는 할머니가 눈에 들어왔다. 할머니는 연기 나는 세이지 스틱을 마술 지팡이처럼 쥔 채스르륵 다가왔다. 나를 쓱 훑어보고 상태가 괜찮다는 걸 확인한 할머니가 스틱으로 토비를 가리켰다.

"내가 소개해 주마. 조 폰테인, 이쪽은 토비 쇼란다. 베일리의 연인."

휴우, 하고 조에게서 안도의 폭포가 쏟아지는 게 보였다. 그렇다면야 범상치 않은 기류가 흐를 리 없다고 단박에 의심을 거두는 게 보였다. 아무렴 어떤 동생이 그런 선을 넘겠는가?

"저기, 정말 유감이야."

조가 토비에게 말했다.

"고마워."

토비는 미소를 지으려 애썼지만 결과적으로는 누구 하나 작살낼 것처럼 보였다. 하지만 할머니의 말에 마음이 후련해진 조는 이상함을 눈치채지 못하고 본래의 쾌활한 모습으로 할머니를 따라 자기 형들에게 합류했다.

"난 가볼게, 레니."

토비의 목소리는 음악에 묻혀 들릴락 말락 했다. 뒤돌아보니 조는 이미 자기 기타 위로 몸을 수그리고 자기 손가락들이 내는 소리에 심취해 있었다.

"배웅해 줄게."

내가 말했다.

토비가 할머니와 삼촌, 그리고 폰테인 삼형제에게 작별을 고하자 다들 왜 벌써 가냐는 듯 놀란 기색을 보였다. 특히 할머니. 표정만 봐도 앞뒤 맥락을 파악 중이라는 걸 알 수 있었다.

나는 토비를 따라 트럭까지 걸었다. 루시와 에델, 그리고 나는 일제히 토비의 발치에서 낑낑거렸다. 차 문을 연 토비는 그대로 올라타지 않고 차체에 기대어 섰다. 나는 토비와 마주 보고 있었지만 그동안 익숙했던 차분하고 온화한 기류는 온데간데없었다. 그 대신 토비에게선 뭔가 사납고 흐트러진 분위기가 감돌았다. 꼭 스케이트보드를 탈 때처럼 거친 느낌이었는데, 내 마음과는 달리 매력적으로 다가왔다. 나는 이제까지의 우리 관계가 돌이킬 수 없이 찢어지고 있음을 감지했다. **이건 뭐지?** 내 눈을 물끄러미 바라보던 토비의 시선이 이내 내 입술을, 그리고 내 온몸을 느리고 집요하게 훑었다. **왜 우리는 이걸 멈출 수 없을까?** 저돌성이 내 안에서 날뛰었다. 마치 토비와 함께 보드 위에 올라타 휘청거리며 바람을 가르는 것 같았다. 안전이나 결과 따위는 고려하지 않고 오직 속도감과 무모함을, 살아있다는 감각만을 탐욕스럽게 갈구하는 느낌. 하지만 나는 한 발 물러섰다.

"오늘은 말고."

"그럼 언제?"

"내일. 일 끝나고."

얘들아, 저녁으로 뭘 먹고 싶니?

얘들아, 내 신작 그림 어떠니?

얘들아, 이번 주말에 뭘 하고 싶니?

얘들아, 아직도 학교 안 갔니?

오늘 애들 못 봤는데요.

내가 애들더러 서두르라고 했는데!

애들 지금 어딨어?

얘들아, 도시락 챙겨 가라.

얘들아, 밤 11시까지는 와라.

얘들아, 오늘은 수영 가지 마라, 너무 추워.

위커 애들 이번 파티에 온대?

어젯밤에 위커 애들 강에서 봤어.

위커 애들 집에 있는지 물어봐.

: 베일리의 옷장 벽에서 발견

제14장

할머니는 원로 요정처럼 거실을 빙빙 돌며 말린 세이지를 휘둘렀다. 나는 할머니를 향해 미안하지만 너무 피곤해서 먼저 방에 올라가 보겠다고 말했다.

할머니가 우뚝 멈췄다. 뭔가 문제가 있음을 직감한 듯했으나 그저 "알았다, 애야."라고 말했다. 나는 최대한 태연하게 모두에게 양해를 구하며 좋은 밤 되라고 인사했다.

조가 뒤쫓아 왔다. 역시 더 늦기 전에 수녀원에 들어가 당분간 자매님들과 지내는 게 나을 것 같았다.

나는 어깨를 건드리는 조를 마주 보기 위해 돌아섰다.

"혹시 내가 숲에서 한 말 때문에 불편해? 그래서 지금……."

"아니, 아니야."

걱정 가득한 조의 눈을 보고 내가 덧붙였다.

"실은, 꽤 기뻤어."

물론 그 고백을 들은 직후에 죽은 언니의 애인과 **대체 뭘 할지 모를** 밀회를 계획했다는 사소한 문제만 빼면, 진심이었다.

　"다행이다."

　조의 엄지가 내 뺨을 스치자 나는 그 부드러움에 또 한 번 움찔했다.

　"왜냐면, 난 점점 더 미치겠거든."

　빔, 빔, 빔. 그리고 딱 그대로, 나도 미칠 것 같았다. 지금 조 폰테인이 나에게 키스할 거야. 드디어.

　수녀원은 무슨.

　우선 급한 일부터 하고 보자. 존재감도 미미했던 바람기가 내 안에서 치솟았다.

　"난 네가 내 이름을 아는지도 몰랐어."

　내가 말했다.

　"넌 나에 대해 모르는 게 너무 많아, **레니.**"

　조는 씩 웃으며 검지로 내 입술을 꾹 눌렀다. 그대로 3초 후, 내 심장이 목성에 도착할 때쯤, 손을 거두고 등을 돌려 다시 거실로 돌아갔다. 후아. 방금은 내 평생 가장 이상하거나 섹시한 순간이었을 것이다. 아직도 내가 이렇게 정신을 못 차리고 있으니 섹시 쪽이 맞겠지. 이건 결국 키스나 다름없지 않나?

　확실히 미쳤다.

평범한 사람들은 애도를 이따위로 하지 않을 것이다.

겨우 한 발을 다른 발 앞으로 옮길 수 있게 되자 나는 성소로 향했다. 다행히 성소는 할머니가 그나마 부정 타지 않았다고 여겼는지 거의 손을 대지 않은 상태였다. 자비롭게도 언니의 물건들은 아예 건드리지 않았다. 나는 곧장 언니의 책상으로 가서 우리가 가끔 '반쪽 엄마'에게 말을 걸던 것처럼 '탐험가' 그림에 말을 걸었다.

오늘 밤만큼은 산꼭대기에 있는 여자가 언니여야 했다.

의자에 앉은 나는 정말 미안하다고, 나도 내가 왜 그랬는지 모르겠다고, 내일 아침에 일어나자마자 토비에게 전화해서 약속을 취소하겠다고 했다. 또 오늘 숲에서 생각했던 건 결코 진심이 아니었다고, 언니가 살아서 조 폰테인을 만날 수 있다면 무슨 짓이라도 하겠다고 했다. 무슨 짓이라도. 그리고 다시 한번 용서의 신호를 달라고 빌었다. 용서할 수 없는 생각과 행동들의 목록이 여기서 더 길어지기 전에, 그래서 내가 구제 불능이 되어버리기 전에.

빈 상자들을 내려다봤다. 결국엔 시작해야 하는 일이었다. 나는 심호흡하며 모든 병적인 생각들을 몰아내고 서랍 맨 위 칸 나무 손잡이를 잡았다. 그제야 문득 언니와 나의 염탐 금지 조약이 떠올랐다. 이제껏 단 한 번도 그 약속을 깬 적 없다. 나는 염탐꾼 기질을 타고나서 다른 집에 가면 약장이나 샤워 커튼, 서랍과 옷장 문을 열어보곤 했다. 하지만 언니와의 약속은 절대로⋯⋯.

약속이라. 지금 우리 사이에 깨진 약속이 한둘일까? 무언의 약속들은 또 어떻고? 단어도 없이, 새끼손가락도 없이, 심지어 자각도 없이 저절로 입력된 그 약속들은? 감정의 쓰나미가 가슴에 상륙했다. 그림에 대고 중얼거리는 짓은 집어치워. 나는 휴대폰을 꺼내 언니의 번호를 찍어 누르고, 줄리엣 모사를 인내심 있게 듣고, 열이 머리끝까지 오르고, 삐 소리가 나자마자 내뱉었다.

"경주마가 죽으면 동반 조랑말은 어떡하라고?"

목소리에 분노와 절망이 묻어나왔다. 터무니없게도 다음 순간 나는 언니가 듣지 못하도록 그 메시지를 지우고 싶었다.

나는 천천히 서랍을 열었다. 혹시 내가 모르는 게 있을까, 언니가 나한테 말 안 한 게 또 있을까 겁이 났다. 회까닥 맛이 간 채로 조약을 위반하는 나를 마주하기가 두려웠다. 하지만 그 안에는 자질구레한 것들뿐이었다. 펜 몇 자루, 클로버 연극부 전단 몇 장, 콘서트 티켓, 주소록, 옛날 휴대폰, 그리고 명함 두 장. 하나는 언니가 자주 진료 예약을 깜빡하는 치과 담당의 것이었고 다른 하나는 폴 부스라는 사설탐정의 연락처였다. 주소는 샌프란시스코.

미친?

명함을 집어 들어 살폈다. 뒷면에는 언니의 글씨가 있었다.

4/25 오후 4시, 스위트룸 2B

언니가 사설탐정을 만날 만한 이유는 오직 엄마를 찾기 위해서일 것이다. 그런데 왜? 이미 몇 년 전에 빅 삼촌이 시도했었고, 흥신소로부터 불가능하다는 답변이 돌아왔다는 걸 우리 모두 알고 있었다.

그날 언니는 부엌에서 길길이 날뛰고 있었고 할머니와 나는 저녁 재료로 텃밭에서 딴 완두콩 껍질을 까고 있었다.

"할머니는 엄마가 어딨는지 알지?"

언니가 물었다.

"내가 어떻게 알겠니, 베일리?"

할머니가 대답했다.

"맞아, 할머니가 어떻게 알겠어, 언니?"

내가 되풀이했다. 나는 할머니와 언니가 싸우는 게 싫었고 곧 뭔가가 터질 것 같은 불길한 예감이 들었다.

"내가 추적할 수 있어. 엄마를 찾을 수 있다고. 내가 데려올 거야."

언니가 완두콩을 한 꼬투리 집어 들더니 통째로, 껍질 채, 입 속에 넣었다.

"못 찾을 거다. 못 데려올 거고."

빅 삼촌이 문간에서 말했다. 그 말은 마치 신성한 교리처럼 부엌에 울려 퍼졌다. 삼촌이 어디서부터 듣고 있었는지 감도 안 왔다.

언니가 삼촌 앞으로 다가섰다.

"그걸 어떻게 알아?"

"내가 이미 시도해 봤거든."

할머니와 나는 완두콩을 까던 손을 멈추고 삼촌을 올려다봤다. 거대한 몸을 수그리며 식탁 의자에 앉은 삼촌은 꼭 유치원 교실에 들어온 거인처럼 보였다.

"몇 년 전에 탐정을 하나 고용했었어. 실력 좋은 사람으로. 만약 그 사람이 뭐라도 물고 오면 너희에게 말해주려고 했는데, 부질없었다. 사람이 마음만 먹으면 사라지는 건 일도 아니라고 그 사람이 그러더구나. 아마 누나가 이름을 바꾸고 주소를 옮기면서 신분증을 새로 받았을 거라고……."

삼촌이 손가락으로 식탁을 가볍게 두드렸다. 천둥의 작은 박수갈채 같았다.

"살아있는지는 알 수 있을까?"

삼촌은 숨죽여 중얼거렸지만, 우리에게는 산꼭대기에서 고함치는 것처럼 들렸다. 이상하게도 나는 그 가능성은 떠올려 본 적도 없었다. 언니도 마찬가지일 터였다. 우리는 늘 엄마가 돌아올 거라고 들었고, 그렇게 굳게 믿었으니까.

"살아있다. 분명히 살아있어."

할머니가 삼촌을 향해 말했다.

"그리고 돌아올 거다."

언니의 얼굴에 또다시 의심의 빛이 스쳤다.

"할머니가 어떻게 알아? 알지도 못하면서 어떻게 확신해?"

"엄마라면 알 수 있는 거란다, 알겠니? 원래 그런 거야."

그 말과 함께 할머니는 자리를 떴다.

나는 명함을 도로 서랍에 넣고 침대에 누웠다. 침대 옆 탁자에 성 안토니상을 올려놓았다. 언니는 왜 나에게 이런저런 비밀을 숨겼을까? 그렇다고 내가 지금 감히 언니에게 화를 낼 수 있는 상황인가? 어떤 이유로든? 아주 잠시라도?

할머니가 수술에 걸리면

언니와 나는 얌전히 지냈다.

할머니가 며칠 내내

화실에 틀어박혀 있는

일명 '혼자만의 시간'은

한여름의 초록 잎이

가을이 되면 불타오르듯이

그저 자연의 섭리였다.

가끔 문틈으로 훔쳐보면

할머니는 각각의 이젤을 차지한

녹색 여인들에 둘러싸여 있었다.

덜 마르고 덜 채워진 그림들.

할머니는 꼭 그들을 한꺼번에 그렸고

어느새 그들 중 하나처럼 보였다.

그 모든 녹색이 할머니의 옷을

손과 얼굴을 물들였다.

그 기간이면 언니와 나는

도시락을 직접 쌌다.

더는 물방울무늬 스카프,

악보, 파란색 깃털이

깜짝 등장하지 않는 갈색 봉투가

무척 실망스러웠다.

방과 후에 할머니에게 차 한잔이나

얇게 썬 사과와 치즈를 건넸지만

테이블 위에 그대로 방치됐다.

빅 삼촌은 그저 견뎌라고 말했다.

누구나 틀에 박힌 일상에서

때로는 일탈이 필요하다고.

그래서 우린 그렇게 했다.

할머니가 꼭

자신의 여인들과

밀월여행을 떠났다가

이 세계와 저 세계 사이 어딘가에서

포착될 것 같았다.

: 갈색 종이봉투에 쓰임. 레니의 클라리넷 케이스에서 발견

레니, 자?

아니.

엄마 하자.

그래, 나부터 한다. 엄마는 지금 로마야.

요즘 계속 로마에 있네.

음, 엄마는 이제 유명 이탈리안 피자 셰프거든. 늦은 밤이라 레스토랑은 막 문을 닫았고, 엄마는 와인 한 잔을——

루이지랑 마시고 있지. 끝내주게 잘생긴 웨이터랑. 둘은 와인을 그냥 병째 들고 달이 비추는 거리를 걸어. 더운 날이라, 분수에 다다르자 엄마는 거침없이 신발을 벗고 들어가……

심지어 루이지는 신발도 안 벗고 냅다 뛰어들어 엄마한테 물을 튀기지. 둘은 깔깔 웃어……

그런데 휘영청 밝은 달 아래 분수 속에 있자니 문득 플라잉맨즈가 떠오르는 거야. 빅 삼촌과 함께 밤 수영을 하던 날들이……

정말 그렇게 생각해, 언니? 엄마가 정말로 무더운 여름밤 잘생긴 루이지랑 로마의 어느 분수에서 우릴 생각한다고? 빅 삼촌을 떠올린다고?

응.

그럴 리가.

우리도 엄마 생각하잖아.

그거랑은 다르지.

왜?

그거야 우린 무더운 여름밤에 잘생긴 루이지랑 로마의 어느 분수에 있지 않으니까.

그러게.

자자, 언니.

: 노트 낱장에 쓰임, 레니의 옷장 속 신발 한쪽에 구겨진 채 발견

제15장

　파란만장했던 그 날은 여느 때처럼 조의 정중한 노크로 시작했다. 침대에서 돌아누워 힐끔 창밖을 살피니 아침 안개 너머로 탁 트인 잔디만 보였다. 내가 잠든 후에 모든 세간이 도로 집 안으로 옮겨진 모양이었다.

　아래층에 내려가니 할머니가 부엌 식탁에 앉아있었다. 머리를 수건으로 감싼 채였다. 할머니는 커피가 담긴 머그잔을 두 손에 쥐고 언니 전용석을 응시하고 있었다. 나는 할머니 옆에 앉았다.

　"어젯밤엔 내가 잘못했어. 할머니가 언니를 위해, 우리를 위해 얼마나 그 의식을 치르고 싶었는지 알아."

　"괜찮다, 레니. 다음에 하면 돼. 시간은 많단다."

　할머니는 한 손으로 내 손을 쥐고 다른 손으로 무심히 문질렀다.

　"그리고 말이다, 횡액을 부르는 게 뭔지 알아낸 것 같아."

　"정말? 뭔데?"

"그 탈 있잖니. 빅이 남미에 어떤 나무들 연구하러 갔다가 가져온 거. 아마 거기 뭐가 깃들어 있었던 듯싶다."

나는 예전부터 그 탈이 싫었다. 털투성이에 눈썹은 삐죽 치켜올라가고 입에는 짐승 같은 이빨이 번들거렸다

"그것만 보면 항상 소름이 돋았어. 언니도 그랬고."

내가 말했다.

할머니는 고개를 끄덕였지만 정작 정신은 다른 데 둔 것 같았다. 내 말을 제대로 안 듣는 눈치였다. 이는 요즘의 할머니 중에서도 가장 할머니답지 않은 모습이었다.

"레니."

할머니가 달싹이던 입을 뗐다.

"토비랑은 별일 없는 거지?"

속이 확 쪼그라들었다.

"그럼."

내가 마른침을 삼키며 되도록 태연하게 대꾸했다.

"왜?"

할머니가 부엉이 같은 눈으로 날 바라봤다.

"글쎄다. 어젯밤에 너희 둘이 뭔가 좀 어색해 보여서."

헐, 헐, 헐.

"그리고 요즘 왜 사라가 통 안 보이는지 모르겠구나. 둘이 싸

웠니?"

할머니의 말은 죄책감의 소용돌이에 날 점점 더 몰아넣고 있었다.

때마침 삼촌과 조가 들어와 날 구했다.

"거미 6호에서 부활의 조짐을 본 것 같아."

삼촌이 말했다.

"파르르 떠는 걸 제 눈으로 똑똑히 봤어요."

조가 덧붙였다.

"하마터면 심장마비를 일으킬 뻔했다니까. 조는 거의 지붕을 뚫고 날아갈 뻔했어. 하지만 아마 바람 때문이었을 거야. 녀석은 이제 박힌 못처럼 꿈쩍도 안 하거든. 레니 화초도 여전히 맥을 못 추고. 방법을 좀 달리 해봐야겠어. 자외선을 좀 더 추가하든가."

"잘 잤어?"

등 뒤로 다가온 조가 한 손으로 내 어깨를 툭 짚었다. 나는 그 다정한 얼굴을 보며 미소 지었다. 교수대에 매달려 있어도 미소가 나올 것 같았다. 어쨌든 난 그곳으로 향할 운명이니까. 내가 조의 손 위로 잠시 내 손을 겹치자, 이를 눈치챈 할머니가 아침을 차리겠다며 일어났다.

각자 입으로 밀어 넣는 재투성이 스크램블에 나는 얼마간 책임을 느꼈다. 마치 어제 아침에 순조롭게 출발한 우리 가족 치유의 길을 내가 탈선시킨 것 같았다. 조와 빅 삼촌은 벌레 부활시키기와 폭발하는 케이크에 대해 연신 주거니 받거니 했다. 하여간 식을 줄 모르는 화제였다. 그동안 나는 할머니의 수상쩍은 시선을 적극적으로 피했다.

"오늘은 좀 일찍 나갈 거야. 드와이어네 파티에 쓸 라자냐를 만들어야 하거든."

접시에 코를 박고 말했지만 할머니가 고개를 끄덕이는 게 곁눈질로 보였다. 할머니도 꽃꽂이를 부탁받았기에 아는 소식이었다. 할머니는 종종 파티나 결혼식의 화훼 장식을 감독해 달라는 요청을 받았는데 꽃을 자르는 걸 워낙 싫어해서 승낙하는 일은 거의 없었다. 우리는 할머니가 기르는 나무의 가지나 꽃을 꺾는 일이 곧 죽음을 각오해야 하는 행위란 걸 알고 있다. 이번 요청을 승낙한 것은 아마 오후 한때나마 이 집을 벗어나고 싶어서였을 것이다. 올여름 이 동네 곳곳의 자가 정원사들이 자기 집 앞뜰의 축 처진 등나무와 생기 없는 푸크시아 때문에 머리만 긁적이고 있는 모습이 눈에 선했다.

"일하는 데까지 데려다줄게. 어차피 음반 가게에 들러야 해서."

조가 말했다.

이번 여름 폰테인 삼형제는 헛간을 개조해 만든 공방에서 손수 특색 있는 기타를 제작하는 아버지의 일을 돕는다고 했다.

하지만 내가 보기엔 온종일 자신들의 밴드 다이브를 위한 신곡 작업에 열중인 것 같았다.

시내까지는 겨우 일곱 블록인데 이대로라면 걸어서 두 시간쯤 걸릴 듯했다. 조가 말할 때마다 3초에 한 번꼴로 멈춰 섰기 때문이다.

"걸으면서 동시에 말을 할 수는 없어?"

내가 물었다.

조가 가던 길을 멈췄다.

"없어."

그러고는 한 1분쯤 걷다가 도저히 안 되겠는지 또다시 우뚝 멈춰서 내 팔을 붙들어 세우더니 나보고 파리에 가야 한다고 설파했다. 함께 지하철역에서 즉흥 연주로 떼돈을 벌어서, 초콜릿 크루아상을 양껏 먹고, 레드와인을 마시며 매일 밤을 지새워야 한다고 했다. 파리에서는 아무도 잠을 자지 않는다면서.

그 말을 듣는 내내 조의 심장 뛰는 소리도 함께 들렸다. **하긴, 못 갈 이유 있어?** 낡고 초라한 드레스 같은 슬픈 나날을 벗어던지고 조와 함께 파리로 향하는 것이다. 비행기를 타고 바다를 건너 **프랑스** 땅을 밟는 것이다. 당장 오늘이라도 못할 건 없다. 나는 저축해 둔 돈이 있다. 베레모도 하나 있다. 섹시한 검정 브라도 있다. *쥬뗌므*(사랑해)를 제대로 발음할 줄도 안다. 커피와 초콜릿과 샤를 보들레르를 사랑한다. 언니를 하도 많이 지켜봐서 스카프 매는 법도 안다. 정말이지 못할 건 없다. 나는 그 가능성에 너무 벅찬 나머지 공중으로 튀어 오를 것 같았다. 조에게도 그렇게 말했다. 조는 내 손을 잡고 다른 팔로 슈퍼맨 자세를 취했다.

"봐, 내가 뭐랬어."

조가 캘리포니아주를 통째로 뒤흔들 만한 미소를 지었다.

"와, 너 진짜 잘생겼다."

나는 그 말을 입 밖에 냈다는 사실을 믿을 수 없었다. 조도 마찬가지였는지 아주 함박웃음을 지었다. 하여튼 말 한마디도 흘려듣는 법이 없다.

조가 다시 멈춰 섰다. 파리에 대해 뭔가 더 늘어놓을 줄 알았는데, 아무 말이 없었다. 나는 고개를 들어 조를 봤다. 어제 숲속에서 본 얼굴처럼 진지했다.

"레니."

조가 속삭였다.

어떤 슬픔도 깃들지 않은 두 눈을 들여다보자 가슴 속 문이 활짝 열렸다.

이윽고 우리의 입술이 맞닿을 때, 나는 그 문 반대편이 하늘이란 걸 깨달았다.

제16장

난

그

어둠을

떨칠

수가

없다.

: 마리아 이탈리안 델리 옥외 벤치에서 발견

델리에서 마리아 사장님이 이 손님 저 손님과 험담을 나누는 걸 유리막 너머로 들으며 라자냐를 백만 개쯤 만들고 집에 돌아오니, 토비가 내 침대에 누워있었다. 할머니는 드와이어네 파티에 갔고 삼촌은 일터에 있어서 집 안은 돌처럼 서늘했다. 오늘 나는 휴대폰에 토비의 번호를 한 열 번쯤 눌렀는데 매번 연결하기 직전에 멈췄다. 이제 못 만나겠다고 말하려고 했다. 언니와 약속한 뒤로는, 조와 키스한 뒤로는, 할머니의 심문을 받은 뒤로는, 나 자신을 돌아보고 양심의 가책을 느낀 뒤로는 도저히 이런 관계를 지속할 수 없다고. 언니가 어떤 감정을 느낄지, 그래서 우리는 또 얼마나 괴로울지 생각해야 한다고. 이 모든 걸 말할 생각이었는데, 막상 통화 버튼을 누르려고 할 때마다 어젯밤 트럭 앞으로 소환되어 그때처럼 불가해한 충동과 욕구에 잠식된 채 휴대폰을 치우고 조리대에 푹 엎드리고야 마는 것이었다.

"안녕."

토비의 깊고 낮은 목소리가 나를 깨웠다.

나는 그쪽으로 걸음을 옮겼다. 거부할 수 없는 끌림, 피할 수 없는 조류처럼. 토비는 망설임 없이 일어나 방 중앙에서 나와 만났다. 우리는 잠시 서로 마주 봤다. 거울 속으로 다이빙하는 느낌이었다. 이내 토비의 입이 부딪쳐 왔다. 토비의 이와 혀, 그리고 입술, 격앙된 슬픔이 내게 몰아쳤고, 우리 둘의 격앙된 슬픔은 우리에게 이런 짓을 한 세상에 몰아쳤다. 내 손가락은 정신없이 토비의 셔츠 단추를 풀어 어깨 너머로 젖히고 손바닥은 토비의 가슴과 등, 목을 어루만졌다. 토비는 손이 여덟 개쯤 달린 것처럼 하나로 내 셔츠를 벗기고, 다른 둘로 키스하는 동안 내 얼굴을 감싸고, 또 하나로 내 머리를 쓸어 넘기고, 또 둘로 내 가슴 위를 더듬고, 또 하나로 내 골반을 자기 쪽으로 당기고, 마지막으로 내 청바지의 단추를 풀고 지퍼를 내렸다. 어느새 우리는 침대 위였고, 토비의 손이 내 다리 사이를 파고들던 바로 그때, 현관문이 쾅 닫혔다―.

얼어붙은 우리의 눈이 마주쳤다. 수치심이 허공에서 충돌하며 내 안에 날카로운 파편을 흩뿌렸다. 견딜 수 없었다. 나는 두 손에 얼굴을 파묻고 신음했다. 내가 대체 뭘 한 거지? 우리가 뭘 할 뻔한 거지? 되감기 버튼을 누르고 싶었다. 누르고 누르고 또 누르고 싶었다. 하지만 지금은 그런 생각을 할 때가 아니었다. 토비와 함께 이 침대에 있는 모습을 들키지 않는 게 우선이었다.

"서둘러."

내가 얼음을 깨고 공황 상태에서 우리 둘을 건져 올리며 말했다. 토비가 벌떡 일어나자 나는 바닥을 미친 게처럼 기어 다니며 셔츠를 주워 입고 토비의 옷을 던졌다. 우리 둘 다 초고속으로 옷을 입었다.

"더는 안 돼."

내가 셔츠 단추를 더듬어 끼우며, 자기혐오와 수치심으로 가득 찬 범죄자의 심정으로 말했다.

"부탁할게."

토비는 이불을 평평하게 하고 베개가 부풀어 오르도록 팡팡 두드리고 있었다. 얼굴은 벌겋게 상기되고 금빛 머리칼은 사방으로 풀썩였다.

"레니, 미안—."

"이런다고 그리움이 덜하는 것도 아니야, 더는 안 그래."

내 목소리는 반쯤 단호하고 반쯤 필사적이었다.

"오히려 더 심해져."

토비가 손을 멈추고 고개를 끄덕였다. 여러 감정이 뒤엉켜 싸우는 얼굴이었다. 그중에서도 상처가 단연 우세했다. 윽. 토비에게 상처를 주고 싶진 않았지만, 이런 짓도 더 이상 하고 싶지 않았다. 할 수 없었다. 그나저나 **이건** 대체 뭐지? 토비의 곁은 이제 안전한 항구처럼 느껴지지 않았다. 전과 달랐다. 두 사람이 각자 숨을 쉬려고 허우적대는 것처럼 처절하기만 했다.

"존 레넌, 집에 있어?"

아래층에서 들려온 소리였다.

이건 현실이 아니야, 이럴 수는 없어. 17년 동안 단 한 번도 경험한 적 없던 치정 로맨스 같은 상황이 지금 한꺼번에 벌어지고 있었다. 조는 내 이름을 거의 노래처럼 부르고 있었다. 한껏 들뜬 목소리는 아마 그 키스, 손아귀로 별들이 떨어지는 것 같던 절묘한 키스, 태양이 작열하는 거친 들판 위에서 캐시와 히스클리프가 나누었을 법한 키스, 이 세상의 가능성이 바람처럼 불어오는 키스에서 비롯되었을 것이다. 조금 전 토비와 나 사이를 거칠게 휩쓴 무시무시한 토네이도 같은 키스와는 전혀 다른 키스.

옷을 입은 토비가 내 침대에 앉아있었다. 허벅지를 덮은 셔츠 자락이 눈에 띄었다. 그건 왜 안 집어넣어? 알고 보니 토비는 망할 발기를 잠재우려고 애쓰고 있었다. 맙소사, 대체 난 누구야? 어떻게 일을 이 지경까지 끌고 와? 그리고 왜 우리 식구들은 남들처럼 현관문을 잠그고 집 열쇠를 가지고 다니지 않는 거야?

나는 단추와 지퍼를 잘 채웠는지 확인했다. 머리를 쓸어넘기고 입술을 문질러 닦고 나서 방문을 열고 고개를 빼꼼 내밀자 마침 조가 거침없이 복도를 걸어오고 있었다. 나를 발견하고 해맑게 웃는 조는 마치 청바지, 검정 티셔츠, 야구모자에 쑤셔 넣은 사랑 자체 같았다.

"저녁에 우리 집 올래? 다들 시내에 재즈 쇼를 보러 간대."

목소리에 가쁜 숨이 느껴졌다. 여기까지 달려온 게 틀림없었다.

"도저히 기다릴 수가 없어서……."

조가 손을 뻗어 내 손을 잡으면서 내 어깨 너머로 침대에 앉아 있는 토비를 발견했다.

조는 내 손을 떨궜고 나는 두 눈을 의심했다. 조 폰테인의 얼굴이 문처럼 굳게 닫힌 것이다.

"안녕."

조가 토비에게 인사했다. 하지만 목소리에 날이 서있었다.

"토비랑 같이 언니 물건 정리하고 있었어."

내가 불쑥 내뱉었다. 이럴 수가. 언니의 애인과 불장난한 걸 덮으려고 언니를 이용해 조에게 거짓말하다니. 나처럼 타락한 애한테도 더 내려갈 바닥이 있었다. 독사 같은 위선자. 네스호의 괴물 레니. 어떤 수녀원도 나 같은 걸 받아주지 않으리.

조는 그 말에 누그러져 고개를 끄덕였지만, 여전히 의심스러운 눈으로 토비와 나를 번갈아 봤다. 마치 누군가가 조광기의 손잡이를 내려 조라는 사람 자체를 암전시킨 것 같았다.

토비가 일어섰다.

"집에 가야겠다."

토비는 어색하게 방을 가로질렀다. 걸음걸이도 어정쩡했다.

"또 봐서 반가워."

토비가 조에게 중얼거리듯 말했다.

"나중에 보자, 레니."

우릴 지나치는 토비의 모습이 비처럼 처량해서 괴로웠다. 내 마음이 토비를 몇 걸음 뒤따라갔지만, 이내 죽음의 그늘 한 점 없이 내 앞에 서있는 조에게로 퍼뜩 되돌아왔다.

"레니, 혹시—."

조가 무엇을 물어보려 하는지 대충 짐작이 갔으므로 나는 그 입에서 그 질문이 나오는 걸 막기 위해 내가 생각해 낼 수 있는 유일한 일을 했다. 키스. 그것도 **진하게**. 마치 밴드부 활동 첫날부터 줄곧 원했던 것처럼, 결코 달콤하거나 부드럽다고 할 수 없는 키스를 퍼부었다. 다른 사람과 섞었던 바로 그 입술로, 조의 질문, 조의 의심을 통째로 날려버렸다. 그리고 얼마 지나지 않아 그 다른 사람도, 방금 일어날 뻔했던 그 일도 날려버렸다. 오로지 이 방, 이 세상에, 미친 듯 부풀어 오르는 내 마음에 조와 나, 우리 둘만 남을 때까지.

초대박.

내가 '이 남자 저 남자 오가며 난잡하게 노는 여자'로 변했다는 사실은 잠시 제쳐놓기로 했다. 방금 뭔가 엄청난 걸 깨달았기 때문이다. **바로 이거야.** 남들이 그토록 떠들어 대던 것, 《폭풍의 언덕》에서 말하던 것들이 지금, 이 순간 조와 입술이 떨어지길

아쉬워하면서 내 안에 세차게 흐르는 감정으로 귀결되었다. 내가 고작 키스 한 번에 캐시와 줄리엣과 엘리자베스 베넷과 채털리 부인이 될지 누가 알았겠는가?!

몇 년 전, 할머니의 화원에 누워 빈둥거리고 있는데 빅 삼촌이 다가와 뭐하냐고 물었다. 나는 하늘을 올려다보고 있다고 했다. 삼촌은 말했다. "그건 착각이야, 레니. 하늘은 어디에나 있어. 네 발치에서 시작하지."

조와 키스하면서, 그 말이 처음으로 와닿았다.

정신이 아찔하고 혼미해서, 잠시 입술을 떼고 감은 눈을 떴다. 조 폰테인의 조광기 손잡이는 다시 바짝 올라가 있었다. 조 역시 혼미한 상태였다.

"이건―."

나는 말을 이어붙이지 못했다.

"끝내줬어."

조가 내 말을 가로챘다.

"미친듯이 끝내줬어."

우린 멍하니 서로를 바라봤다.

"좋아."

문득 조가 오늘 밤 초대한 사실을 떠올리며 대답했다.

"뭐가?"

조는 내가 마치 스와힐리어라도 내뱉은 것처럼 바라보다가 이 내 씩 웃었다. 내 허리에 팔을 두르고 "준비됐어?"라고 말하더니 그대로 덥석 들어 올려 빙글빙글 돌았다. 갑자기 세상 황당한 영화에 출연하게 된 나는 웃음을 터뜨렸다. 기분이 너무 좋아서 감히 언니 없는 세상에서 그렇게 느끼는 것이 부끄러울 정도였다.

"좋아, 오늘 저녁에 갈게."

빙빙 돌던 것들이 멈추고 다시 내 발로 착지하면서 말했다.

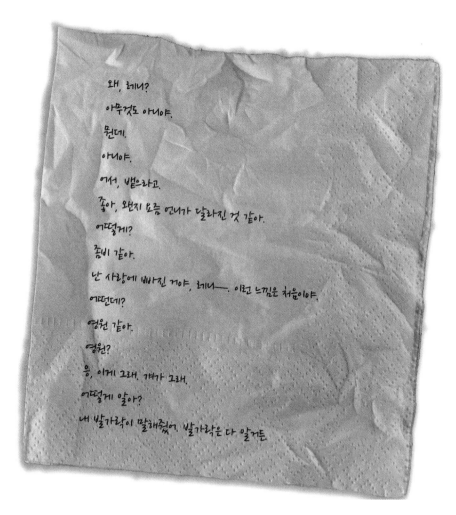

제17장

왜, 레니?

아무것도 아니야.

뭔데.

아니야.

어서, 뱉으라고.

좋아. 왠지 요즘 언니가 달라진 것 같아.

어떻게?

좀비 같아.

난 사랑에 빠진 거야, 레니— 이런 느낌은 처음이야.

어떤데?

영원 같아.

영원?

응, 이게 그래. 걔가 그래.

어떻게 알아?

내 발가락이 말해줬어. 발가락은 다 알거든.

: 냅킨에 쓰임. 세실리아 베이커리의 머그잔에 쑤셔 박혀있었음

"조네 집에 가려고."

나는 할머니와 빅 삼촌에게 말했다. 어느새 집에 돌아온 두 사람은 1930년대산 라디오로 야구 경기를 틀어 놓고 부엌에서 각자 시간을 보내고 있었다.

"그거 좋은 생각이구나."

할머니가 말했다. 할머니는 여전히 가망 없는 레니 화초를 피라미드 아래서 꺼내 식탁에 올려놓고 속삭이듯 노래를 불러주고 있었다. 푸른 초원에 관한 노래였다.

"몸단장 좀 하고 가방 챙겨 오마."

설마.

"나도 가지."

식탁 위에 몸을 수그리고 십자말풀이를 하고 있던 빅 삼촌이 말했다. 삼촌의 풀이 속도는 이 구역을 통틀어 가장 빨랐다. 슬쩍 보니 이번에는 빈칸에 글자가 아닌 숫자를 넣고 있었다.

"이것만 끝내고 다 같이 폰테인네로 향하자꾸나."

"아, 그건 좀 아닌데."

내가 말했다.

둘이 동시에 나를 올려다봤다. 자기가 잘못 들었냐는 얼굴로.

빅 삼촌이 입을 열었다.

"그게 무슨 말이냐, 레니. 조는 매일 아침 여기 오는데, 그럼 우리도—."

삼촌은 끝내 말을 잇지 못하고 웃음을 터뜨렸다. 할머니도 마찬가지였다. 나는 차라리 안심했다. 실제로 할머니와 삼촌을 트럭 뒤에 태우고 언덕을 오르는 끔찍한 상상을 하던 참이니까. 딸 마릴린의 데이트를 따라가는 몬스터 가족처럼.

"왜, 빅. 저렇게 차려입고 머리도 내렸잖니. 쟤 좀 봐."

이게 문제였네. 아무도 눈치채지 못하게 짧은 꽃무늬 원피스에다 힐을 신고 립스틱을 바르고 머리를 풀어 헤쳤는데 내가 평생 연마해 온 민얼굴에 말총머리, 청바지 차림과 퍽이나 비슷했겠다. 얼굴이 빨개진 걸 나도 알았지만 이대로 집을 나서는 게 다시 방으로 뛰어 올라가 언니의 '데이트 전에 옷 갈아입기' 최고 기록인 37회에 도전하는 것보다 낫다는 것도 알았다. 나는 겨우 18회에 그쳤으나 옷 갈아입기는 점입가경인 행위라 반복할수록 혼란에 빠진다. 자연의 법칙이다. 심지어 침대 옆 탁자에서 성 안토니상이 날 빤히 바라보며 어젯밤 언니의 서랍에서 발견한 것을 자꾸만 떠올리게 했는데도 나는 좀처럼 정신을 차리지 못했다. 하지만 그걸 보면서 달리 떠오른 게 있었다. 성 안토니가 언니처럼 사람들을 휘어잡는 인물이었다는 것이다. 아무리 큰 교회도 몰려든 인원을 다 수용하지 못해 그 사람은 장터에서 설교해야 했다. 그리고 죽었을 때는 파도바에 있는 모든 교회의

종들이 저절로 울려서 온 동네 주민이 천사들이 지구에 왔다고 착각했다고 한다.

"다녀올게."

나는 할머니와 삼촌에게 인사하고 문으로 향했다.

"재밌게 놀아라, 레니…… 너무 늦지는 말고, 알았지?"

나는 고개를 끄덕이고 내 인생 진정한 첫 번째 데이트에 나섰다. 이제껏 다른 남자애들과 함께 보낸 저녁들은 데이트로 칠 수 없었고, 토비는 떠올리지도 않으려고 애쓰는 중이며, 파티에서의 즉석 만남은 단연코 아니었다. 그다음 날, 다음 주, 다음 달, 다음 해까지도 키스를 무르고 싶었으니까. 지금까지 이런 느낌은 없었다. 지금 조의 집으로 향하는 언덕길에서 느끼는 이런 기분은 처음이었다. 마치 가슴 속 창문으로 햇빛이 쏟아져 들어오는 것 같았다.

제18장

조가

트럼펫을

불면

나는 　　　　　색을

그만 　　　　　바꾸고

의자에서 　　　수십

떨어져 　　　　수백

무릎을 　　　　년을

꿇고 　　　　　내린

만다. 　　　　　비가

조가 　　　　　거꾸로

연주하면 　　　하늘로

모든 꽃이 　　　퍼붓는다.

: 클로버고등학교 음악실 구석 벽에서 발견

아까 성소에서 조와 함께 있을 때의 느낌이, 하얀 저택의 현관 입구 계단에 앉아 기타를 치는 조를 본 순간 다시금 나를 덮쳤다. 기타 위로 몸을 숙인 채 부르는 나직한 노랫말은 바람을 타고 나뭇잎처럼 허공에 흩날렸다.

"안녕, 존 레넌."

조가 기타를 제쳐놓고 일어나 계단에서 뛰어내리며 말했다.

"와, 너 좀 **가혹하게** 멋지다. 오늘 밤 내내 나랑만 있기엔 아까운데."

조는 거의 방방 뛰고 있었다. 그 기쁨의 농도가 나를 매료시켰다. 인간을 만들어 내는 공장에서 누군가가 양 조절에 실패해서 조에게 몇 사람분을 왈칵 부어버린 게 분명했다.

"우리가 할 수 있는 듀엣곡을 생각하고 있었어. 편곡만 좀……."

더는 귀에 들어오지 않았다. 그래도 조가 혼자 계속 떠들어댔으면 했다. 왜냐면 나는 한마디도 할 수 없었으니까. '사랑이 피었다'라는 표현이 은유인 것은 알지만 이 순간 내 마음속에는 한 떨기 꽃봉오리가 타임랩스로 촬영한 것처럼 10초 만에 찬란한 야생화로 피어나고 있었다.

"괜찮아?"

조가 물었다. 조는 두 손으로 내 양팔을 붙들고 내 얼굴을 살폈다.

"응, 괜찮아."

이런 상황에서 다른 사람들은 숨을 어떻게 쉬나 궁금했다.

"정말 **괜찮겠어?**"

조가 나사 빠진 얼간이 얼굴을 하고 날 바라보았다. 나는 퍼뜩 사랑의 주문에서 깨어났다.

"윽, 이 얼간이가."

난 조를 확 밀어냈다.

조는 웃음을 터뜨리며 한쪽 팔을 내 어깨 위로 둘렀다.

"자, *메종 폰테인*(폰테인가)에 제 발로 온 걸 환영해."

메종 폰테인에서 내가 처음 의식한 점은 전화벨이 울려도 조는 신경 쓰지 않는다는 것이었다. 멀리 떨어진 곳에서 자동 응답기를 통해 어떤 여자애 목소리가 흘러나오길래 혹시 레이철인가 싶었는데 곧 아니라고 결론지었다. 그다음으로 의식한 점은 이 집과 메종 워커가 얼마나 극과 극인가였다. 우리 집은 호빗족이 사는 곳 같았다. 천장은 낮고 목재는 어둡고 울퉁불퉁했으며, 바닥에는 색색의 해진 리그가 늘어져 있고 어딜 보나 그림과 벽이 있었다. 반면에 조의 집은 구름과 이웃하여 하늘 높이 떠 있는 느낌이었다. 곳곳에 난 창문을 통해 바람에 물결치는 황금빛 들판, 강을 품은 짙푸른 숲, 저 멀리 마을과 마을 사이를 유유히 흐르는 강줄기가 보였다. 몇 주치 우편물이 쌓인 테이블도, 가구 밑에 굴러 처박힌 신발도, 평평한 곳이라면 아무 데나 펼쳐진 책들도 없었다. 조는 박물관에 살고 있었다. 벽에는 온통 색과 모양, 크기가 제각각인 멋진 기타들이 걸려있었다. 마치 스스로 음악을 만들어 낼 수 있을 것처럼 생동감이 넘쳤다.

"꽤 멋지지? 우리 아빠는 놀라운 악기들을 만들어. 기타뿐만 아니라 만돌린, 류트, 덜시머도."

내가 작품을 하나하나 눈으로 탐하는 동안 조가 말했다.

다음으로 조가 소개한 곳은 전혀 색다른 공간이었다. 조의 방. 카오스 이론을 물리적으로 구현하면 이런 모습일까? 처음 보는 악기와 어떤 소리를 낼지 감도 안 오는 악기들, 음반, 음악 잡지, 프랑스어와 영어로 된 책들, 들어본 적도 없는 프랑스 밴드의 콘서트 포스터, 만화책, 별난 남자애 특유의 각진 글씨가 깨알같이 적힌 노트들, 악보들, 플러그가 꽂히고 뽑힌 스테레오 장비들, 부서져 너덜대는 앰프와 내가 모르는 음악 장비들, 접시와 병과 컵들은 물론이고 이상한 고무 동물들, 파란 구슬 그릇, 카드 한 벌, 내 무릎까지 쌓인 옷가지들……, 그리고 책상 위의 작은 존 레넌 포스터까지.

"흠."

내가 포스터를 가리키며 헛기침했다. 그리고 주위를 찬찬히 둘러봤다.

"이 방을 보니 조 폰테인의 새로운 자아가 보이네. 진짜 광기야."

"그렇지. 이 폭탄방은 원래 좀 더 기다렸다가 보여주려고 했는데……."

"뭘 기다려?"

"글쎄, 네가 좀 더……."

"좀 더?"

"모르겠다."

조에게서 당황한 티가 났다. 왠지 공기의 흐름이 껄끄러워졌다.

"말해 봐. 내가 좀 더 뭐?"

"아니야, 헛소리였어."

발끝을 보던 조가 다시 날 향해 고개를 들었다. 빔, 빔, 빔.

"궁금한데."

내가 말했다.

"알겠어, 뭐였냐면, 나만큼 너도 날 좋아할 때까지 기다리려고 했어."

가슴에 다시 꽃이 피었다. 이번에는 봉오리에서 만개까지 고작 3초였다.

"좋아해."

생각 없이 튀어나온 말에 나는 이어서 덧붙였다.

"많이."

나 뭐 잘못 먹었나? 이제 정말로 숨이 가빠왔다. 그리고 갑자기 들이닥친 입술 때문에 더욱 곤란해졌다.

우리의 혀는 사랑에 미쳐 결혼식을 올리고 파리로 떠났다.

키스 없이 보낸 세월을 모두 만회했겠다 싶었을 때 비로소 내가 입술을 떼고 말했다.

"멈추지 않으면 세상이 폭발할 것 같아."

"그러게."

조가 속삭였다. 조는 꿈을 꾸듯이 내 눈을 바라보고 있었다. 히스클리프와 캐시가 누구더라?

"다른 걸 해도 되고. 네가 원한다면……."

조가 씩 웃었다. 그리고 빔, 빔, 빔. 내가 오늘 밤 살아남을 수 있을까?

"연주할래?"

조가 물었다.

"응, 근데 나 악기 안 들고 왔는데."

"하나 갖다줄게."

조가 방을 나선 덕분에 정신을 추스를 틈이 생겼는데, 하필 아까 낮에 토비와 있었던 일이 떠올랐다. 오늘 얼마나 무시무시하고 돌이킬 수 없는 일을 저지를 뻔했던가. 왜 그랬을까? 언니를 찾아내려고? 서로의 가슴에서 베일리 워커를 떼어내려고? 서로의 몸에서? 그보다 더 불순한 이유였다면? 혹시 언니를 잊으려고 한 것은 아닐까? 한순간이라도 기억에서 지워버리려고?

아니, 아니다. 그럴 리가 없다. 안 그런가? 우리가 함께 있으면 언니는 공기처럼 우릴 감싸 숨 쉴 수 있게 한다. 하지만 그런 위안도 오늘까지, 우리가 통제 불능이 되기 전까지였다. 모르겠다. 내가 아는 바라곤 토비와의 일이 결국 언니에 관한 문제라는 것이다. 왜냐면 내가 지금 여기서 조 덕분에 통증을 잊는 동안 홀로 아파할 토비의 모습을 떠올리면 내가 토비를, 토비와 함께 내 슬픔을, 내 슬픔과 함께 결국 언니를 버린 것 같으니까.

다시 울린 전화벨 덕분에 내 정신은 퍼뜩 폭탄방으로 돌아왔다. 이 헝클어진 침대에서 조가 잠을 자고, 사방에 흩어진 책들을 주워 읽고, 딱 봐도 500개는 되는 컵들을 한꺼번에 쓴다 이거지. 나는 조가 평소에 사색하고 꿈꾸는 곳, 옷을 갈아입고 아무렇게나 벗어던지는 은밀한 장소에 있다는 사실에 현기증이 났다. 조가 벗는 곳. **벌거벗은 조.** 그렇게 조를, 조의 전부를 떠올린 순간, **뜨악**했다. 나는 살아있는 남자의 벗은 몸을 실제로 본 적 없다. 단 한 번도. 한때 사라와 함께 인터넷 포르노를 열심히 탐구한 적은 있지만, 그게 다였다. 나는 전체를, **그것**을 보는 게 늘 두려웠다. 사라는 그것을 처음 제대로 마주했을 때 인생의 모든 순간을 합친 것보다 더 많은 동물 이름이 입에서 쏟아져 나왔다고 했다. 예상 가능한 동물도 아니었다. 뱀이나 장어 따위가 아니었다. 사라에 따르면 그것은 완전히 세렝게티였다. 하마, 코끼리, 오랑우탄, 맥, 가젤 등등.

덜컥 사라가 보고 싶었다. 어떻게 내가 사라 몰래 무려 조 폰테인의 방에 있을 수 있단 말인가? 어떻게 내가 사라를 이따위로 무시할 수 있단 말인가? 나는 휴대폰을 꺼내서 문자 메시지를 보냈다.

수색대 재요청. 부디 용서를

방을 다시 둘러봤다. 서랍을 뒤지고 침대 밑을 확인하고 내 발치에 펼쳐진 노트를 읽고 싶은 욕구를 눌러 참았다. 정정하겠다. 세 가지 중 두 가지만 눌러 참았다. 이미 도덕적으로 그른 날이었다. 그리고 그것이 펼쳐진 상태라면, 게다가 문장 사이에 얼핏 내 이름, 뭐, 나만의 별칭이 눈에 띈다면, 꼭 남의 일기를 훔쳐본다고는 할 수 없겠지.

나는 무릎을 구부려 어떻게든 노트를 건드리지 않고 이니셜 'JL'로 시작하는 부분만 훑어봤다.

그처럼 슬퍼 보이는 사람은 처음 봤다. 기분 좋게 해주고 싶고, 항상 곁에 있어주고 싶다. 진짜. 뭐랄까. 남들이 그저 입을 다물고 있다면, 걔는 목청껏 악을 쓰고 있는 느낌이다. 걔는 보이는 그대로다. 너무나 정직해서. 제너비브랑은 정반대다. 제너비브 같은 애랑은 완전히 다르다……

복도에서 들려오는 발소리에 벌떡 일어났다. 또다시 전화벨이 울리고 있었다.

돌아온 조는 클라리넷 두 개, 즉 B 플랫과 베이스를 내밀었다. 소프라노가 익숙한 나는 B 플랫을 선택했다.

"전화는 왜 저래?"

제너비브가 누구야?라고 묻는 대신 물었다. 털썩 무릎을 꿇으며 나는 절대 정직하지 않노라고, 제너비브가 누군지는 몰라도 프랑스의 이국적 매력만 빼면 나도 걔랑 별반 다르지 않은 애일 거라고 고백하는 대신 물었다.

조는 어깨를 으쓱했다.

"우리 집은 전화가 좀 많이 와."

그렇게 말한 조는 곧 자신과 기타 코드 몇 개를 제외하고 세상 전부를 지워버리는 튜닝 의식을 시작했다.

미개발 분야인 기타와 클라리넷 듀엣은 역시 어색하게 출발했다. 우리는 소리로 더듬거리고, 부딪히고, 당황한 표정을 마주치기도 하며 시도를 거듭했다. 이윽고 소리가 맞물리기 시작했다. 상대방이 어디로 향하는지 눈을 맞추고 귀를 기울이다 보니 순간순간 우리의 영혼이 소통하는 것처럼 느껴졌다. 한 번은 내가 잠시 혼자 즉흥 연주를 했을 때였다.

"네가 내는 음색은 굉장해. 엄청나게 쓸쓸한 느낌이야. 마치, 뭐랄까, 새들도 지저귀지 않는 날처럼."

조가 흥분해서 말했다.

사실 나는 딱히 쓸쓸하지 않았다. 언니가 듣고 있는 것 같았으니까.

"흠, 밤에 봐도 그대로네. 똑같은 존 레넌이야."

우리는 잔디밭에 앉아 조가 자기 아빠에게서 슬쩍한 와인을 마시고 있었다. 열린 현관문 사이로 프랑스 여자 가수의 목소리가 쩌렁쩌렁 흘러나와 따뜻한 밤공기에 섞여들었다. 우리는 와인을 병째 들이켜며 치즈와 바게트를 먹었다. 드디어 내가 조와 프랑스에 있구나. 그렇게 생각하니 웃음이 났다.

"왜?"

조가 물었다.

"그냥. 좋아서. 나 와인 처음 마셔봐."

"난 평생 마셨는데. 어릴 때부터 아빠가 물에 타서 줬어."

"진짜? 술 취한 꼬마 폰테인 삼형제가 벽에다 줄줄이 박치기하고?"

조가 웃었다.

"내 말이 그 말이야. 프랑스 애들이 유독 얌전한 이유가 있다니까. 그 **프티 미뇽**(작고 귀여운) 엉덩이들이 평상시에도 술에 취해 해롱대고 있는 거지."

조가 병을 기울여 한 모금 마시고 나에게 건넸다.

"부모님은 두 분 다 프랑스 분이셔?"

"아빠만. 파리에서 나고 자랐지. 엄마는 원래 이 근방 출신이야. 아빠 때문에 많이 변했지만. 아빠는 전형적인 프랑스인이라."

조의 목소리에 왠지 씁쓸함이 묻어 나왔지만 나는 굳이 파고들지 않았다. 아까 염탐질의 여파에서 이제 막 회복한 상태였다. 조에게 제너비브, 그리고 정직함이 어떤 의미인지에 대해서도 겨우 머릿속에서 지운 참이었다.

"사랑에 빠져본 적 있어?"

조가 벌러덩 누워 별이 성성한 하늘을 보며 물었다.

하마터면 **어, 지금 여기, 너랑, 이 멍청아**라고 투덜거릴 뻔했다.

"아니, 그 어떤 것에도 빠져본 적 없어."

조는 한쪽 팔꿈치로 몸을 일으키며 나를 쳐다봤다.

"무슨 뜻이야?"

나는 무릎을 끌어안고 저 멀리 계곡에서 부서져 내리는 빛을 응시했다.

"그동안 긴 잠을 자고 있었던 느낌이야. 행복하게, 17년을. 그러다가 언니가 죽었고……."

와인 덕분인지 말이 술술 나왔지만 나도 내가 무슨 말을 지껄이는지 몰랐다. 조를 쳐다봤다. 조는 내 입술에서 말이 떨어지자마자 손으로 받아낼 기세로 열심히 경청하고 있었다.

"지금은?"

"글쎄, 잘 모르겠어. 아예 달라졌어."

나는 조약돌을 하나 주워 어둠을 향해 던졌다. 이전의 삶이 어땠더라. 예측 가능하고, 상식이 통했다. 나는 항상 나였다. 불가항력에 의한 사태는 없었다. 단 한 번도. 그땐 모르고 살았을 뿐이지만.

"깼다고 할까. 좋은 일인지도 모르지. 하지만 그때보다는 복잡해졌어. 이제 난 최악의 일이 언제든 일어날 수 있다는 걸 알게 됐으니까."

조는 알 만하다는 듯 고개를 끄덕였다. 다행이었다. 나는 내가 당최 뭔 소리를 하는지 몰랐으니까. 물론 내가 한 말의 뜻은 안다. 죽음이 얼마나 가까이 있는지, 얼마나 교묘히 숨어있는지 미처 몰랐다는 얘기였다. 그런데 그걸 누가 알고 싶어 하는가?

죽음이 한순간 방심한 찰나에 닥칠 수 있다는 걸 누가 알고 싶 겠는가? 내가 가장 사랑하고 필요로 하는 사람이 영원히 사라질 수도 있다는 사실을 대체 누가 알고 싶어 해?

"하지만 최악의 일이 언제든 일어날 수 있다는 걸 아는 사람이 라면, 최고의 일도 언제든 일어날 수 있다는 걸 알지 않을까?"

조가 말했다.

그렇게 생각하니, 갑자기 기운이 솟았다.

"그래, 맞아. 실은, 지금 너랑 있으니까……."

또 멋대로 말이 튀어나왔다. 조의 얼굴이 기쁨으로 확 물들었다.

"우리 취했나?"

내가 물었다.

조가 한 모금 더 꿀꺽했다.

"아마도."

"혹시 너도……."

"네가 겪은 것 같은 일은 한 번도 없었어."

"아니, 그게 아니라, 사랑에 빠져본 적 있어?"

속이 울렁거렸다. 아니라고 말하길 간절히 바랐지만, 예상대 로였다.

"응. 적어도 그렇게 생각했었지."

"무슨 일이 있었는데?"

멀리서 사이렌이 울렸다. 조는 일어나 앉았다.

"여름 방학마다 학교 기숙사에서 살았는데, 어느 날 걔가 내 룸메이트랑 엉켜있는 걸 목격했어. 죽을 것 같았지. 아니, 죽었 었어. 그 후로 걔나 룸메이트랑은 한마디도 안 했어. 그저 음악에 미쳐서 여자애들을 실컷 저주하고, 뭐, 그땐 그랬다는 거지……."

조가 미소 지었다. 하지만 평소와는 다른 미소였다. 어딘지 연약하고 망설이는 듯한 기색이 있었다. 얼굴 전체에 드리워진 그것은 아름다운 초록색 눈동자에도 일렁이고 있었다. 나는 차라리 눈을 감아버렸다. 오늘 토비와 함께 있는 모습을 조에게 들킬 뻔했다는 사실만 떠올랐으니까.

조는 병을 잡고 와인을 들이켰다.

"이 이야기의 교훈은, 바이올린 연주자들은 정상이 아니라는 거야. 그 망할 놈의 활시위 때문인 듯해."

제너비브, 프랑스의 매혹적인 바이올리니스트. 웹.

"그래? 클라리넷 연주자들은?"

조가 씩 웃었다.

"감정이 풍부하지."

조의 손가락이 내 얼굴을 훑었다. 이마에서 뺨을 지나 턱까지, 그리고 목을 따라 내려갔다.

"아름답고."

이런, 왜 영국의 에드워드 8세가 사랑 때문에 왕좌를 포기했는지 단박에 이해가 갔다. 내게 왕좌가 있다면 지난 3초를 경험하기 위해 기꺼이 포기했으리라.

"그럼 트럼펫 연주자들은?"

내가 조의 손가락에 내 손가락을 얽으며 물었다.

조가 고개를 흔들었다.

"고삐 풀린 망나니들이지. 웬만하면 건드리지 마. 모 아니면 도야. 중간이라곤 없는 극단주의자들이지."

이런.

"안 건드리는 게 상책이야."

조가 짓궂게 덧붙였지만, 내 귀에는 짓궂게 들리지 않았다. 오늘 조에게 거짓말했다는 사실을 새삼 믿을 수 없었다. 이제라도 토비를 멀리해야 한다. 멀리멀리.

멀리서 코요테 한 쌍이 울부짖었다. 등골이 오싹했다. 나이스 타이밍이다, 개들아.

"트럼펫 연주자들이 그렇게 무시무시한 줄 몰랐네."

나는 조의 손을 놓고 병을 집어 들어 꿀꺽 마셨다.

"그럼 기타리스트는?"

"네가 판단해 봐."

"흠, 보자……."

이번에는 내가 손가락으로 조의 얼굴을 훑었다.

"못생기고 지루하고, 아, 물론, 재능도 없지."

조가 웃음을 터뜨렸다.

"아직 안 끝났거든. 그래도 한 가지 덕분에 봐줄 만해. 엄청, 엄청 열정적이거든……."

"맙소사."

조가 속삭이며 내 목덜미를 감싸 내 입술을 자기 입술로 바짝 끌어당겼다.

"그냥 이 망할 세상을 폭발시켜 버리자."

우린 그렇게 했다.

제19장

.

침대에 누워있으니 도란도란 말소리가 들렸다.

"뭐가 문제인 것 같아?"

"모르겠네요. 오렌지색 벽의 영향일 수도 있고."

대화는 잠시 끊겼다.

"논리적으로 생각해 보자. 증상을 보자고. 쨍쨍한 토요일 한 낮에 아직도 침대에 누워있고, 얼굴엔 얼빠진 미소가 걸려있고, 입술에 스민 얼룩은 아무래도 레드와인 같은데, 허락되지 않은 음료지만 그건 이따가 얘기하고, 결정적으로 어제 입은 옷차림 그대로야. 굳이 덧붙이자면, 꽃이 들어간 원피스지."

"흠, 비록 제대로 굴러가진 않았지만 총 다섯 번에 빛나는 결혼 생활로 얻은 제 식견에 의하면, 존 레넌이라고도 알려진 레니 워커 양은 사랑에 빠져 넋이 나간 것 같네요."

빅 삼촌과 할머니가 웃으며 날 내려다보고 있었다. 마치 무지

개 너머 나라로 갔던 도로시가 침대에서 눈을 뜨니 고향 마을 사람들에게 둘러싸여 있는 느낌이었다.

"어디 오늘 안에 일어날 수는 있겠니?"

할머니가 침대가에 앉아 두 손으로 내 손을 도닥였다.

"모르겠어."

나는 할머니에게로 돌아누웠다.

"그냥 평생 여기 누워서 걔만 생각하고 싶어."

과연 어느 쪽이 더 좋을까? 어젯밤을 실제로 경험하는 것과 내 머릿속에서 재생하며 황홀한 순간마다 임의로 멈춰 무한 반복할 수 있는 것 중에서. 조의 달콤하면서 쌉싸름한 맛이 내 입 안에 맴돌고, 상쾌한 살 내음이 내 주변을 감싸고, 조의 손이 내 머리칼을 쓸어내리고, 내 원피스 위를 여기저기 배회하고, 우리 사이에는 그 얇디얇은 천이 전부고, 어느새 천 아래로 파고든 손가락이 내 피부 위를 음악처럼 흐르던 순간들. 그 모든 기억이 몇 번이고 내 심장을 절벽으로 떠밀었다.

오늘 아침 처음으로, 잠에서 깨자마자 떠오른 사람이 언니가 아니라는 사실에 죄책감이 들었다. 그러나 그 죄책감은 내가 사랑에 빠졌다는 사실이 선명해질수록 점점 힘을 잃어갔다. 나는 창밖의 새벽안개를 응시하면서 문득 언니가 내게 조를 보내준 게 아닐까 생각했다. 자신이 죽을 수 있는 세상에 이런 일도 일어날 수 있다는 걸 깨닫게 해주려고.

"얘 상태를 좀 보세요. 당장 그 망할 장미 관목을 없애야 한다니까요."

빅 삼촌이 말했다. 오늘따라 머리카락이 유난히 탱글탱글하고 콧수염도 덥수룩해서 삼촌의 얼굴은 마치 다람쥐가 가로지르는 것처럼 보였다. 어떤 극에서도 왕 역할을 할 수 있는 용모였다.

"떽. 너도 그 말을 믿니."

할머니가 꾸짖었다. 할머니는 자신이 기르는 장미가 사랑의 묘약이라고 떠들어대는 걸 못 참았다. 걸핏하면 떠난 연인의 마음을 되돌리려는 절박한 사람들이 찾아와 장미를 훔쳐갔기 때문이다. 할머니는 그때마다 노발대발했다. 적절한 가지치기만큼 할머니가 심혈을 기울이는 일은 별로 없다.

삼촌은 거기서 물러서지 않았다.

"이 침대에 놓인 실증적 증거를 보세요. 얘가 저보다 심각하다고요."

"설마 너보다 심각하겠어. 이 동네 만인의 연인이 누구신데."

할머니가 눈알을 굴렸다.

"차라리 대놓고 욕을 하시죠."

삼촌이 자신의 다람쥐를 비비 꼬며 능청스럽게 응수했다.

나는 둘의 티키타카를 좀 더 편안히 관람하기 위해 침대에서 몸을 일으켜 창틀에 등을 기대앉았다. 뜨거운 햇살이 창문을 통과해 내 등을 따끈따끈하게 데웠다. 그러나 언니의 침대를 건너다보자 기분이 착 가라앉았다. 어떻게 나한테 이렇게 중요한 순간에 언니가 없을 수 있지? 앞으로 다가올 순간들은 다 어쩌지? 어떻게 언니 없이 하나하나 겪어나가지? 언니가 나한테 말 하지 않은 것들이 있다 해도 상관없었다. 나는 어젯밤을 비롯해 내게 일어날 모든 일을 언니에게 전부 말하고 싶으니까! 울컥했지만 다 함께 추락하고 싶지 않았기에 눈물을 삼키고 또 삼켰다. 그리고 어젯밤 사랑에 빠진 감정에 몰두하려고 애썼다. 방 한구석에 놓인 클라리넷이 눈에 띄었다. 언니가 최근에 자주 했던 페이즐리 스카프에 반쯤 덮여있었다.

"조는 오늘 아침에 안 왔어?"

내가 물었다. 다시 연주하고 싶었다. 지금 내가 느끼는 이 모든 것을 클라리넷으로 날려버리고 싶었다.

"안 왔어. 지금 너랑 똑같은 상태라는 데 전 재산을 걸지. 그래도 기타는 옆에 끼고 있을 거다. 잘 때는 혹시 떼어놓는지 물어봤니?"

빅 삼촌이 말했다.

"음악 천재라서 그래."

나는 금세 아까처럼 들떠서 대꾸했다. 기분이 오락가락, 미친 게 틀림없었다.

"맙소사, 어머니, 얘 아주 말기인데요."

나에게 윙크한 삼촌이 뒤돌아 문으로 향했다.

할머니는 내 옆에 앉아 내 머리를 어린애처럼 쓰다듬었다. 나를 물끄러미 바라보는 시간이 다소 길어지고 있었다. 아, 이런. 황홀경에 빠져서 요즘 할머니와 대화를 거의 안 했다는 사실을 잊고 있었다. 단둘이 있는 것도 몇 주 만에 처음이었다.

"레니."

할머니표 일장 연설을 앞둔 어조가 분명한데, 직감으로는 왠지 언니에 관한 얘기가 아니었다. 나의 감정 표출에 관한 얘기도, 시내로 외식하러 가자는 얘기도, 레슨을 재개하자는 얘기도, 내가 하고 싶지 않은 일들에 관한 얘기도 아니었다.

"응?"

"저번에 피임에 관해 얘기한 적 있지? 감염이나 뭐 그런……."

휴. 난 또 뭐라고.

"응. 한 백만 번쯤."

"그래. 갑자기 네가 싹 잊어버렸을까 봐."

"그럴 리가."

"좋아."

할머니가 다시 내 손을 도닥였다.

"할머니, 그런 걸 걱정하긴 아직 이르다고. 알았어?"

낯부끄러운 고백이지만 굳이 할머니를 겁줘서 질문 폭격을 받는 것보다는 나았다.

"다행이군, 다행이야."

안도감이 뚜렷이 드러나는 목소리에 나는 다시금 생각에 잠겼다. 어젯밤 조와의 접촉은 짜릿했으나 우리는 그 순간을 되도록 천천히 음미했다. 토비와는 그렇지 않았다. 만약 그때 방해받지 않았더라면 과연 무슨 일이 벌어졌을까? 내가 정신을 차리고 막을 수 있었을까? 아니면 토비가? 내가 아는 바라곤 모든 일이 너무나 빠르게 일어났고 나는 완전히 통제 불능이었으며 콘돔 같은 건 안중에도 없었다는 것이다. 어떻게 그런 일이 벌어졌지? 어떻게 토비 쇼의 손이 내 가슴에 닿았지? **토비의** 손이! 조의 손이 닿기 고작 몇 시간 전에! 나는 침대 아래로 뛰어내려 그곳을 내 영구 거주지로 삼고 싶었다. 어떻게 내가 책벌레 겸 밴드 괴짜에서 하루에 두 남자를 오가는 뻔뻔한 여자가 될 수 있지?

할머니는 내 속에서 울컥 담즙이 올라오고 내장이 꼬이는 줄도 모르고 미소 지었다. 내 머리를 다시 헝클어뜨렸다.

"이 모든 비극의 한복판에서도 성장하고 있구나, 우리 아가. 그건 정말 멋진 일이야."

으윽.

제20장

"레니! 레니! 레니이이이이이이이! 세상에, 이게 얼마 만이야!"

나는 휴대폰을 귀에서 떼어냈다. 어제 답장이 없어서 단단히 화가 난 줄 알았다. 그렇게 말했더니, "나 **완전** 화났거든! 너랑 이제 **안** 놀 거야!"라는 소리가 돌아왔다. 그러더니 사라는 내가 이번 여름에 놓친 이야깃거리를 쏟아냈다. 나는 그것들을 남김없이 빨아들였다. 그 안에 간간이 섞인 원망도 함께. 전화를 끊고 나서 카발리니의 '아다지오와 타란텔라'를 두 시간 내리 연습한 뒤 악기를 닦고 침대에 털썩 누웠다. 놀라웠다. 마치 공기가 여러 빛깔로 변하는 느낌이었다. 제임스 선생님이 툭하면 인용하는 색소폰의 대가 찰리 파커의 말이 떠올랐다. **겪어보지 않으면 악기에서도 안 나온다.** 어쩌면 이번 하계 밴드 연습에 나가게 될지도 모른다는 생각까지 들었다.

사라와 플라잉맨즈에서 만나기로 했다. 얼른 조에 대해 말하고 싶어서 몸이 달았다. 토비 얘기는 꺼내지도 않을 생각이었다. 왠지 말하지 않으면 없던 일로 할 수 있을 것 같았다.

사라는 태양이 내리쬐는 바위에 누워 시몬 드 보부아르의 《제2의 성》을 읽고 있었다. 딱 보기에도 '남자를 낚기에 아주 제격인' 주립대 여성학부 주관 페미니즘 학회를 위한 예습인 듯했다. 사라는 나를 보자마자 벌떡 일어나 헐벗은 상태에도 아랑곳하지 않고 날 덥석 껴안았다. 플라잉맨즈 뒤편에는 우리만의 단골 아지트인 비밀 수영장과 작은 폭포가 있다. 옷은 선택사항이었고 우리는 선택하지 않았다.

"맙소사, 백 년 만이야."

사라가 말했다.

"정말 미안해, 사라."

나는 사라를 마주 안았다.

"괜찮아, 정말로. 나도 지금은 너에게 면제권을 줘야 한다고 생각해. 그러니까……."

사라가 몸을 떼고 내 얼굴을 뜯어보았다.

"잠깐, 너 뭐야? 뭔가 수상한데. **진심** 수상해."

입꼬리가 도무지 내려가지 않았다. 폰테인가의 일원처럼 보일 게 뻔했다.

"뭐야, 레니? 뭔데?"

"나, 사랑에 빠진 것 같아."

내 입에서 그 말이 나오자 수치심에 얼굴이 달아올랐다. 지금 나는 사랑에 빠질 때가 아니라 슬퍼할 때가 아니던가. 여태까지 한 짓들은 두말할 것도 없고.

"뭐어어어어어어어어어어! 초초초초대박 사건! 달에 간 젖소라고, 레니! 달에, 간, 젖소!"

뭐, 수치심은 여기까진가. 사라는 완전히 치어리더 모드가 되어 두 팔을 마구 흔들며 깡충깡충 뛰었다. 그러다 우뚝 멈췄다.

"잠깐, 누구랑? 토비는 아니지? 제발."

"아니, 아니, 당연히 아니지."

나는 18륜 화물차처럼 돌진하는 죄책감에 치여 납작해지면서 부정했다.

"휴."

사라가 과장되게 손으로 이마를 쓸어내렸다.

"그럼 누구? 누구랑 사랑에 빠진 거야? 적어도 내가 알기로 넌 이번 여름에 집에만 있었고 이 동네에는 멀쩡한 놈이 없는데, 어디서 낚은 거야?"

"조야, 사라."

"설마."

"맞아."

"설마!"

"그렇다니까."

"거짓말."

"진짜야."

"아니야, 아니야, 아니야."

"맞아, 맞아, 맞아."

기타 등등.

아까 사라가 보인 열광적인 반응은 지금에 비하면 아무것도 아니었다. 사라는 흥분해서 내 주위를 빙빙 돌았다.

"맙소사, 와아아아아아아아안전 샘나. 클로버 전체가 이 폰테인 아니면 저 폰테인을 노리고 있다고. 과연 네가 쉬쉬했을 만하다. 셋 중 하나와 함께할 수만 있다면 나라도 그랬을 거야. 주여, 부디 대리 만족이라도 허락하소서. 어서 세부 사항을 낱낱이 보고해. 그 아름답디 아름다운 녀석, 그 눈, 그 속눈썹, 그 초대박 미소, 그 트럼펫 연주, 와우, 레니이이이이이이이."

사라는 정신없이 서성이며 두 번째 담배에 불을 붙였다. 흥분의 줄담배였다. 헐벗은 골초. 나는 이 비범한 인물이 내 절친이고 지금 이렇게 함께할 수 있어서 행복했다. 행복해할 수 있어서 행복했다.

나는 세세히 얘기했다. 아침마다 조가 크루아상을 들고 온다고, 함께 연주한다고, 할머니와 빅 삼촌은 집 안에 조가 있는 것만으로도 즐거워한다고, 어젯밤엔 단둘이 와인을 마시며 키스하다가 하늘로 걸어 올라가는 줄 알았다고, 이제는 조가 곁에 없을 때조차 조의 심장 소리가 들리는 것 같다고, 가슴 속에 꽃이 만개한 것 같다고, 할머니가 키운 꽃처럼 찬란하다고, 분명 히스클리프 때문에 캐시가 이런 기분이었을 거라고—.

"좋아, 잠깐 멈춰봐."

사라는 여전히 미소 짓고 있었지만 약간 걱정스럽고 놀란 기색이었다.

"레니, 너 혹시 사랑에 빠진 게 아니라 실성한 거 아냐? 남자 얘기를 이렇게 하는 애는 처음 봐."

나는 어깨를 으쓱했다.

"그럼 난 실성했나 봐."

"와우, 나도 실성하고 싶다."

사라가 바위로 올라와 내 옆에 앉았다.

"이제껏 세 남자와 키스 아닌 키스 경험이 고작이었던 네가 이렇게 도약하다니. 그동안 내공을 쌓은 건지 뭔지……."

나는 '립 밴 레니 설'을 사라에게 설명했다. 자고 일어났더니 세상이 바뀌어 있더라는 립 밴 윙클 설화처럼, 나도 최근까지 쭉 잠들어 있던 것 같다고.

"모르겠다, 레니. 나한테 넌 늘 깨어있던 것처럼 보여서."

"실은 나도 잘 모르겠어. 와인이 유도한 가설이야."

사라는 돌멩이를 하나 주워 물에 던졌다. 조금 과격하게.

"왜 그래?"

사라는 바로 대답하지 않고, 또다시 돌 하나를 주워 휙 던졌다.

"너한테 화가 났지만, 화낼 수 없는 느낌, 알아?"

딱 요즘 내가 언니에게 종종 느끼는 감정이었다.

"넌 나한테 너무 많은 걸 숨기고 있었어, 레니. 그래서 난……, 모르겠다."

사라는 마치 극 안에서 내 대사를 읊는 것 같았다.

"미안해."

나는 또 한 번 힘없이 말했다. 좀 더 살을 붙여 해명하고 싶었지만, 솔직히 말하면 언니가 죽은 후로 왠지 모르게 사라와도 공감대가 끊긴 것 같았다.

"괜찮아."

사라가 다시 작게 말했다.

"이제 달라질 거야. 약속해."

나도 내 말을 믿고 싶었다.

나는 눈을 들어 햇살의 애무를 받는 강물과 푸른 잎사귀, 폭포 뒤의 젖은 바위들을 바라봤다.

"수영하러 갈까?"

"잠깐. 나도 새로운 소식이 있어. 너처럼 특종은 아니지만, 그래도."

말에 가시가 있었다. 찔릴 만했다. 나는 사라가 그동안 어떻게 지냈는지도 묻지 않은 것이다.

"나 어제 루크 야코부스랑 잤어."

날 보며 씩 웃는 사라는 이미 꽤 실성한 것 같았다.

"루크?"

놀랐다. 최근 판단 착오로 레이철의 희생양이 되긴 했으나 루크는 초등학교 2학년 때부터 사라를 헌신적으로 짝사랑해 왔다. 사라는 루크를 아웃사이더들의 우두머리라고 불렀다.

"너 7학년 땐가 루크랑 키스했다가 다른 근육질 서퍼한테 빠져서 걔랑 끝나지 않았어?"

"그랬지. 나도 잘하는 짓인지는 모르겠는데, 이번에 걔가 아주 굉장한 곡을 써왔길래 내가 가사를 붙이기로 했거든. 요 며칠 같이 어울리다 보니 어느 순간 그렇게 됐어."

사라가 말했다.

"장 폴 사르트르 규칙은 어쩌고?"

"유머 감각이 교양을 능가한다는 걸 깨달았지 뭐야. 점프하는 기린이야, 레니. 솟구치는 간헐천이라고. 걔 요즘 완전 헐크라니까.”

“걔가 좀 웃기긴 하지. 풋풋하고.”

사라는 깔깔 웃었다. 그때 문자 수신음이 울렸다. 나는 조의 메시지를 기대하며 가방을 뒤적여 휴대폰을 꺼냈다.

“레니는~ 폰테인에게~ 사랑 문자를~ 받았대요.”

사라가 흥얼대며 내 어깨너머로 기웃거렸다.

“같이 좀 보자.”

사라가 내 손에서 휴대폰을 낚아챘다. 황급히 도로 빼앗았지만, 한발 늦었다.

얘기 좀 해. T.

“T? 설마 토비? 그치만, 네가 분명…… 레니, 이게 뭐야?”

“아무것도 아냐.”

나는 휴대폰을 다시 가방에 쑤셔 넣으며 말했다. 방금 한 약속을 벌써 깨고 있었다.

“진짜. 별거 아냐.”

“왜 이렇게 믿음이 안 가지? 느낌이 싸한데.”

사라가 고개를 절레절레하며 말했다.

“그만해. 진짜로. 나 지금 실성한 상태라는 거 잊었어?”

나는 나대로 끔찍한 느낌을 삼키며 말했다. 그리고 사라의 팔을 잡아끌었다.

"수영하러 가자."

우리는 한 시간 넘게 물 위를 둥둥 떠다녔다. 나는 토비가 보낸 문자 메시지를 잊으려고, 무슨 얘기가 그렇게 급한 건지 생각하지 않으려고 사라에게 루크와의 지난밤이 어땠는지 상세히 말해달라고 했다. 그러고 나서 우리는 바위에 기어 올라가 폭포를 따라 몸을 던졌다. 어렸을 때부터 그래왔듯이 연거푸 '씨발'을 외치면서.

나는 목청껏 절규했다.

제21장

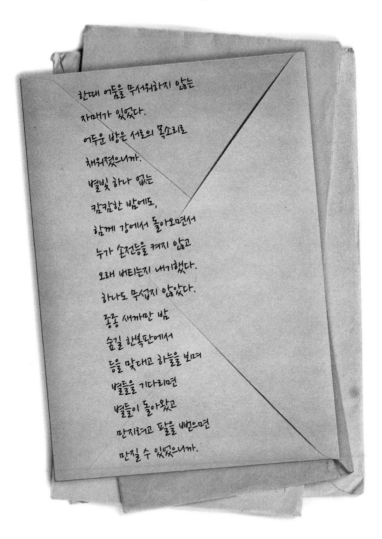

한때 어둠을 무서워하지 않는
자매가 있었다.
어두운 방은 서로의 목소리로
채워졌으니까.
별빛 하나 없는
캄캄한 밤에도,
함께 강에서 돌아오면서
누가 손전등을 켜지 않고
오래 버티는지 내기했다.
하나도 무섭지 않았다.
종종 새까만 밤
숲길 한복판에서
등을 맞대고 하늘을 보며
별들을 기다리면
별들이 돌아왔고
만지려고 팔을 뻗으면
만질 수 있었으니까.

: 편지 봉투 겉면에 쓰임, 시내의 어느 자동차 바퀴 밑에서 발견

강에서 나와 숲길을 따라 집으로 걸어가면서 나는 토비가 나처럼 그 일을 지독히 후회하는 거라고, 그래서 그토록 다급해 보이는 메시지를 보낸 거라고 결론 지었다. 다시는 그런 일이 일어나지 않도록 못 박아두려는 것이다. 나야 찬성이다. 사랑에 실성한 나로서는 아무 이의 없다.

드물게도 여름비가 오려는지 구름이 모여들고 공기가 무거워졌다. 땅바닥에 버려진 테이크아웃 컵을 주워 쭈그리고 앉아 몇 줄 써넣은 뒤 솔잎 더미에 묻어버렸다. 그리고 폭신폭신한 흙바닥에 벌렁 드러누웠다. 버릇이었다. 광활한 하늘에 모든 걸 내맡겨 버리기. 실내에 있을 때에는 천장에라도. 나는 팔을 아래로 뻗어 손끝으로 기름진 흙을 파고들었다. 만약 언니가 살아있다면 나는 지금 뭘 하고 있을까? 이 순간 어떤 감정을 느끼고 있을까? 그러자 뭔가 두려운 깨달음이 찾아왔다. 물론 행복하겠지만, 그저 그런 행복일 뿐, 실성하는 일 따위는 없었으리라. 평소처럼 등껍질 안에 웅크린 채 엉금엉금 나아가고 있겠지. 안온하고 건전하게.

하지만 지금 내가 등껍질이 벗겨진 거북이라면? 클라리넷을 불어 공기에 색을 입히고 싶어 하는, 실성한 건지 망가진 건지 모를 초대박 미친년이라면? 그리고 내심 그런 내가 더 마음에 든다면? 죽음이 우릴 그림자처럼 따라다닌다는 진실이 두려우면서도 그만큼 내 맥박이, 아니 온 세상의 맥박이 빠르게 뛰는 게 점점 마음에 든다면? 내가 그저 그런 행복이라는 두꺼운 등껍질 안에 있었다면 조가 과연 내 존재를 눈치나 챘을까? 조는 자기 일기에 내가 목청껏 악을 쓰고 있는 것 같다고 썼다. **내가.** 지금이야 그럴지도 모르지만 그전에는 전혀 아니었는데. 탈피의 대가치고 너무 과분하지 않나? 언니의 죽음이 어떤 좋은 것으로 이어지는 것은 옳지 않은 듯했다. 이런 생각조차 옳지 않은 것 같았다.

하지만 생각해 보니 언니는 애초에 등껍질이 없었고 나 역시 그렇게 되길 원했다. **얼른, 레니.** 하루에 열 번은 들었던 소리다. **얼른, 레니.** 그제야 기분이 조금 나아졌다. 내가 이제 어떻게 살아야 할지, 어떤 사람이 되어야 할지 가르쳐 주는 게 언니의 죽음이 아니라 언니의 삶인 듯해서.

집 안에 발을 들이기도 전에 토비가 와 있단 걸 알았다. 현관 앞에 루시와 에델이 죽치고 있었으니까. 부엌으로 들어서니 토비와 할머니가 식탁에 앉아 조곤조곤 이야기를 나누고 있었다.

"안녕."

나는 인사를 하면서도 어이가 없었다. 여기가 어디라고 와?

"운도 좋지. 장을 보고서 짐을 한가득 안고 걸어오는데 토비가 스케이트보드를 타고 휙 지나가는 거 아니니."

할머니는 지난 세기 이후로 운전대를 잡은 적이 없다. 원예 전문가로 이름을 날리게 된 것도 클로버의 구석구석을 자기 발로 누비다 보니 그렇게 된 것이다. 자기 성미에 못 이겨 커다란 원예용 가위를 들고 다니면서부터였다. 외출에서 돌아온 이웃들이 자기 집 정원을 완벽하게 다듬고 있는 할머니를 종종 목격한 것이다. 물론 앞뒤가 안 맞는 행동이었다. 할머니는 자기 화원에는 손도 못 대게 하니까.

"잘됐네."

나는 토비를 응시하며 할머니에게 말했다. 갓 생긴 상처들이 토비의 양팔을 뒤덮고 있었다. 아마 보드에서 떨어지면서 쓸렸을 것이다. 토비의 눈빛은 거칠고 헝클어져 완전히 불안정해 보였다. 지금 이 순간 내가 아는 것은 두 가지였다. 문자 메시지에 대한 나의 추측이 빗나갔다는 것, 그리고 더는 토비를 따라 불안정해지고 싶지 않다는 것.

내가 원하는 것은 성소에 올라가 클라리넷을 부는 것이었다.

할머니는 날 보고 미소 지었다.

"수영했나 보구나. 머리가 꼭 사이클론 같네. 그려보고 싶은데."

할머니가 손을 뻗어 내 사이클론을 어루만졌다.

"토비는 우리랑 저녁 먹고 갈 거다."

말도 안 돼.

"배 안 고파. 난 방으로 갈게."

내 무례함에 할머니의 입이 떡 벌어졌지만, 아무래도 좋았다. 그 어떤 경우에도 내 가슴을 만진 토비와 할머니와 빅 삼촌과 둘러앉아 저녁을 먹을 수는 없었다. 도대체 무슨 생각이야, 토비?

나는 성소에 올라가자마자 케이스를 열어 클라리넷을 조립한 뒤, 조에게서 빌려온 에디트 피아프의 '장밋빛 인생' 악보를 꺼내 연주했다. 어젯밤 세상을 폭파하는 동안 들었던 곡이다. 다시금 그때의 혼미함에 푹 빠져서 식사 후 방문을 노크하는 소리를 못 들었으면 했지만, 역시나 바람에 그쳤다.

토비, 내 가슴을 만졌을 뿐 아니라 내 바지춤에도 손을 댔던 토비가 방문을 열고 머뭇거리며 들어와 언니의 침대에 걸터앉았다. 나는 연주를 멈추고 클라리넷을 거치대에 올려놓았다. 가버려. 나는 속으로 매몰차게 중얼거렸다. 그냥 가버려. 없던 일로 하자고, 전부 다.

둘 다 한마디도 하지 않았다. 토비는 허벅지를 벅벅 문질렀다. 뜨거울 게 뻔했다. 토비의 시선이 방 안을 정처 없이 돌아다녔다. 그러다 언니의 서랍장에 붙은 자신과 언니의 사진에 박혔다. 토비는 심호흡을 하고 내 쪽을 바라봤다. 그대로 시선이 잠시 머물렀다.

"그 셔츠……."

나는 아래를 내려다봤다. 내가 뭘 걸치고 있는 줄도 몰랐다.

"맞아."

요즘 나는 성소 안에서뿐 아니라 밖에서도 언니의 옷을 자주 입고 다닌다. 오히려 내 옷장을 뒤적일 때마다 이것들을 입던 아이는 대체 누구였나 싶어 낯설다. 정신과 의사라면 이거다 싶어서 한마디 하겠지. 언니의 자리를 차지하려는 동생의 심리라고, 어쩌면 언니가 살아있을 때 차마 못 했던 방식으로 언니와 경쟁하려는 심리라고 진단할지도 모른다. 하지만 정말로 그런가? 나는 언니의 옷을 입으면 그저 좀 더 안정감이 들 뿐인데. 언니의 목소리가 귓가에 와닿는 것처럼.

나만의 생각에 너무 빠져있었는지, 토비가 평소답지 않게 떨리는 목소리로 "레니, 미안해. 전부 다."라고 말했을 때 화들짝 놀랐다. 나는 토비를 힐끗 쳐다봤다. 겁에 질린 사람처럼 연약해 보였다.

"내가 완전 이성을 잃었었어. 정말 미안해."

할 말이 그거였어? 안도감이 와르르 쏟아졌다.

"나도야."

내가 즉시 해동되며 말했다. 그 일에서 우린 공범이었다.

"내가 더 심했어. 정말로."

토비는 다시 허벅지를 문지르며 말했다. 제정신이 아닌 듯했다. 설마 다 자기 잘못이라고 생각하는 거야?

"함께 저지른 일이야, 토비. 전부 다. 우린 끔찍한 사람들이야."

날 바라보는 토비의 검은 눈이 따뜻했다.

"넌 하나도 끔찍하지 않아, 레니."

토비의 목소리는 온화하고 다정했다. 손을 뻗어 내게 닿고 싶어 한다는 게 느껴졌다. 토비가 멀찍이 떨어져 있어서 다행이었다. 아예 적도 반대편에 있었으면 했다. 설마 이제 우리 몸이 함께 있을 때마다 서로 만질 수 있다고 착각하는 건 아니겠지? 나는 내 몸에게 그건 영락없는 착각이라고 다그쳤다. 아무리 그런 느낌이 든다 해도. 아무리.

그때 궤도를 이탈한 소행성이 지구의 대기를 뚫고 성소로 돌진했다.

"네 생각을 멈출 수가 없어, 도저히. 그저……."

토비는 언니의 침대보를 말아쥐고 있었다.

"널―"

"제발 그만."

나는 방을 가로질러 내 서랍장으로 가서 가운데 서랍을 열고 손을 뻗어 셔츠를, 내 셔츠를 꺼냈다. 당장 언니의 옷을 벗어야 했다. 상상 속 정신과 의사의 진단이 들어맞는 것 같아서.

"그건 내가 아냐."

나는 벽장 문을 열고 안으로 미끄러져 들어가면서 조용히 말했다.

"난 언니가 아니야."

어두운 침묵 속에서 내 숨과 내 삶을 다잡으며, 내 몸에 내 옷을 걸쳤다. 발밑에 흐르는 강이 나를 토비에게 떠미는 거 같았다. 조와 있었던 모든 일에도 불구하고 그 강물은 우렁차고 격렬하며 가차 없었다. 그러나 이번만큼은 떠밀려 가고 싶지 않았다. 강둑에 머물고 싶었다. 언제까지나 유령을 둘러싸고 서로를 끌어안고 있을 수는 없었다.

벽장에서 나왔을 때, 토비는 없었다.

"정말 미안해."

나는 텅 빈 오렌지 방에서 중얼거렸다.

내 말에 응답하듯 수천 개의 손이 지붕을 난타하기 시작했다. 침대로 걸어가 창틀에 한쪽 무릎을 걸치고 두 손을 내밀었다. 우리 지역은 여름에도 한두 차례 폭풍만 지나가기에 비는 특별한 손님이라고 할 수 있었다. 나는 창밖으로 몸을 내밀고 하늘을 향해 손바닥을 펼쳐 빗물이 손가락 사이로 빠져나가는 걸 지켜보았다. 지난번에 빅 삼촌이 토비와 나에게 했던 말이 떠올랐다. **벗어날 수는 없어. 그저 통과하는 수밖에.** 하지만 이렇게 통과하게 될 줄 누가 알았겠는가?

폭우 속에서 누군가가 길을 달려오는 게 보였다. 불 켜진 앞뜰에 이른 그 사람이 조라는 것을 깨닫고 나는 즉시 붕 떠올랐다. 나만의 구명 뗏목.

"조!"

나는 소리 지르며 팔을 마구 휘저었다.

조가 창문을 올려다보며 미소 지었다. 나는 그새를 못 참고 계단을 내려가 현관문을 열고 빗속으로 달려 나갔다.

"보고 싶었어."

나는 손을 뻗어 조의 뺨을 만지며 말했다. 조의 속눈썹에서 빗방울이 떨어져 얼굴에 여러 줄기로 흘러내렸다.

"하, 나도."

조의 손이 내 뺨에 닿는가 싶었는데 어느새 우리는 키스하고 있었다. 비가 정신 나간 우리 두 사람의 머리 위로 퍼부었다. 다시 한번 나의 몸과 마음이 기쁨으로 불타올랐다.

사랑이 이런 느낌인지, 이렇게 어둠을 밝히는 느낌인지 몰랐다.

"어쩐 일이야?"

나는 겨우 몸을 떼어내고 물었다.

"비가 오길래, 몰래 빠져나왔어. 만나고 싶어서. 바로 이렇게."

"왜 몰래 빠져나와?"

비에 흠뻑 젖은 셔츠가 몸에 달라붙었다. 조가 내 양 옆구리를 아래위로 문질렀다.

"감금돼 있었어. 아빠한테 된통 걸렸거든. 우리가 마신 와인이 400달러짜리더라고. 난 그것도 모르고 너한테 점수 따고 싶어서 몰래 빼돌렸지. 아빠가 빈 병을 보고 아주 노발대발했어. 종일 목재 분류하는 일을 시키고서 자기는 애인이랑 실컷 통화하더라. 내가 프랑스어를 할 줄 안다는 걸 까먹었나 봐."

나는 우리가 마신 와인이 400달러짜리였다는 사실에 반응해야 할지 애인 얘기에 반응해야 할지 갈등하다가 후자를 택했다.

"아버지 애인?"

"신경 쓰지 마. 아무튼 얼굴 봤으니, 이제 돌아가야 해. 그리고 이거 주고 싶었어."

조는 바지 주머니에서 접힌 종이를 꺼내 비에 젖기 전에 얼른 내 주머니 안에 쑤셔 넣었다. 그리고 다시 한번 내게 키스했다.

"좋아, 이제 간다."

말만 그렇게 하고 조는 발을 떼지 않았다.

"가기 싫다."

"나도 네가 안 갔으면 좋겠어."

비에 젖어 온통 반짝이는 얼굴 주위로 검은 머리칼이 꼬불거렸다. 꼭 조와 함께 샤워하는 것 같았다. 와우. 조와 함께 샤워를.

이제 정말 떠나려던 조가 눈을 찡그리고 내 어깨 너머를 봤다.

"쟤는 왜 항상 여기 와 있지?"

뒤를 돌아보았다. 토비가 문간에서 우릴 지켜보고 있었다. 쇠공에 얻어맞은 표정으로. 맙소사. 이미 돌아갔거나 화실에 할머니와 함께 있어야 했다. 토비는 반쯤 열린 문을 밀어젖히고 스케이트보드를 움켜쥐더니 말없이 우릴 지나쳐 폭우 속으로 사라졌다.

"왜 저래?"

조가 내 얼굴을 꼼꼼히 살피며 물었다. 조의 온몸이 딱딱하게 굳었다.

"아무것도 아냐."

나는 사라한테 했던 것처럼 거짓말했다.

"언니 때문에 속상해서 그래."

달리 무슨 말을 할 수 있을까? 내가 조에게 토비가 정말 왜 저러는지, 심지어 우리가 키스한 뒤에도 어떤 일이 있었는지 털어놓는다면 나는 조를 잃고 말 것이다. 그래서 조가 "내가 쓸데없이 과민반응하는 거지?"라고 물었을 때 그저 "응."이라고 대답했다. 머릿속에 하나의 문장이 맴돌았다. **트럼펫 연주자는 건드리지 않는 게 상책이야.**

조는 들판처럼 드넓게 미소 지었다.

"좋아."

조가 내게 마지막으로 진하게 키스하면서 우리는 다시 서로의 입술이 머금은 비를 나눠 마셨다.

"잘 있어, 존 레넌."

조가 떠났다.

나는 토비가 내게 한 말과 내가 조에게 하지 않은 말들을 곱씹으며 서둘러 안으로 들어갔다. 비가 내게서 이 아름다운 키스들을 씻어내기 전에.

제22장

　나는 침대에 누워 그 어떤 걱정거리도 싹 잊게 해줄 해독제를 손에 쥐었다. 비에 젖어 눅눅한 악보 한 장. 맨 위에는 이렇게 적혀있었다.

　못생기고 지루하며 재능도 없지만 열정적인 기타리스트가 아름답고 감정이 풍부한 클라리넷 연주자에게, 제부, (2부에서 계속됨)

　머릿속으로 악보를 따라가 봤지만 직접 연주하지 않고 곡을 재생하는 내 능력은 형편없었다. 일어나서 클라리넷을 찾았다. 이윽고 선율이 공간을 채웠다. 나는 클라리넷을 불면서 내 음색이 엄청 쓸쓸하다고, 새들도 지저귀지 않는 날 같다고 했던 조의 말을 떠올렸다. 하지만 조가 쓴 멜로디는 마치 새들이 내 클라리넷 끝에서 날아올라 바람 한 점 없는 늦여름 날의 숲과 하늘을 가득 채우는 것 같았다. 아름다웠다. 나는 그 곡을 외울 때까지 반복해서 연주했다.

새벽 두 시였다. 한 번 더 연주했다가는 손가락이 떨어져 나갈 것 같았지만, 이대로 잠을 청하기에 나는 너무 달뜬 상태였다. 뭔가 요기할 것을 가지러 아래층에 내려갔다가 다시 성소로 올라왔을 때였다. 불시에 너무 강렬한 소망에 기습을 당하는 바람에 비명을 억누르려 입을 틀어막아야 했다. 이 순간 언니가 침대에 드러누워 책을 읽고 있었으면 했다. 언니에게 조에 관해 이야기하고 싶었다. 이 곡을 들려주고 싶었다.

우리 언니를 돌려줘.

건물 한 채를 통째로 들어 신에게 내던지고 싶었다.

들이켰다 내쉬는 숨에 벽의 주황색 도색이 다 벗겨져 버렸으면 했다.

어느덧 비는 멎어있었다. 묵은 때를 벗은 말간 밤이 열린 창을 통해 굴러들어왔다. 나는 어찌해야 할지 몰라 평소처럼 언니의 책상으로 걸어가 앉았다. 다시 사립 탐정의 명함을 꺼내 봤다. 전화라도 걸어볼까 했지만, 그보다 짐을 정리하는 게 우선이라는 생각이 들었다. 나는 상자 하나를 끌어와 한두 서랍만 정리하기로 했다. 이제는 언니의 물건을 정리하는 것보다 텅 빈 상자들을 보는 게 더 싫었다.

맨 아래 서랍에는 학교에서 쓰던 노트들로 가득했다. 허사가 되어버린 수년간의 노력. 나는 한 권을 꺼내 손가락으로 겉면을 쓸어보다가 품에 안았다. 그리고 상자에 넣었다. 언니의 지식은 이제 모두 사라졌다. 언니가 배운 것, 듣고 본 것 모두. 〈햄릿〉이나 데이지꽃을 관찰하거나 사랑에 대해 고찰하던 언니만의 독특한 방식들, 조잡하고 비밀스러운 사색들까지 전부다. 어디선가 들은 표현이 있다. 한 사람이 죽으면 도서관 한채가 소멸하는 거라고. 나는 지금 도서관이 잿더미가 되는 걸지켜보고 있었다.

처음 넣은 노트 위에 나머지 노트들을 뭉텅이로 집어넣었다. 열었던 서랍을 닫고 그 위 서랍을 열어 똑같이 했다. 채운 상자를 닫고 새 상자를 열었다. 그다음 서랍에는 학교 노트 몇권과 더불어 일기장이 몇 권 나왔다. 읽어볼 생각은 추호도 없었다. 대강 표지만 훑어보고 하나씩 상자에 담았다. 서랍 바닥에는 펼쳐진 수첩이 하나 있었다. 그 위에 언니의 악필이 난자했다. 지면에 빽빽한 글자에는 대부분 선이 그어져 있었다. 나는 그것을 꺼내 들었다. 양심의 가책이 든 것도 잠시, 적힌 단어들을 확인하자마자 가책이 충격으로, 그다음에는 공포로 바뀌었다.

모두 엄마의 이름을 다른 이름이나 단어와 조합해 놓은 것이었다. 페이지라는 이름에 존 레넌과 관련된 대명사를 결합한 것이 지면 전체에 걸쳐 있었다. 존 레넌은 내 이름을 증거로 엄마가 가장 사랑하는 뮤지션이라고 짐작되는 인물이었다. 엄마에 대해 우리가 아는 바는 거의 없었다. 마치 떠날 때 자기 인생의 흔적을 모두 가져간 듯했다. 달랑 이야기 하나만 남기고. 할머니는 엄마에 관해 좀처럼 입을 열지 않았지만 엄마의 남다른 방랑벽에 대해서만은 예외였다. 빅 삼촌이라고 더 나을 것도 없었다.

"다섯 살이었다." 할머니는 손가락을 펼쳐 강조하며 우리에게 몇 번이나 이야기했다. "한밤중에 침대에서 몰래 빠져나갔다가 시내로 가는 길 중간에서 발견됐지. 조그만 파란 배낭과 지팡이를 들고 있었어. 모험을 떠나는 중이었다고 하더라. 고작 다섯 살짜리가 말이야!"

그 이야기를 제외하면 언니와 내가 성소에 보관하던 상자 하나가 전부였다. 그 안에는 우리가 수년에 걸쳐 아래층 책장을 뒤져 찾은, 안쪽에 엄마의 이름이 적힌 책들이 들어있었다. 《올리버 트위스트》, 《길 위에서》, 《싯다르타》, 윌리엄 블레이크의 시집, 그리고 책 허세가 심한 우릴 당황하게 한 몇몇 할리퀸 소설들까지. 어떤 책도 귀퉁이가 접히거나 메모가 적혀있지 않았다. 졸업앨범도 몇 권 있었는데 친구들이 써준 글귀 하나 없이 깨끗했다. 그런가 하면《요리의 즐거움》이라는 책에는 곳곳에 음식물이 튀어 얼룩덜룩했다. (언젠가 할머니는 엄마가 부엌의 요술사였고 어딜 가나 요리로 먹고 살 거라고 말했다.)

하지만 책보다 더 많은 것은 지도였다. 도로 지도, 지형도, 클로버 지도, 캘리포니아 지도, 그 외 49개 주 지도, 나라별 지도, 대륙별 지도 등등. 지도책도 여러 권 있었는데 내《폭풍의 언덕》처럼 읽고 또 읽은 듯 손때가 묻어있었다. 그 지도와 지도책들이야말로 엄마가 어떤 사람이었는지 가장 잘 드러내주는 지표였다. 세상의 손짓을 따라간 여자. 언니와 나는 어렸을 때부터 엄마의 경로와 모험을 상상하며 수많은 시간을 보냈다.

나는 수첩을 휙휙 넘겨보았다. 비슷한 조합이 연속되었다. 페이지/레넌/워커, 페이지/레넌/요코, 페이지/레넌/이매진, 페이지/다코타/오노 등등. 이름 조합 밑에는 간혹 메모가 있었다. 예를 들어 페이지/다코타 밑에는 매사추세츠주 노스 햄턴의 주소가 적혀있었다. 하지만 그 위에는 선이 죽 그어진 채 '너무 어림'이라고 휘갈겨 쓰여있었다.

충격이었다. 언니와 나는 몇 번이나 엄마 이름을 인터넷 검색창에 넣어봤지만 모두 허사였다. 가끔 머리를 굴려 엄마가 택했을 가명을 검색해 봐도 마찬가지였다. 하지만 이토록 꼼

꼼하게, 이런 식으로 철저하고 끈기 있게 시도해 본 적은 없었다. 수첩 한 권이 거의 꽉 차있었다. 분명 언니는 남는 시간마다, 내가 주변에 없을 때마다 이 작업을 했을 것이다. 컴퓨터에 앉아있는 모습은 아주 드물었으니까. 하지만 지금 생각해 보니 언니는 최근에 유독 자주 '반쪽 엄마' 앞에 서서 그림을 찬찬히 뜯어보곤 했다. 마치 자신에게 말을 걸어주길 기다리듯이.

나는 수첩 첫 면에 쓰인 날짜를 봤다. 언니가 쓰러지기 채 두 달도 되기 전인 2월 27일이었다. 어떻게 그 짧은 시간 동안 이 모든 걸 다 헤아리고 따져봤을까? 언니에게 성 안토니의 기적이 필요했음은 당연하다. 내게 도움을 청했다면 좋았을 텐데.

나는 수첩을 도로 서랍 속에 집어넣고 내 침대로 갔다. 다시 클라리넷을 케이스에서 꺼내 조의 곡을 연주했다. 다시 그 여름날에 있고 싶었다. 언니와 함께.

한밤중에
어린 우리는
손전등을 들고
언니의 이불 속에 파고들어
카드놀이를 했다.
하트, 휘스트, 크레이지 에이트,
그리고 제일 좋아하는
블러더 너클까지.
승부는 냉혹했다.
매일 해가 지기 전까지
우리는 뭐커 자매였다.
꼭 붙어 다니는
판박이 자매.
하지만 밤이 되어
할머니가 방문을 닫으면
우리는 숨겼던 이를 드러냈다.

집안일을 걸고,
완전한 복종을 걸고,
진실과 돈을 걸고 내기했다.
상대방보다 더 낫고, 더 똑똑하고,
더 예뻐려고 경쟁했다.
그저 한 수라도 더
이겨 먹으려고.
하지만 그것도 다 전략부이었다.
우리는 굳이
핑계를 댈 필요 없이
한 침대에서
잠들 수 있었고,
땋은 머리처럼
서로를 껴안을 수 있었고,
그렇게 자는 동안
꿈을 바꿔치기할 수 있었다.

: 레니의 방 안, 《폭풍의 언덕》 표지 안쪽에서 발견

제23장

'반쪽 엄마'에게 자주 말을 걸던 시기,

나는 집에 아무도 없을 때까지 기다렸다가

이렇게 말하곤 했다.

나는 엄마가

저 위에 있다고 상상해.

구름도 새도 별도 아니고

하늘 위에 군림하며

우릴 지켜보는 존재도 아닌

엄마 그 자체로.

그저 바람 따라

자기 삶을 살아가는 존재로.

: 신문지 귀퉁이에 쓰임, 워커가 포치 밑에서 발견

다음 날 아침, 부엌에 내려오니 할머니가 가스레인지에 소시지를 굽고 있었다. 어깨를 잔뜩 웅크리고. 빅 삼촌은 식탁에 구부정히 앉아 커피를 마시고 있었다. 두 사람 뒤로 아침 안개가 창문을 뒤덮고 있어 마치 집이 구름 속에 떠있는 것 같았다. 부엌 문간에 서서 그 광경을 바라보자니 꼭 폐가를 마주한 듯 오싹하면서도 쓸쓸한 느낌이 들었다. 입구 계단에는 잡초가 무성하고 벽의 도색은 갈라져 지저분하며 창마다 판자를 덧댄 집.

　"조는 어딨니?"

　삼촌이 물었다. 왜 오늘따라 절망감이 유독 적나라한지 깨달았다. 조가 없었다.

　"감금됐어."

　삼촌이 고개를 들고 씩 웃었다.

　"무슨 짓을 저질렀길래?"

　분위기가 한층 가벼워졌다. 와우. 조는 나만의 구명 뗏목이 아닌 모양이다.

　"어느 날 밤에 아버지의 400달러짜리 와인을 슬쩍해 존 레넌이라는 여자애와 나눠 마셨다지."

　할머니와 삼촌이 숨을 들이켰다가 동시에 내뿜었다.

　"400달러?!"

　"몰랐대."

"레니, 난 네가 술 마시는 거 싫다."

할머니가 날 향해 주걱을 흔들었다. 뒤에서 팬에 담긴 소시지가 지글지글 끓었다.

"나 술 안 마셔. 웬만하면. 걱정하지 마."

"젠장, 맛 좋든?"

삼촌이 진지한 얼굴로 물었다.

"모르겠어. 와인은 처음 마셔본 거라. 괜찮던데."

나는 컵에 커피를 따랐다. 색이 차처럼 엷었다. 어느새 조가 만드는 진흙 같은 커피에 익숙해져 있었다.

"젠장."

삼촌은 커피를 한 모금 마시고 역겨운 표정을 지으며 되풀이했다. 삼촌도 이제 조의 진흙 커피를 더 선호하는 눈치였다.

"첫맛을 그렇게 고급으로 들였으면 다시 안 마시는 게 나을 거다."

조가 오늘 첫 밴드 연습에 참석할까? 나는 참석하기로 마음먹은 상태였다. 때마침 조가 등장했다. 크루아상과 삼촌을 위한 죽은 벌레, 날 위한 거룩한 미소를 지니고서.

"조!"

내가 외쳤다.

"다행히 풀려났구나. 배우자 방문 허가야, 아니면 만기 출소야?"

삼촌이 말했다.

"빅! 좀."

할머니가 말렸다.

조가 씩 웃었다.

"석방이에요. 저희 아버지가 무진장 로맨틱한 분이라서요. 그게 장점이자 단점이죠. 그날 제가 어떤 마음이었는지 설명하니까……."

조가 날 보며 얼굴을 점점 붉혔다. 물론 나도 덩달아 잘 익은 토마토가 되었다. 언니가 죽었는데 이런 감정을 느끼는 건 분명 반칙이다!

할머니가 고개를 절레절레했다.

"우리 레니가 저리 낭만적인 애일 줄 누가 알았을꼬."

"장난하세요? 《폭풍의 언덕》을 스물세 번이나 읽은 애라고요. 감이 딱 오지 않으세요?"

조가 외쳤다. 나는 고개를 떨궜다. 그 말에 뭉클해진 게 부끄러웠다. **조는 날 안다.** 어쩌면 우리 식구들보다 더.

"정곡이네요, 폰테인 씨."

할머니가 가스레인지로 돌아서며 미소를 감췄다.

조가 내 뒤로 다가와 내 허리를 두 팔로 감쌌다. 나는 눈을 감고 조의 몸을 느꼈다. 옷 안의 육체가 내 옷 안의 육체를 지그시 누르는 감각을. 고개를 틀어 조를 올려다보았다.

"네가 쓴 곡 너무 아름다워. 널 위해 연주하고 싶어."

말을 끝까지 뱉기도 전에 조의 입술이 들이닥쳤다. 내가 몸을 비틀어 마주 보고 두 팔을 뻗어 목에 두르자 조가 내 허리를 확 당겨 안았다. 젠장, 내가 죄를 저지르고 있다고 해도, 이 세상의 규율을 깡그리 위반하고 있다 해도 상관없었다. 잠시 떨어져 있던 우리 입이 다시 만났다는 황홀한 사실 외에는 아무것도 중요하지 않았으니까.

이런 기분에 빠지면 다들 어떻게 생활하지?

어떻게 신발끈을 묶지?

어떻게 차를 운전하지?

어떻게 중장비를 가동하지?

이런 일이 벌어지는데 어떻게 문명이 유지되지?

그때 평소보다 10데시벨쯤 낮은 빅 삼촌의 목소리가 더듬더듬 들려왔다.

"음, 얘들아. 그게 말이다, 이제, 음……."

머릿속이 끼익 급정거했다. 지금 **빅 삼촌**이 말을 더듬은 거야? 어? 레니? 하긴 이렇게 부엌 한복판에서, 할머니와 삼촌이 보는 앞에서 입술을 섞는 행위는 바람직하지 않을 것이다. 나는 조에게서 몸을 떨어뜨렸다. 마치 흡입기를 떼어내는 기분이었다. 할머니와 삼촌은 소시지가 타들어 갈 때까지도 안절부절못하고 서있었다. 범상치 않기로는 둘째가라면 서러울 두 분을 당황케 하는 게 가능하기는 한 일이었나?

조를 돌아봤다. 조는 몽둥이로 머리를 얻어맞은 만화 캐릭터처럼 얼빠진 얼굴을 하고 있었다. 문득 이 광경 전체가 너무 우스꽝스러워서 나는 의자 위로 쓰러지며 폭소했다.

조는 할머니와 삼촌을 향해 떨떠름하게 웃으며 조리대에 기대어 섰다. 트럼펫 케이스를 앞으로 안아 전략적으로 가랑이를 가린 채. 휴, 나한테 그게 안 달려서 얼마나 다행인지. 대체 누가 제 욕망의 크기를 제 몸 한가운데로 불쑥 내보이고 싶겠는가?

"연습 갈 거지?"

조가 물었다.

빔, 빔, 빔.

응, 갈 수 있다면 말이지.

갈 수 있었다. 다만 내 경우에는 몸만. 놀랍게도 내 손가락은 키를 족족 짚어내며 제임스 선생님이 다가오는 강변 축제를 위해 선정한 곡들을 무난히 따라갔다. 비록 레이철이 나를 살기 어린 눈으로 쏘아보며 계속 내가 못 보게 악보대를 돌려댔지만,

나는 음악 속에 푹 빠져들었다. 마치 조와 단둘이 즉흥 연주를 하듯이, 음과 음 사이에 무슨 일이 일어날지 몰라 잔뜩 집중한 채……. 그러나 연습 사이사이, 곡 사이사이, 음 사이사이 두려움이 비집고 들어왔다. 토비가 떠오르기 시작하면서부터였다. 어젯밤에 떠나면서 지은 표정, 성소에서 했던 말들이. 이제 우리가 서로 거리를 둬야 한다는 걸 토비도 알아야 했다. 분명히. 나는 두려움을 떨쳐내면서도 나머지 연습 내내 신경을 극도로 곤두세운 채 악보를 기계적으로 따라갔다.

연습이 끝나자 조와 나는 오후 내내 함께할 수 있었다. 조는 출소했고 나는 휴무였다. 나란히 우리 집으로 걸어가는 길, 바람이 우리를 나뭇잎처럼 휩쓸었다.

"뭘 하면 좋을지 생각났어."

내가 말했다.

"그 곡 연주해 주는 거 아니었어?"

"맞아. 근데 다른 데서. 그날 밤 숲에서 네가 바람 부는 날 다시 와보자고 삐졌던 거 기억나? 오늘이 바로 그날이야."

우리는 길을 벗어나 숲으로 진입해 내가 아는 길을 찾을 때까지 덤불 사이를 헤집고 들어갔다. 태양이 나무 사이사이로 여과되며 숲 바닥 위에 어른어른한 빛을 던졌다. 바람 때문에 나무들이 삐걱대는 소리가 교향곡처럼 들려왔다. 그야말로 삐걱거리는 문들의 필하모닉이었다. 완벽해.

잠시 뒤 조가 입을 열었다.

"이만하면 나 그럭저럭 잘 버티고 있는 거 같지 않아?"

"뭐가?"

"역대 공포 영화 중에 가장 소름 끼치는 음향을 배경으로 하이킹을 하고 있잖아. 세상의 모든 나무 괴물들이 일제히 우릴 내려다보며 문을 여닫고 있다고."

"지금 대낮이야. 무서울 리가 있어?"

"응, 있어. 사실 대범한 척하려고 노력하고 있거든. 나 겁 무진장 많아."

"도착하면 네 마음에 쏙 들 거야, 정말로."

"거기서 네가 옷을 전부 벗어 던진다면, 아니, 조금이라도, 최소한 양말 한 짝이라도 벗으면 마음에 들 것 같은데."

조가 다가오더니 트럼펫을 떨구고 날 휙 당겨 자길 마주 보게 했다.

"일상생활 가능하세요, 조 폰테인 씨? 너 진짜 미친 거 같아."

"어쩔 수 없어. 난 반은 프랑스인인걸. 삶의 환희가 뼛속까지 새겨져 있다고. 진지하게 말하자면, 아직 난 조금이라도 벗은 널 본 적이 없어. 우리 첫 키스를 나눈 지 꼬박 3일이나 지났는데. 이 정도면 *켈 카타스터프*(대참사) 아니야?"

조가 내 얼굴 근처에서 휘날리는 머리칼을 쓸어넘기다가 내게 키스했다. 심장이 가슴에서 야생마처럼 뛰쳐나갔다.

"다행히 내가 상상력이 아주 뛰어난 편이긴 한데……."

"이 얼간이가!"

"너한테 그 말 듣고 싶어서 얼간이처럼 행동하는 거 알지?"

조가 받아쳤다.

오솔길이 이어진 곳은 삼나무 고목들이 하늘로 치솟아 있는 지대였다. 나무들만의 대성당에 입성한 것 같았다. 바람이 잦아들자 숲은 기이할 만큼 고요하고 평화로웠다. 나뭇잎들이 작은 빛 조각들처럼 사방에서 깜빡거렸다.

"그래서, 너네 엄마는?"

조가 뜬금없이 물었다.

"뭐가?"

그러고 보니 요즘 엄마 생각을 아예 안 하고 살았다.

"처음 너네 집에 갔을 때 할머니가 그러셨거든. 너네 엄마가 돌아오면 그 초상화 완성하신다고. 지금 어디 계시는데?"

"나도 몰라."

평소라면 그렇게 대답하고 말을 아낄 텐데, 조는 우리 가족 별난 걸 다 보고도 용케 발을 빼지 않은 애였다.

"한 번도 본 적 없어. 정확히 말하면 보긴 봤는데, 내가 한 살

때 떠났거든. 역마살을 타고났대. 집안 내력이라나 봐."

조는 걸음을 멈췄다.

"그게 다야? 어떤 설명도 없이? 그냥 떠나서 아예 안 돌아온다고?"

그래, 비정상이지. 근데 워커가에 비정상이 어디 한둘인가.

"할머니 말로는 언젠가 돌아올 거래."

말하면서 가슴이 콱 막혔다. 어쩌면 지금 돌아오는 중일지도 모른다. 언니가 그토록 찾으려고 애썼는데. 나는 돌아온 엄마의 면전에 대고 문을 쾅 닫으며 소리 지르는 상상을 했다. 너무 늦었다고. 어쩌면 엄마는 평생 돌아오지 않을지도 모른다. 나는 곁에서 함께 믿어줄 언니 없이 더 이상 뭘 어떻게 믿어야 할지 앞이 캄캄했다.

"할머니의 고모도 그랬는데, 20년 만에 돌아왔대."

나는 허무하게 덧붙였다.

"헐."

처음으로 조의 미간이 확 구겨졌다.

"저기, 난 엄마를 잘 몰라. 그러니까 딱히 그립다거나 하진 않아……."

어째 조에게 말하는데 나 자신을 더 설득하는 기분이 들었다.

"겁 없고 자유분방한 영혼이라 전 세계를 혼자 떠돌고 있을 거야. 왠지 신비롭지 않아? 멋지잖아."

멋져? 참 나, 한심하긴. 그런데 언제부터 그게 한심해졌지? 원래는 분명 멋있었다. 끝내주게 멋있었다. 엄마는 우리의 마젤란이었고 마르코 폴로였으며 이리저리 떠돌아다니는 팔자를 타고나 이곳에서 저곳으로, 이 사람에서 저 사람으로, 이 순간에서 다음 순간으로 거침없이 나아가는 워커가 탐험가 중 하나였다.

그 순간 조가 미소 지으며 다정하게 나를 바라보길래 다른 건 다 잊어버렸다.

"멋진 건 너야. 그렇게 마음이 넓잖아. 나처럼 속 좁은 놈과 달리."

마음이 넓다고? 나는 조의 손을 잡고 내가 과연 그런 평가가 어울리는 사람인지 곱씹었다. 내가 정녕 멋지고 마음이 넓은 애인지 아니면 순 조만의 착각인지. 그리고 자기가 속 좁은 놈이라는 건 무슨 의미지? 그게 어떤 놈인데? 그 바이올리니스트랑 말도 섞지 않는 놈? 그렇다면 나도 그놈을 만나고 싶지 않았다. 영원히.

우리는 침묵 속에서 걸음을 이어갔다. 각자 마음속 하늘을 날아다니며 1킬로미터쯤 더 가니 어느새 목적지였다. 속 좁은 놈과 신비로운 실종자에 관한 생각들도 어느 틈엔가 날아갔다.

"좋아, 눈 감아봐. 내가 이끌어 줄게."

나는 조의 등 뒤에서 손을 뻗어 조의 눈을 가리고 앞으로 나아가게 했다.

"자, 눈 떠."

도착한 곳은 침실이었다. 숲 한복판의 오롯한 침실.

"우와! 잠자는 숲속의 공주는 어딨어?"

조가 물었다.

"여기."

나는 달려가 푹신한 침대 위로 몸을 던졌다. 마치 구름 속으로 뛰어드는 것 같았다. 조가 따라왔다.

"넌 너무 말짱히 깨어있잖아."

조가 침대 근처에 서서 주위를 둘러보며 말을 이었다.

"근데, 말도 안 돼. 어떻게 여기 이런 게 다 있어?"

"강에서 좀 떨어진 곳에 여관이 있어. 1960년대에 히피들이 묶던 곳인데 주인장 샘 아저씨도 히피거든. 아저씨가 마련해 놓은 거야. 하이킹하다 이곳을 우연히 발견할 손님들을 위해서. 깜짝 로맨틱 이벤트겠지, 아마. 근데 내가 여기 온 지가 몇 년째인데 오가는 사람은 한 명도 못 봤어. 정확히 말하면 딱 한 명 봤지. 시트를 갈러 온 샘 아저씨. 비가 오면 방수포를 씌워놓더라고. 나는 가끔 저 책상에서 글을 쓰고, 저 흔들의자에서 책을 읽고, 이 침대에 누워서 상상의 나래를 펼치곤 해. 누굴 데려온 적은 한 번도 없지만."

조는 빙긋 웃으며 내 곁에 앉아 손가락으로 내 배 위를 살살 간질였다.

"어떤 상상?"

조가 물었다.

"이런 상상."

나는 내 셔츠 안에서 횡격막 부근을 쓰다듬는 조의 손을 느끼며 대답했다. 호흡이 가빠져 왔다. 내 온몸이 조의 손길을 원했다.

"존 레넌, 뭐 하나 물어봐도 돼?"

"아, 이런. 그렇게 운을 뗄 때면 보통 무시무시한 질문이 따라오던데."

"너 경험 없지?"

"이것 봐. 무시무시해라."

난 당황해서 우물거렸다. 이렇게 초를 치다니. 나는 조의 손을 피해 몸을 움츠리며 말을 이었다.

"그렇게 티 나?"

"뭐⋯⋯."

윽. 이불 속으로 기어들어 가고 싶었다. 조가 한 박자 늦게 수습했다.

"아니, 내 말은, 역시 넌 쿨하다고."

"딱 봐도 안 쿨한데."

"뭐 그럴 수도 있지만, 아니 그러니까, 어쨌든 나한테는……."

"너한테는?"

갑자기 속이 울렁거렸다. 숫제 날뛰었다.

이번에는 조가 허둥거렸다. 다행히도.

"그게, 어쨌든, 지금이 아니더라도, 언젠가, 어쩌면 네가, 뭔가 하고 싶을지도 모르고, 그럼 내가 있으니까, 알잖아."

조의 표정은 수줍고 다정했지만, 그 말을 들으니 나는 뭔가 겁나고, 흥분되고, 벅차고, 당장이라도 눈물이 터질 것 같았다. 그리고 결국 터졌다. 나도 영문을 몰랐다.

"앗, 레니, 미안. 내가 말을 잘못했어. 울지 마. 어쩌자는 거야. 너랑 키스하는 것만으로도, 아니 그냥 함께 있는 것만으로도 엄청—."

"아니."

나는 이제 반은 울고 반은 웃고 있었다.

"내가 우는 건…… 글쎄, 왜 우는지 모르겠지만, 슬퍼서가 아니라 오히려……."

내가 손을 뻗어 조의 팔을 잡았다. 조가 내 곁에 모로 누웠다. 조의 팔꿈치가 내 머리맡에 있었다. 우리 몸은 나란히 맞닿았다. 내 눈을 뚫어지게 들여다보는 시선에 가슴이 떨렸다.

"네 눈을 보고 있으면……, 이런 느낌은 처음이야."

조가 속삭였다.

나는 제너비브를 떠올렸다. 조는 그 애와 사랑에 빠졌었다고 했다. 그 말인즉슨…….

"나도야."

내가 말했다. 그런데 또다시 눈물이 또르르 흘러내렸다.

"울지 마."

조의 목소리가 안개처럼 흩어졌다. 조는 내 두 눈에 차례로 입 맞추고 손가락으로 내 입술을 부드럽게 쓸었다.

날 보는 눈이 너무 노골적이라, 나는 누워있는데도 누워야 할 것처럼 약간 어지러웠다.

"얼마 안 된 거 알지만, 레니, 그러니까 난……, 아마……."

굳이 말할 필요가 없었다. 이미 공감하니까. 미묘한 감정이 아니었다. 수 킬로미터에 걸쳐 모든 종이 한꺼번에 울리는 듯했다. 뗑그렁뗑그렁 맹렬히 울리는 큰 종들과 딸랑딸랑 해맑게 울리는 작은 종들이 일제히. 나는 두 손을 조의 목에 감고 끌어당겼다. 조가 내게 깊고 진하게 키스했다. 나는 바람을 가르고 솟아올랐다…….

조가 내 머리칼에 입술을 묻고 중얼거렸다.

"아까 한 말은 잊어버려. 여기서 진도를 더 나갔다가는 내가 죽겠어.”

내가 픽 웃었다. 그러자 조가 몸을 벌떡 일으켜 앉더니 내 손을 붙잡았다.

“어, 맞아. 웃자고 한 말이야. 실은 너와 **모든 걸** 하고 싶어. 네가 준비됐을 때 네 앞에 있는 게 나였으면 해, 무슨 말인지 알겠어?”

조가 커다란 눈을 더 크게 뜨며 날 쳐다보더니 씩 웃었다.

“알겠어.”

“좋아. 그럼 결정된 거다. 무조건 네 상대는 나야, 존 레넌.”

“헐, 미쳤나 봐, 진짜.”

나는 손으로 얼굴을 가리려 했지만 조가 그렇게 두지 않았다. 우리는 힘겨루기를 하면서 웃었다. 그렇게 한참, 아주 한참이 지나서야 겨우 언니가 죽었다는 사실이 기억났다.

제24장

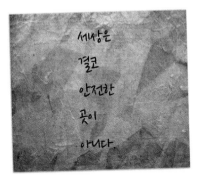

: 사탕 껍질에 쓰임, 클로버고등학교 뒷산에서 발견

눈앞에 토비의 트럭이 보인 순간 분노가 벼락처럼 내리꽂혔다. 어째서 단 하루도 내게서 떨어져 있질 못하는 거야? 난 그저 이 행복을 유지하고 싶었다고, **제발.**

할머니는 화실에서 붓을 씻고 있었다. 토비는 보이지 않았다.

"토비는 왜 자꾸 여길 와?"

내가 씩씩대며 말했다.

할머니가 눈을 휘둥그레 떴다.

"대체 왜 그 모양이니, 레니? 내가 전화로 화원 울타리 고치는 것 좀 도와달라고 했다."

"다른 사람 좀 부르면 안 돼?"

분노로 들끓는 내 목소리가 할머니에게는 완전히 제정신이 아닌 것처럼 들렸을 것이다. 나는 제정신이 아니었다. 그저 사랑에 빠져있고 싶었다. 이 기쁨을 온전히 누리고 싶었다. 더는 토비와 함께 슬픔과 비통과 가책과 죽음을 나누고 싶지 않았다. 죽음이라면 지긋지긋했다.

할머니는 언짢은 기색을 드러냈다.

"세상에, 레니, 인정머리 하고는. 그 애는 지금 엉망이야. 우리와 함께 있는 편이 낫다고. 그 앨 이해해 줄 수 있는 건 우리뿐이잖아. 어제저녁에 토비도 그렇게 말하더라."

할머니는 개수대에서 붓을 신경질적으로 탁탁 털었다.

"둘 사이에 별일 없느냐고 물었을 때 네가 그렇다고 했잖니. 난 널 믿었다."

나는 숨을 깊이 들이마시고 천천히 내뱉으며 내 추악한 인격을 다시 안으로 꾸역꾸역 밀어 넣으려 했다.

"맞아, 그랬지. 미안해. 나도 내가 왜 이 모양인지 모르겠네."

그렇게 대꾸하고는 화실을 박차고 나왔다.

성소로 올라가 내가 가진 음반 중 가장 시끄러운 헤드뱅잉 펑크 음악을 틀었다. 나는 토비가 펑크라면 질색하는 걸 알고 있었다. 그 반대인 언니와 음악 취향을 두고 늘 옥신각신했기 때문이다. 결국 토비는 자기가 좋아하는 얼터너티브 컨트리 음악으로 언니를 끌어들이는 데 성공했다. 윌리 넬슨, 행크 윌리엄스, 조니 캐시가 토비의 거룩한 삼위일체였다. 펑크는 거들떠보지도 않았다.

음악은 아무 도움이 되지 않았다. 나는 쿵쾅거리는 박자에 맞춰 파란 댄스 러그 위에서 펄펄 뛰며 머리를 흔들어 재꼈지만 아무리 발을 굴러도 화가 가시지 않았다. **이 호박 지성소 안에서 나 홀로 춤을 추고 싶진 않았으니까.** 그 순간 아까 토비에게 느꼈던 분노가 몽땅 언니에게로 옮겨갔다. 어떻게 나한테 이런 짓을 할 수 있는지, 어떻게 날 여기 혼자 남겨둘 수 있는지 도저히 이해할 수 없었다. 그것도 **절대로** 엄마처럼 사라지지 않겠다고 약속해 놓고. 언제나 서로의 곁에 있기로 해놓고. 언제나, **언제나, 언제나!**

"그게 유일하게 중요한 약속이었어, 베일리 워커!"

나는 악을 쓰며 베개를 집어 침대에 연달아 내리쳤다. 몇 곡이 흐르고 나서야 조금 진정이 됐다.

침대에 엎어졌다. 숨이 차고 땀이 났다. 내가 과연 이 그리움에서 살아남을 수 있을까? 다른 사람들은 어떻게 견디지? 사람들은 항상 죽는다. 매일, 매시간. 이 세상의 모든 유가족은 더는 눕지 않는 침대, 신지 않는 신발을 멍하니 바라볼 것이다. 더는 특정한 시리얼, 특정한 샴푸를 살 일도 없을 것이다. 영화관에서 줄을 서거나 커튼을 사거나 개를 산책시키면서도 그 안의 심장은 갈가리 찢겨나갈 것이다. 몇 년을. 평생을. 시간이 약이라는 말을 나는 믿지 않는다. 믿고 싶지도 않다. 내가 언젠가 낫는다면, 그땐 언니가 없는 세상을 받아들인다는 뜻이 아니겠는가?

그 수첩이 떠올랐다. 일어나서 펑크를 끄고 좀 더 차분해질까 싶어 쇼팽의 '녹턴'을 틀었다. 수첩을 꺼내 마지막 장을 펼쳤다. 아직 취소 선이 그어지지 않은 몇몇 조합이 있었다. 전면에 걸쳐 엄마 이름과 디킨스 소설 속 등장인물들의 이름 조합이 가득했다. 페이지/트위스트, 페이지/페이건, 워커/하비샴, 워커/올리버/페이지, 핍/페이지.

컴퓨터를 켜 검색창에 **페이지 트위스트**를 치고 결과로 나온 문서들을 하나씩 훑었다. 엄마와 관련된 것은 하나도 없었다. 이번에는 **페이지 디킨스**로 가능성을 점쳐보았다. 하지만 대부분 고등학교 운동팀이나 대학 동문회 잡지에서 나온 것들로 엄마와는 전혀 무관한 정보였다. 연이어 다른 디킨스 조합을 시도했으나 조그만 가능성도 찾지 못했다.

꼬박 한 시간 동안 내가 찾아본 조합은 대여섯 개에 불과했다. 나는 언니가 시도했던 흔적을 넘기고 넘기면서 새삼 이것들을 언제 다 했는지, 어디서 했는지 궁금해졌다. 주립대 컴퓨터실에서 했을지도 모른다. 그야 장장 몇 시간씩 이 컴퓨터를 흐릿

한 눈으로 붙들고 있었다면 내가 눈치 못 챌 리 없으니까. 왜 이렇게까지 열심히 엄마를 찾으려 했을까? 이토록 긴 시간을 투자할 만큼? 대체 2월에 무슨 일이 있었기에 갑자기 이 일에 몰두했을까? 토비에게 청혼을 받은 때가 그 무렵이었나? 어쩌면 엄마가 결혼식에 와주길 바랐는지도 모른다. 하지만 토비가 청혼한 것은 언니가 쓰러지기 직전이었다고 했다. 토비와 이야기해봐야 했다.

나는 아래층에 내려가 우선 할머니에게 사과했다. 오늘따라 감정적이어서 그랬다고. 최근 들어 안 그런 날이 없었으니 틀린 말은 아니었다. 할머니는 내 머리를 가만히 쓰다듬었다.

"괜찮다, 얘야. 우리 내일 같이 산책이라도 하자꾸나. 이야기도 좀 하고……."

할머니는 대체 언제쯤 **이해**할까? 나는 할머니와 언니에 대해 얘기하고 싶지 않았다. 아무 얘기도 하고 싶지 않았다.

집 밖에 나가니 토비가 사다리 위에서 화원 앞 격자 울타리를 손보고 있었다. 하늘이 금빛과 분홍빛으로 결결이 물들었다. 화원 전체가 석양에 빛나고 그 안의 장미들은 등불처럼 반짝였다.

토비가 날 내려다보고 한숨을 깊이 내쉬었다. 그러고는 사다리에서 천천히 내려와 팔짱을 끼고 울타리에 기대어 섰다.

"미안하다고…… 다시 한번 말하고 싶었어."

토비가 다시 한숨을 쉬고 말을 이었다.

"난 요즘 반쯤 정신이 나간 것 같아. 넌 괜찮아?"

토비가 내 눈을 살폈다.

"응. 반쯤 정신이 나간 것만 빼면."

내 대답에 토비가 미소 지었다. 더없이 다정하고 이해심 많은 얼굴로. 마음이 조금 누그러졌다. 한 시간 전까지 토비의 목을 치고 싶었던 게 조금 미안해졌다.

"언니의 책상에서 이 수첩을 발견했어."

나는 토비가 아는 것이 있나 파악하는 동시에 어제 일을 꺼내거나 떠올리지 않으려 애를 쓰며 물었다.

"엄마를 찾으려고 했던 것 같아. 그것도 급하게 말이야. 엄마가 썼을 법한 가명을 몇 장이나 적어놓고 일일이 검색해 봤나 봐. 시도해 볼 만한 거는 다 해봤더라고. 분명 쉬지 않고 했을 거야. 그런데 어디서 했는지, 왜 했는지 모르겠어……."

"나도 모르겠는데."

토비의 목소리가 약간 떨렸다. 눈을 내리깔고 있었다. 설마 나한테 숨기는 게 있나?

"날짜도 적혀있어. 시작일을 보니 2월 말인데…… 혹시 뭔가 짚이는 거 없어?"

토비가 후들거리며 울타리에서 미끄러지듯 주저앉아 두 손에 고개를 파묻고 울기 시작했다.

뭐야?

나는 토비 앞에 무릎을 꿇고 두 팔에 내 손을 얹었다.

"토비. 괜찮아."

내가 부드럽게 달래며 한 손으로 토비의 머리를 쓰다듬었다. 하지만 내 목덜미와 팔은 오싹했다.

토비가 고개를 저었다.

"안 괜찮아. 너한테 절대로 말하지 않을 생각이었어."

토비는 간신히 말을 이었다.

"뭐? 무슨 말?"

내 입에서 잔뜩 쉰 목소리가 튀어나왔다.

"안 듣는 게 나아, 레니, 널 더 괴롭게 하고 싶지 않아."

"뭐라고?"

온몸의 털이 곤두섰다. 이제 정말로 두려워졌다. 언니의 죽음보다 더 나쁜 것이 뭐가 있단 말인가?

토비가 손을 뻗어 내 손을 꽉 쥐었다.

"우린 아이를 낳을 예정이었어."

숨이 턱 막혔다.

"베일리는 임신 중이었어."

아니, 이건 아니야.

"그래서 엄마를 그렇게 찾았나 봐. 알게 된 게 2월 말쯤이거든."

토비의 말은 내 안에서 속도와 크기를 불리며 산사태를 일으켰다. 나는 다른 손으로 토비의 어깨를 짚었다. 내 눈은 토비의 얼굴을 향해 있었지만, 정작 내가 보고 있는 것은 언니가 아기를 안아들며 페릿 표정을 해 보이는 모습, 언니와 토비가 한 아이의 손을 나눠 잡고 강가로 걸어가는 모습이었다. 맙소사. 토비의 두 눈에 그간 홀로 지고 있었을 거대한 짐이 보였다. 언니가 죽은 뒤 처음으로 나보다 다른 사람이 더 안쓰러웠다. 나는 우는 토비를 두 팔로 감싸 안고 달랬다. 그러고 나서 두 눈이 마주친 순간 우린 다시 그곳이었다. 무력한 슬픔의 집. 베일리 워커가 찾아올 수 없고 조 폰테인이 존재하지 않는 곳, 토비와 나만 남겨진 곳. 그곳에서 나는 토비에게 키스했다. 달래주고 싶어서, 안타깝다고 말해주고 싶어서, 내가 지금 여기 살아있으며 너 또한 그렇다는 걸 알려주고 싶어서. 그리고 나조차 감당하기 벅차서, 몇 달 내내 그래와서, 나는 키스하고 또 키스하며 끌어안고 쓰다듬었다. 빌어먹을 이유가 뭐든, 내 몸과 마음이 그렇게 하고 있으니까.

그때였다. 내 품 안에서 토비의 몸이 굳는 순간, 알아챘다.

알아채긴 했는데, 누구인지는 몰랐다.

처음에는 할머니라고 생각했다. 그래야 했다. 그러나 아니었다.

빅 삼촌도 아니었다.

뒤돌았을 때, 몇 미터 떨어진 곳에, 동상처럼 잔뜩 굳은 인물이 서있었다.

눈이 마주치자 조는 비틀거리며 뒷걸음쳤다. 나는 토비의 손을 떨쳐내고 겨우 내 다리를 찾아 조를 향해 뛰어들었다. 하지만 조는 그대로 뒤돌아 달리기 시작했다.

"잠깐만! 제발."

내가 외쳤다.

조가 우뚝 멈췄다. 그 실루엣은 불타는 하늘을, 지평선을 향해 거침없이 질주하는 들불을 배경으로 내게 등진 채였다. 나는 계단 아래로 떨어지는 기분이었다. 우당탕 굴러떨어지면서도 멈출 도리가 없는. 그래도 나는 억지로 발을 떼 조에게 다가갔다. 손을 잡아 돌려세우려고 했는데 조는 내 손길이 역겹다는 듯이 떨쳐냈다. 그리고 날 향해 천천히 돌아섰다. 물속에서 스르르 움직이듯이. 나는 잔뜩 겁에 질린 채 기다렸다. 조와 마주하길, 내가 무슨 짓을 저질렀는지 확인하길. 이윽고 날 마주 봤을 때, 조의 눈은 생기가 없고 얼굴은 돌처럼 굳어있었다. 마치 영혼이 묘하게 육체를 어딘가로 피신시킨 것 같았다.

입에서 말이 멋대로 튀어나왔다.

"우리 원래 이런 사이 아니야. 난 결코……, 그런 거랑은 달라. 언니가……."

언니가 임신했었대. 나는 그렇게 설명하려다가 멈칫했다. 그게 뭘 설명해 줄 수 있겠는가? 조가 이해해 주길 간절히 바라면서도 나 역시 이해할 수 없었다.

"네가 생각하는 그런 거 아니야."

내가 들어도 뻔하고 한심했다.

조의 얼굴에서 분노와 상처가 동시에 터져 나왔다.

"아니, **맞아.** 정확히 내가 생각하는 그런 거야. 정확히 내가 **생각했던** 그런 거지."

조가 날 향해 쏘아붙였다.

"어떻게 네가……, 난 분명 네가……."

"아니야, 믿어줘……. 넌 이해 못 하겠지만……."

눈물이 뺨 위로 주르륵 흘러내렸다. 어느새 난 울고 있었다.

조의 얼굴이 실망으로 일그러졌다.

"맞아, 난 **못 해.** 자."

조가 주머니에서 종이 한 장을 꺼냈다.

"이거 주러 온 거야."

조는 그것을 구겨서 내게 던지고 그대로 뒤돌아 어둑어둑 깔리는 밤 속으로 달려갔다.

나는 구겨진 종잇조각을 주워 손바닥으로 눌러 폈다. 상단에는 이렇게 적혀있었다.

네의 그 클라리넷 연주자나 기타리스트를 위한 듀엣 제2부,

나는 악보를 고이 접어 주머니에 넣은 뒤 잔디에, 내 뼈 무덤 위에 주저앉았다. 그러고 보니 어제저녁에 비를 맞으며 조와 키스했던 그 자리였다. 노여움이 사그라든 하늘은 어둠에 묻힌 채 몇 가닥 금빛 띠만 가느다랗게 내뿜고 있었다. 나는 조가 써준 멜로디를 머릿속으로 재생하려 했지만, 할 수 없었다. 머릿속엔 오직 한 마디만 맴돌았다. **어떻게 네가?**

어떻게 내가?

차라리 누가 온 하늘을 둘둘 말아 눈앞에서 영영 치워버렸으면.

곧 내 어깨에 손이 닿았다. 토비. 나는 그 손 위에 내 손을 겹쳤다. 토비는 내 옆에 한쪽 무릎을 꿇고 앉았다.

"미안."

조용히 말한 토비가 잠시 뜸을 들였다.

"가볼게, 레니."

토비의 손이 머물렀던 부위가 싸늘해졌다.

트럭이 출발해 조가 떠난 길을 따라 웅웅거리며 멀어졌다.

나만 남았다. 아니, 그렇게 생각했다. 집 쪽으로 고개를 든 순간 반쯤 열린 문 사이로 할머니의 윤곽이 보였다. 어제저녁 토비처럼. 나는 할머니가 그 자리에 얼마나 있었는지, 무엇을 봤는지, 무엇을 못 봤는지 알 수 없었다. 할머니는 문을 밀어젖히고 포치 가장자리로 걸어 나와 두 손으로 난간을 짚고 기대어 섰다.

"이리 오렴."

나는 방금 조와 무슨 일이 있었는지 말하지 않았다. 기어코 토비와 아무 일 없다고 했던 것처럼. 하지만 내 눈을 들여다보는 애잔한 눈빛을 보니 할머니는 이미 모든 걸 알고 있는 눈치였다.

"얘기하고 싶을 때 하렴."

할머니가 내 두 손을 그러쥐었다.

"난 네가 그립다. 알지. 빅도 마찬가지고."

"임신했었대."

내가 속삭였다.

할머니는 고개를 끄덕였다.

"언니가 말했어?"

"부검."

"결혼하기로 했었대."

얼굴을 보니 할머니도 그 사실은 몰랐던 듯했다.

할머니가 나를 감싸 안았다. 나는 그 안전한 품 안에서 눈물을 펑펑 쏟아냈다. 할머니의 드레스가 흠뻑 젖고 밤이 집을 잔뜩 채울 때까지.

제25장

책상 제단 위 산꼭대기의 언니에게 말을 걸지 않았다. 불도 켜지 않았다. 옷도 안 벗고 곧장 침대로 들어가 잠을 청했다. 잠은 오지 않았다.

찾아온 것은 수치심이었다. 몇 주간의 수치심이 파도처럼 밀려왔다. 뜨끈한 것이 욕지기처럼 치밀어올라 베개에 얼굴을 파묻고 신음했다. 조에게 했던 거짓말과 반쪽 진실과 생략된 말들이 나를 덮치고 억눌러 숨을 쉬기 힘들었다. 어떻게 내가 조를 이런 식으로 상처 입힐 수 있지? 제너비브가 한 짓을 그대로 되풀이할 수 있지? 조를 향한 모든 사랑이 나를 두들겨 팼다. 가슴이 욱신거렸다. 온몸이 아팠다. 조는 완전히 다른 사람처럼 보였다. 엄연히 다른 사람이다. 나를 사랑하던 사람이 아니다.

조의 얼굴에 이어 언니의 얼굴이 어른거렸다. 내 위로 떠오른 두 얼굴은 입술을 움직여 세 마디를 꺼냈다. **네가 어떻게 그래?**

할 말이 없었다.

미안해. 손가락으로 시트에 반복해 쓰다가 도저히 참을 수 없어서 불을 켰다.

그러나 그 빛은 실제로 욕지기를 불러왔다. 그와 함께 더는 이루지 못할 언니와의 모든 순간이 와락 달려들었다. 내가 언니의 아이를 안고 있는 모습, 내가 아이에게 클라리넷을 가르치는 모습, 언니와 내가 나란히 늙어가는 모습. 우리가 함께하지 못할 모든 미래가 내 속을 비집고 왈칵 솟구쳐 나왔다. 그 바람에 나는 황급히 쓰레기통을 부여잡고 속이 텅 빌 때까지 게워냈다.

그제야 덜컥 실감이 났다.

항구이자 아수라장인 토비의 품이 없다면, 최상의 정신 착란을 일으키는 조의 품이 없다면, 이제 나뿐이다.

나. 소리 없이 포효하는 외로움의 바다를 품은 작은 껍데기.

평생.

언니 없는.

나.

나는 베개에 머리를 처박고 영혼이 반으로 갈라지는 것처럼 비명을 질렀다. 실제로 그랬으니까.

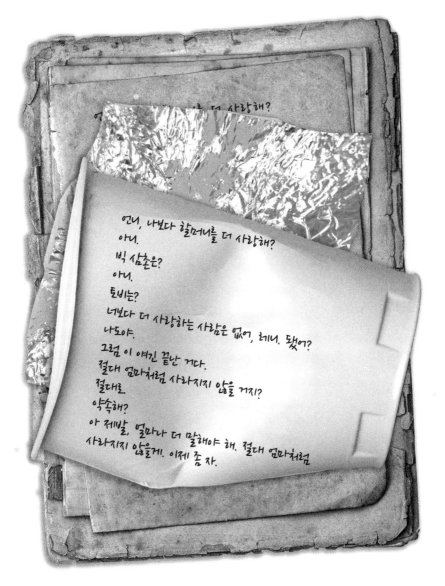

: 테이크아웃 컵에 쓰임, 레인강에서 발견

: 사탕 껍질에 쓰임, 클로버고등학교 주차장에서 발견

: 종잇조각에 쓰임, 클로버 공공 도서관의 쓰레기통 안에서 발견

레니, 오늘 밤 엄마는 어떨까?

나 잠들었거든.

얼른, 레니.

좋아. 인도에서 히말라야산맥 등반 중이야.

그건 저번 주에 했잖아.

그럼 먼저 시작해.

좋아. 엄마는 스페인 바르셀로나에 있어. 머리에

스카프를 두르고 물가에서 파블로라는 남자와 함께

상그릴라를 마시고 있지.

서로 사랑에 빠졌고?

응.

하지만 다음 날에 그 사람을 떠나겠지.

맞아.

동트기 전에 일어나 침대 밑에서 몰래 여행 가방을 꺼내

빨간 가발, 초록 스카프, 노란 드레스, 흰 구두 차림으로

첫 기차를 타고 그곳을 떠날 거야.

메모는 남기고?

아니.

남길 리 없지.

맞아.

엄마는 기차에 앉아 창밖으로 바다를 바라봐.

옆자리에 한 여자가 앉으면 둘은 대화를 시작하지.

여자가 아이가 있냐고 물어보자

엄마는 "아니오."라고 대답해.

틀렸어, 레니. 엄마는 이렇게 대답할 거야.

"지금 내 딸들을 보러 가는 길이에요."

: 종이 낱장에 쓰임, 플라잉맨즈 계곡 바위 사이에 끼어있었음

제26장

　한참 뒤 베개에 얼굴이 뭉개진 채 깨어났다. 팔꿈치로 상체를 일으켜 창밖을 내다봤다. 캄캄한 하늘에 마법 가루를 뿌린 듯 별빛이 아른아른 빛나는 밤이었다. 창문을 여니 강물 소리가 장미 향 섞인 바람을 타고 우리 방으로 흘러들어 왔다. 믿을 수 없게도 기분이 좀 나아졌다. 마치 나도 모르게 자는 동안 숨 쉴 공기가 좀 더 많은 곳으로 이동한 듯했다. 나는 조와 토비에 대한 생각을 밀어내고 꽃과 강물, 세상을 한 번 더 깊이 들이마셨다. 그리고 일어나서 쓰레기통을 욕실로 가져가 청소한 뒤 곧장 언니의 책상으로 돌아왔다.

　컴퓨터를 켜고, 맨 위 책상 서랍에 넣어놨던 수첩을 꺼내 전에 중단했던 곳부터 이어서 검색하기로 했다. 언니를 위해 뭐라도 해야겠는데 내가 생각해 낼 수 있는 건 엄마를 찾아주는 일뿐이었다.

수첩에 남은 조합들을 검색하기 시작했다. 곧 엄마가 된다는 사실이 언니의 엄마 찾기에 불을 지폈음을 나는 이해할 수 있었다. 왠지 타당하게 느껴졌다. 하지만 그게 다는 아니었다. 내 마음 저 깊은 구석에는 서랍장이 하나 있는데, 맨 아래 서랍 뒤쪽에 어떤 생각 하나가 처박혀 있었다. 눈에 띄지 말라고 일부러 거기 넣어둔 것이다. 오늘 밤 나는 그 서랍을 삐걱 열고 예전부터 짐작해 온 것을 마주했다. 바로 언니도 그것을 타고났다는 것. 좀처럼 가만있지 못하는 성정은 평생 언니를 몰아붙이며 고루 영향력을 미쳤다. 크로스컨트리팀에서 달리는 것부터 무대 위에서 변화무쌍한 페르소나를 드러내는 것까지. 내 생각엔 그것이 언니가 엄마를 찾고 싶어 하는 진짜 이유였다. 나로서는 결코 원치 않았던 이유고. 그래서 이렇게 엄마를 찾는 걸 나한테 비밀로 한 것이다. 내가 막아설까 봐. 나는 엄마가 언니에게 우리 삶에서 벗어날 길을 알려주길 원치 않았다.

　탐험가는 한 집에 한 명으로 족하다.

　하지만 엄마를 찾는다면 불균형을 만회할 수 있다. 나는 이름 조합을 하나씩 여러 검색창에 넣었다. 하지만 약 한 시간 뒤 컴퓨터를 창문 밖으로 집어 던질 뻔했다. 헛수고였다. 나는 언니의 수첩 맨 뒷장으로 가서 블레이크의 시에 등장하는 상징들로 나만의 조합을 만들어 냈다. 수첩을 보면 언니는 엄마가 남긴 책들에서 가명의 단서를 찾고 있었다.《올리버 트위스트》,《싯다르타》,《길 위에서》를 차용했는데 윌리엄 블레이크는 아직이었다. 나는 블레이크의 시집을 펼쳐 놓고 타이거, 포이즌 트리, 데블 등의 시어를 페이지 혹은 워커와 조합했고 검색어에 셰프나 요리사, 레스토랑 등을 포함해 보았다. 할머니 말대로 엄마가 어딘가에서 요리로 먹고 살지도 모르니까. 하지만 소용없었다. 또 한 시간에 걸쳐 검색한 결과에도 아무 실마리가 없자 나는 탐험가 그림 속 산꼭대기의 언니에게 아직 포기한 게 아니라 잠깐 쉬겠다고 말한 뒤 아직 안 자는 사람이 있는지 살피러 아래층에 내려갔다.

빅 삼촌이 현관 포치의 2인용 안락의자 중앙에 왕처럼 앉아 있었다. 나는 그 옆에 비집고 앉았다.

"세상에."

삼촌이 내 무릎을 움켜쥐며 중얼거렸다.

"네가 마지막으로 나와 야밤의 수다를 떤 게 언제인지 기억도 안 나는구나. 내일 일 땡땡이 치고 새로 사귄 숙녀분과 레스토랑에서 점심 먹을까 고민하던 참인데. 나무들 틈에서 도시락 까먹기도 영 지겨워서."

삼촌이 턱수염을 배배 꼬았다. 꿈꾸는 듯한 표정이 살짝 과하다 싶었다.

이런.

"설마 까먹은 거 아니지? 연애 기간 1년 미만이면 청혼할 수 없다는 거. 그게 마지막 이혼 뒤에 정한 규칙이었잖아."

나는 손을 뻗어 삼촌의 콧수염을 잡아당기며 "다섯 번째 이혼 말이야."라고 강조했다.

"안다, 알아. 그래도 참 그립긴 하네, 청혼이라니. 그토록 낭만적인 순간도 없지. 레니, 언젠가 너도 해보렴. 적어도 한 번은. 땅에 발을 붙이고 스카이다이빙 하는 기분이야."

삼촌은 그만한 덩치가 아니었다면 킬킬댔다고 표현할 수 있을 만큼 장난스럽게 웃으며 말했다. 언니와 내가 평생 들어온 말이다. 실은 사라가 6학년 때 결혼 관습의 불평등을 지적하기 전까지 나는 청혼의 기회가 관습적으로 양성에게 동등하게 있지 않다는 점을 전혀 몰랐다.

몇 시간 전에, 그리고 아마도 영영, 조가 나를 떠난 작은 마당을 바라보았다. 이제 조가 안 올지도 모른다고 삼촌에게 얘기할까 잠시 고민했지만 차마 얼굴에 대고 그 비보를 전할 수 없었다. 삼촌은 거의 나만큼이나 조에게 애착을 느꼈다. 어쨌거나 나는 다른 얘기를 하고 싶었다.

"삼촌?"

"으음?"

"그 역마살이란 거 진짜 믿어?"

삼촌은 놀란 눈으로 날 바라보다가 "거참 그럴싸한 헛소리지, 안 그러냐?"라고 말했다.

오늘 숲에서 조가 말도 안 된다는 반응을 보였듯이 애초에 나 자신을 포함해 모든 이가 의심한 이야기였다. 심지어 자유분방함이 기본적 가족관인 이 동네에서도, 내가 젖먹이 때 우리 엄마가 홀연히 떠난 건 자유와 방랑의 삶을 찾아간 것뿐이라고 말하면 다들 날 정신이 온전치 못한 애 취급했다. 그렇지만 워커가에 타고난 유전자가 흐른다는 설이 내게는 터무니없는 낭설로 들리지 않았다.

소설을 읽거나 길을 걷거나 우리 집 현관을 밟아본 사람이라면 누구나 세상에 별별 이상한 사람이 다 있단 걸 알겠지만 내 주변 인물들은 유독 별났다. 눈앞의 빅 삼촌만 봐도. 세상에 어느 누가 밥 먹듯이 결혼하고 죽은 벌레를 되살리려 하며 혼자서 11학년 전교생보다 마리화나를 더 많이 피우는 데다가 동화 속 왕국을 다스릴 것 같은 용모를 지녔느냐 말이다. 그러니 왜 이 남자의 누나가 자유로운 영혼을 지닌 모험가가 될 수 없겠는가? 왜 그토록 많은 이야기 속에 등장하는 영웅, 둥지를 떠난 용감한 주인공이 될 수 없겠는가? 루크 스카이워커, 걸리버, 커크 선장, 돈키호테, 오디세우스처럼. 그래, 내게 엄마는 현실이라기보다 신화적이고 마법적인 존재에 가깝다. 내가 애착을 느끼는 성자나 소설 속 주인공과 크게 다름없이.

"모르겠어."

나는 솔직하게 말했다.

"정말 다 헛소리일까?"

빅 삼촌은 한참 동안 아무 말 없이 그저 콧수염만 비비 꼬았다.

"아니, 어떻게 분류하느냐의 문제야. 무슨 말인지 알겠니?"

모르지만 끼어들지 않기로 했다.

"집안마다 대대로 흐르는 성향들이 있잖니? 이런 성향은, 그게 뭐든, 이유가 뭐든, 우리 집안에 흐르는 것일 테지. 그나마 우울증이나 알코올 중독이나 비관주의 따위가 아니라 다행이야. 우리 중에서 그걸 타고난 사람은 그저 길을 떠나―."

"언니도 타고났던 것 같아, 삼촌."

붙잡기도 전에 튀어나온 말에 내가 그 생각을 얼마나 굳게 믿어왔는지가 드러났다.

"예전부터 그렇게 생각했어."

"베일리가?"

삼촌이 이맛살을 찌푸렸다.

"아니, 그건 아니라고 봐. 사실 난 뉴욕에 있다는 그 학교에 떨어졌을 때 그렇게 안심하는 애는 처음 봤다."

"안심?"

이거야말로 순 헛소리다!

"장난해? 언니는 **쭉** 줄리아드에 가길 원했어. 어어어어엄청 노력했다고. 그건 언니의 꿈이었어!"

빅 삼촌은 달아오른 내 얼굴을 물끄러미 바라보았다.

"누구의 꿈이라고, 레니?"

삼촌은 부드럽게 물으며 두 손으로 보이지 않는 클라리넷을 연주하는 시늉을 했다.

"내가 이 주변에서 그렇게 어어어어엄청 노력하는 사람은 너밖에 못 봤는데."

헉.

마거릿 선생님의 명랑한 목소리가 내 머릿속을 채웠다. **네 연주는 기막히게 아름다워, 레니. 심금을 울린다고. 줄리아드에 도전해 봐.**

그 대신 나는 레슨을 그만뒀다.

그 대신 나는 스스로 만든 깜짝 장난감 상자에 나를 쑤셔 넣었다.

"이리 와."

내가 옆구리로 파고들자 빅 삼촌은 한쪽 팔을 거대한 날개처럼 펼쳐 내 위로 덮었다. 마거릿 선생님이 줄리아드를 언급할 때마다 내가 얼마나 두려웠는지 기억났다. 그때마다 상상 속의 나는……

"꿈은 변하지. 내 생각엔 베일리도 그랬어."

꿈은 변한다. 그래, 그럴 수 있다. 다만 꿈이 사람 안에 꼭꼭 숨어있을 줄은 몰랐다.

삼촌은 다른 팔도 내 위로 둘렀다. 나는 삼촌의 곰 같은 품에 몸을 맡기며 옷에 스민 짙은 마리화나 향을 들이마셨다. 삼촌은 나를 꽉 안고 거대한 손으로 내 머리를 쓰다듬었다. 빅 삼촌의 품이 얼마나 포근한지 잊고 있었다. 인간 난로. 나는 삼촌의 얼굴을 살짝 올려다보았다. 눈물이 삼촌의 뺨을 타고 흘러내렸다.

몇 분 뒤 삼촌이 입을 열었다.

"베일리가 빨빨거리고 다니긴 했지만 유난스러울 정도는 아니었어. 그보단 날 닮았다고 생각했는데, 그 기질이 요즘 너에게 옮아간 것 같구나. **사랑의 노예** 말이야."

삼촌은 마치 나를 어떤 비밀 조직으로 인도하듯 씩 웃었다.

"아마도 저 망할 장미 때문이야. 오히려 난 이쪽을 더 믿어. 한 치의 의심도 없이. 장담하는데 저 장미들은 심장에 치명적이야. 우리는 한 철 내내 그 향기를 들이마시는 실험용 쥐나 다름없으니……"

삼촌은 콧수염을 비비 꼬았다. 자기가 하던 말이 뭔지 까먹은 눈치였다. 가만, 그러고 보니 삼촌은 마리화나에 취해있었다.

장미 향기가 우리 사이의 공기를 가르고 들어왔다. 나는 그 향을 들이마시며 조를 생각했다. 아무리 생각해도 내 심장 속 사랑을 일깨운 것은 장미가 아니라 분명 그 소년, 그 경이로운 남자애였다. **어떻게 내가?**

멀리서 부엉이가 울었다. 그 쓸쓸하고 텅 빈 소리에 내 마음도 공허해졌다.

"아니, 타고난 건 베일리가 아니야……."

빅 삼촌은 끊긴 적 없다는 듯이 말을 이었다.

"무슨 말이야?"

나는 허리를 곧추세웠다.

삼촌은 콧수염 꼬기를 멈췄다. 얼굴이 자못 심각해졌다.

"너희 할머니는 내가 어렸을 때부터 좀 달랐어. 그걸 타고난 사람이 또 있다면 너희 할머니일 거다."

"할머니는 이 동네를 떠난 적도 없잖아."

나는 어리둥절해서 물었다.

삼촌이 껄껄 웃었다.

"그렇지. 아마 그래서 내가 그 유전자설을 못 믿나 보다. 나는 항상 우리 엄마가 그걸 타고났다고 생각했거든. 그저 어떻게든 눌러 참았다가 화실에 몇 주 동안 틀어박혀 캔버스들 위에 토해 낸다고 생각했지."

"글쎄, 그럴 수 있다면 왜 **우리 엄마**는 눌러 참지 않은 거지?"

큰소리를 내지 않으려 애썼지만 갑자기 화가 치밀었다.

"할머니도 그림 좀 그려서 풀었는데 왜 엄마는 꼭 떠나야 했을까?"

"모르겠다, 얘야. 아마 너희 엄마가 더 심했나 보지."

"**뭐가** 더 심해?"

"모른다니까!"

삼촌도 나처럼 막막하고 혼란스러운 모양이었다.

"멀쩡한 여자가 어린 자식 둘과 자기 동생, 그리고 제 엄마를 두고 떠나서 장장 16년을 돌아오지 않았어. 그렇게 만든 게 그거지 뭐겠어! 우리야 좋게 말해 방랑벽이라고 부르지만 남들은 뭐라고 부르겠냐."

"남들은 뭐라고 부르는데?"

삼촌이 엄마에 대해 이런 식으로 얘기하는 건 처음이었다. 설마 이게 다 광인을 위한 변명이었나? 엄마는 정녕 제 나무를 벗어난 걸까?

"남들이 뭐라고 부르든 상관없어, 레니. 이게 **우리의** 이야기니까."

이게 우리의 이야기니까. 십계명처럼 엄숙한 삼촌의 목소리는 내게도 그만큼 심오하게 들렸다. 여태껏 그 많은 책을 읽었으니 그런 생각을 해봤을 법도 한데, 나는 한 번도 해보지 않았다. 한 번도 삶을, 내 인생을, 누군가에게 들려줄 수 있는 이야기의 형태로 바라보지 않았다. 물론 내가 어떤 이야기 속에 있다고는 느꼈지만, 내가 저자라고, 혹은 내가 그 안에서 어떤 목소리를 낼 수 있다고는 생각해 보지 않았다.

내가 원하는 대로 내 이야기를 펼칠 수 있다.

나의 솔로다.

제27장

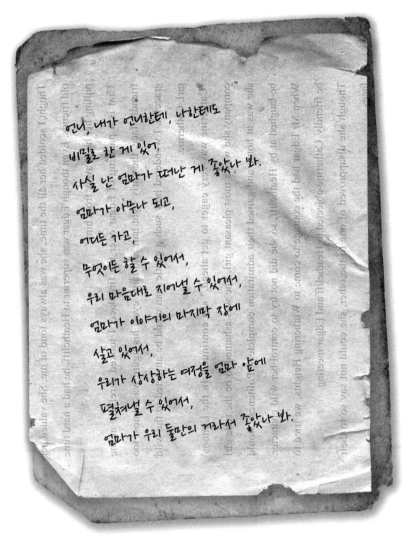

언니, 내가 언니한테, 나한테도
비밀로 한 게 있어.
사실 난 엄마가 떠난 게 좋았나 봐.
엄마가 아무나 되고,
어디든 가고,
무엇이든 할 수 있어서,
우리 마음대로 지어낼 수 있어서,
엄마가 이야기의 마지막 장에
살고 있어서,
우리가 상상하는 여정을 엄마 앞에
펼쳐널 수 있어서,
엄마가 우리 둘만의 거라서 좋았나 봐.

: 《폭풍의 언덕》의 찢어진 지면에 쓰임, 숲속 어느 나뭇가지에 꽂혀있었음

조가 없는 아침이 먹구름처럼 드리웠다. 할머니와 나는 부엌 식탁에 맥없이 엎드려 서로 딴 데를 바라보고 있었다.

어젯밤 성소에 돌아왔을 때 나는 언니의 수첩을 다른 것들과 함께 상자에 넣어 밀봉했다. 그리고 성 안토니를 벽난로 위 '반쪽 엄마' 앞에 되돌려 놓았다. 엄마를 어디서 어떻게 찾아야 할지 모르겠으나 인터넷은 분명 아니었다. 나는 밤새 빅 삼촌이 한 말을 곱씹었다. 어쩌면 이 집의 누구도 내가 이제껏 믿어온 사람이 아닐 수 있다. 특히 나. 아마도 삼촌은 나를 간파했다.

언니도 마찬가지였다. 어쩌면 삼촌 말대로 언니는 **그것**을 타고나지 않았을 수도 있다. 그것이 뭐든 간에. 어쩌면 언니는 여기 남아 결혼해서 가정을 꾸리길 원했을지도 모른다.

그것이 언니의 비범한 색채였을지도 모른다.

"언니는 숨기는 게 많았어."

"집안 내력인 듯하구나."

할머니가 지친 한숨을 내쉬었다.

어젯밤 삼촌이 할머니에 대해 했던 말이 떠올라 물어볼까 했는데 하필 그때 삼촌이 쿵쿵대며 부엌에 들어섰다. 거구의 나무꾼 같은 작업복 차림으로. 삼촌은 우릴 보더니 말했다.

"누가 죽었어?"

그러고는 우뚝 멈춰서 고개를 흔들었다.

"내 입으로 이딴 소리를 하다니."

삼촌은 마치 '계세요?'라고 묻듯이 자기 머리를 두드렸다. 그리고 주위를 둘러봤다.

"조는 어딨어?"

삼촌의 질문에 할머니와 나는 동시에 눈을 떨구었다.

"왜들 그래?"

삼촌이 물었다.

"조는 이제 여기 안 올 것 같아."

내가 말했다.

"정말이냐?"

내 눈앞에서 삼촌이 걸리버에서 소인국 백성으로 줄어들었다.

"왜?"

눈물이 차올랐다.

"몰라."

고맙게도 삼촌은 더 묻지 않고 벌레들을 확인하러 떠났다.

델리로 향하는 내내 생각했다. 조와 사랑에 빠졌던 프랑스의 미친 바이올리니스트 제너비브, 조가 그 후로 그 애와 말도 섞지 않는다는 것, 트럼펫 연주자들은 전부 모 아니면 도라고 했던 조의 말, 내가 한때 조를 다 가졌으나 지금은 전부 잃었다는 사실, 조를 되돌리기 위해서는 어제를 비롯해 그동안 토비와 무슨 일이 있었는지 어떻게든 설명해야 한다는 것을. 하지만 어떻게? 이미 오늘 아침에 조의 휴대폰에 음성 메시지를 두 통 남기고 한 번은 폰테인가에 전화도 했다. 통화는 이렇게 흘러갔다.

레니: (슬리퍼를 신은 발을 달달 떨며) 조 있나요?

마커스: 와우, 레니, 간도 크…… 용감한 친구네.

레니: (앞가슴에 수 놓인 주홍 글자를 내려다보며) 없어?

마커스: 응, 일찍 나갔어.

마커스와 레니: (어색한 침묵)

마커스: 그 녀석 상태가 꽤 안 좋아. 여자 때문에 그렇게 우울해하는 건 처음 봤어. 실은 뭐 때문이든…….

레니: (눈물이 그렁그렁) 내가 전화했었다고 전해줄래?

마커스: 그럴게.

마커스와 레니: (어색한 침묵)

마커스: (주저하며) 레니, 녀석을 좋아한다면, 음, 포기하지 마.

뚜―.

그게 문제였다. 너무 좋아해서 미치겠다는 거. 나는 사라에게 SOS를 쳐 델리로 좀 와달라고 했다.

나는 라자냐의 달인이다. 세 번 하고도 절반의 여름, 일주일에 나흘, 하루에 여덟 판, 총 896판의 라자냐(계산해 봤다)를 만들었으니 이제 눈 감고도 만든다. 나만의 명상법이다. 냉장

고에서 꺼낸 반죽을 얇게 밀어 면을 한 장 한 장 뽑아낸다. 수술 집도의만큼 침착하고 정밀하게. 리코타 치즈에 향신료를 넣어 구름처럼 폭신해질 때까지 섞는다. 모차렐라 치즈를 종이처럼 얇게 썰어낸다. 소스가 자글자글 노래할 때까지 끓인다. 그리고 모든 것을 층층이 쌓아 구워 낸다. 내 손끝에서 탄생하는 궁극의 라자냐다. 하지만 오늘 나의 라자냐는 노래하지 않았다. 내가 슬라이서에 손가락을 베일 뻔하고, 반죽 덩어리를 바닥에 떨어뜨리고, 갓 쌓은 라자냐를 오븐에 너무 익히고, 토마토소스에 소금을 한 트럭 부어버리자, 사장님은 나를 뭉툭한 도구로 카놀리에 속을 채우는 단순 업무에 투입하고 내 옆에서 직접 라자냐를 만들었다. 진퇴양난이었다. 손님이 오기엔 이른 시간이라 가십의 세계에 사장님과 둘만 갇힌 것이다. 클로버의 소식통인 사장님은 동네에 도는 온갖 염문설을 쉴 새 없이 떠들어댔는데, 물론 동네 로미오인 빅 삼촌의 나무 사이 밀애도 빠지지 않았다.

"빅은 어떻게 지내니?"

"아시잖아요."

"다들 궁금해하더라고. 예전에는 나무에서 내려오면 곧장 단골 바에 들르곤 했거든."

사장님은 내 옆에서 소스 통을 저으며 말했다. 마법솥을 젓는 마녀 같았다. 나는 페이스트리 껍질을 또 한 번 부숴 먹었다는 사실을 들키지 않으려고 애를 썼다. 언니가 죽고 사랑도 잃은 만신창이였다.

"빅이 안 오니까 그 술집도 예전만 못해. 잘 지내는 거 맞지?"

사장님이 땀으로 이마에 달라붙은 검정 머리를 쓸어넘기며 내 쪽으로 고개를 돌렸다가 부서진 페이스트리 껍질 한 무더기를 보고 눈살을 찌푸렸다.

"그럭저럭요. 할머니랑 저랑 다를 바 없죠, 뭐. 요즘은 일 끝나면 집에 와요."

나는 군이 **마리화나를 세 통씩 피워서 고통을 삭이죠**라고 덧붙이지 않았다. 나는 계속 문 쪽을 보며 조가 들어오는 모습을 상상했다.

"얼마 전에 나무 위에서 손님을 맞았다고 하더라."

사장님은 노래하듯 소문 얘기로 돌아갔다.

"설마요."

나는 그럴 가능성이 충분하다는 걸 알면서 대꾸했다.

"진짜야. 도로시 로드리게즈, 알지? 2학년 가르치는 선생님 있잖아. 어젯밤에 바에서 들었는데 그 여자가 빅이랑 나무꼭대기에 올라가서, 그 알잖아……."

사장님이 눈을 찡긋하며 말을 이었다.

"소풍을 즐겼대."

나는 신음했다.

"아, 우리 삼촌이라고요, 제발."

사장님이 깔깔 웃었다. 이어서 클로버의 스캔들을 열두 가지 정도 더 늘어놓았을 때쯤, 마침내 사라가 머리부터 발끝까지 페이즐리 무늬 차림새로 나타났다. 사라는 문간에서 양팔을 들고 두 손으로 브이 자를 지어 보였다.

"사라! 세상에, 20년 전 아니, 거의 30년 전 나를 쏙 빼닮았구나."

사장님이 냉장창고로 들어가며 말했다. 그 뒤로 문이 쾅 닫혔다.

"SOS는 뭐야?"

사라가 물었다. 한여름 기운이 사라를 따라 몰려 들어왔다. 수영하다 왔는지 머리가 젖어있었다. 아까 내가 전화했을 때 사라는 루크와 플라잉맨즈에서 '곡 작업' 중이라고 했다. 사라가 조리대 너머로 나를 껴안자 강 내음이 물씬 풍겼다.

"발가락에 반지 낀 거야?"

나는 되도록 고백을 뒤로 미루고자 물었다.

"물론이지."

사라는 눈을 어지럽게 하는 무늬의 고무줄 바지를 걸친 다리를 공중에 들어 보였다.

"인상적이네."

사라는 건너편 스툴에 올라타 내가 일하는 조리대 위로 책 하나를 던졌다. 힐끔 보니 엘렌 식수의 《몸에 새겨진》이었다.

"레니, 프랑스 페미니스트들은 그 멍청한 실존주의자들보다 훨씬 끝내줘. 나는 요즘 이 '**주이상스**'라는 개념에 푹 빠져있거든. 열락! 초월적 환희! 아마 조랑 너라면 다 이해할 거야."

사라는 공중에 대고 보이지 않는 스틱을 휘둘렀다.

"이해했었지."

나는 심호흡을 했다. 금세기 최고의 '**내가 뭐랬어**'를 대비했다.

사라의 얼굴이 불신과 충격 사이 어딘가에서 굳었다.

"뭔 소리야? 이해**했었**다니?"

"말 그대로야, 이해**했었**다고."

"어제까지만 해도……."

사라는 머리를 흔들며 갑작스러운 소식을 따라잡으려 애썼다.

"연습 때 둘이 하도 애틋하게 대놓고 꽁냥거려서 다들 학을 뗐잖아. 레이철은 거의 폭발 직전까지 갔다고. 얼마나 통쾌했는데."

사라는 서서히 감이 온 눈치였다.

"설마."

"제발 소든 말이든 땅돼지든 어떤 동물이든 꺼내지 말아줘. 어떤 도덕률도 들이대지 말고, 알았지?"

"알았어, 안 할 테니까, 아니라고만 해줘. 내가 느낌이 싸하다고 했잖아."

"사실이야."

나는 두 손에 얼굴을 묻었다.

"어젯밤에 키스하는 걸 조한테 들켰어."

"너 미쳤어?"

고개를 가로저었다.

때마침 토비를 닮은 꼬마 스케이터들이 보잉 747기처럼 소리 없이 인도를 휙 가르고 지나갔다.

"왜, 레니? 왜 그랬어?"

의외로 사라의 목소리에는 비난이 묻어나지 않았다. 정말로 궁금해서 묻는 것이다.

"토비를 사랑하는 건 아니잖아."

"아니지."

"조 때문에 실성한 상태였고."

"완전히."

"그럼 왜?"

너무나 어려운 질문이었다.

나는 카놀리 속을 연이어 채우면서 말을 골랐다.

"내 생각엔 우리 둘 다 언니를 너무 사랑해서 그렇게 된 것 같아. 미친 소리처럼 들리겠지만."

사라가 날 뚫어지게 쳐다봤다.

"맞아. 그렇게 들려. 베일리가 알면 널 **죽이려 들걸**."

가슴이 두방망이질 쳤다.

"알아. 하지만 사라, 언니는 죽었어. 그리고 토비랑 나는 그 사실을 도대체 어떻게 해야 할지 모르겠어. 그러다 보니 그렇게 됐어. 알겠어?"

살면서 한 번도 사라에게 소리를 지른 적 없었는데 지금 한 말은 확실히 고함에 가까웠다. 내가 이미 알고 있는 사실을 일깨워 준 사라에게 화가 났다. 언니가 **알면** 날 죽이려 들 거라고. 그 말에 더 크게 소리 지르고 싶었다. 그래서 그렇게 했다.

"그럼 내가 어떻게 할까? 속죄할까? 육욕을 억제하고, 양잿물에 손을 담그고, 성 로즈처럼 후추를 얼굴에 비빌까? 거친 천으로 만든 수도복을 입고?"

사라가 눈을 부라렸다.

"그래, 아주 딱이겠네!"

그렇게 외치면서 사라는 입가를 약간 씰룩였다.

"그렇게 해. 수도복 입고! 가시관도 써! 위아래 아주 세트로!"

사라가 얼굴을 잔뜩 구겼다. 그리고 파르르 떨리는 목소리로 "성 레니."라고 내뱉자마자 폭소를 터뜨리며 몸을 반으로 접었다. 나도 뒤를 이었다. 모든 분노가 걷잡을 수 없는 폭소의 도가니로 변했다. 우리 둘 다 허리를 굽힌 채 숨을 쉬려고 애썼다.

산소 부족으로 죽을지도 모르는 상태에서도 기분은 후련했다.

"미안해."

내가 헐떡거리며 말했다.

사라도 간신히 입을 뗐다.

"아니, 미안한 건 나야. 몰아붙이지 않겠다고 약속해 놓고. 쏟아내서 기분은 좋지만."

"마찬가지야."

내가 쉰 목소리로 말했다.

어느새 사장님이 돌아왔다. 앞치마에 토마토, 고추, 양파를 가득 안고서 우리 둘을 번갈아 봤다.

"네 맛 간 친구 데리고 여기서 나가라. 좀 쉬어."

사라와 나는 우리의 전용석인 델리 앞 벤치에 가서 털썩 앉았다. 거리에는 샌프란시스코에서 온 햇볕에 그을린 커플들이 시커먼 차림새로 민박집에서 비틀거리며 기어 나와 팬케이크나 물놀이용 튜브나 마리화나 따위를 찾아 돌아다니고 있었다.

사라는 담뱃불을 붙이며 고개를 흔들었다. 내가 사라를 혼란스럽게 한 것이다. 쉽지 않은 일이었다. 여전히 소리 지르고 싶을 게 뻔했다. **이 하늘을 나는 여우! 대체 왜 그랬어, 레니?** 하지만 사라는 침묵을 지켰다.

"좋아. 우선 당면 과제는 그 폰테인 소년을 되돌리는 거야."

"그렇지."

"질투하게 만드는 건 당연하고."

"그렇지."

나는 손바닥에 턱을 괸 채 길 건너편에 있는 천년 묵은 삼나무를 올려다봤다. 나무는 내 꼴을 내려다보고 질색했다. 자신에 비하면 이 땅에 갓 태어났을 뿐인 내 한심한 엉덩이를 걷어차 주고 싶은 듯했다.

"그래! 유혹하는 거야."

사라가 외쳤다. 눈을 내리깔고 입술을 오므려 담배를 깊이 빨아들이고는 공처럼 동그란 연기를 내뱉었다.

"유혹은 언제나 먹혀. 영화에서 제대로 된 유혹이 안 먹히는 경우 봤어?"

"농담이지? 걔 엄청 상처받았어. 나랑 말도 안 해. 오늘만 해도 세 번이나 전화했는데……. 그리고 내가 너냐? 내가 누굴 유혹해."

암담했다. 어제저녁 돌처럼 딱딱하게 굳은 조의 얼굴이 계속 떠올랐다. 유혹이 씨알도 안 먹힐 얼굴이 있다면 바로 그런 얼굴일 것이다.

사라는 한 손으로 스카프를 빙빙 돌리며 다른 한 손으로 담배를 태웠다.

"아무것도 **할** 필요 없어, 레니. 그저 내일 밴드 연습에 아주

쌔끈하게 꾸미고 나와. 감히 **거부할 수 없도록.**"

사라는 '**거부할 수 없도록**'을 영화 속 배우처럼 발음했다.

"나머지는 널 향한 조의 날뛰는 호르몬과 열정이 알아서 할 테 니까."

"그거 너무 얄팍한 수작 같지 않아, 프렌치 페미니스트 씨?"

"**오 콘트레아, 마 페티트**(그 반대란다, 아가야). 페미니스트들 은 하나같이 신체를 즐기라고 해. 신체의 언어를 말이야."

사라가 스카프를 공중에 휘둘렀다.

"내가 말했잖아. 그들은 열락을 아주 중요시해. 주이상스! 물 론 지배적인 가부장적 패러다임과 백인 남성 위주의 고전 문학 을 전복시키는 수단으로서도 그렇지만, 그건 다음에 차차 논하 기로 하고."

사라가 길바닥에 담뱃재를 떨었다.

"어쨌든 손해 볼 거 없어, 레니. 그리고 재밌을 거야. 나로선 얼마나……."

사라의 얼굴에 슬픈 먹구름이 지나갔다.

우리는 몇 주간 입 밖에 내지 않은 말을 담은 시선을 교환했다.

"네가 더는 날 이해하지 못한다고 느꼈어."

내가 불쑥 말했다. 나는 이제 딴사람이 되었는데, 사라는 변 함없이 그대로였다. 언니였다면 분명 내가 변했다는 걸 눈치챘을 것이다. 언니니까. 하지만 때로는 홀로 내면의 진창을 헤쳐 나가야 하는 구간도 있는 법이다.

"이해하려고 했어. 근데 잘 안되더라. 내가 하등 쓸모없게 느껴졌어. 아니, **지금도** 그렇게 느껴. 망할, 그 상실을 다룬 책들은 다 구려. 하나같이 판에 박힌 소리만 하는 쓰레기야."

"고마워, 그 책들 읽어줘서."

내가 말했다.

사라가 두 눈을 떴다.

"나도 베일리가 그리워."

그제야 문득 깨달았다. 그 책들을 단지 날 위해 읽은 게 아닐 수도 있다는 걸. 당연했다. 사라는 언니를 선망했다. 그런 사라를 혼자 슬퍼하도록 내버려 두었다. 나는 무슨 말을 해야 할지 몰라 두 팔을 뻗어 사라를 안았다. 꽉.

그때 차 한 대가 경적을 울렸다. 우리 학교 얼간이들이 타고 있었다. 아예 찬물을 끼얹지. 팔을 풀고 떨어지자마자 사라는 녀석들을 향해 페미니즘 책을 광신도처럼 흔들었다. 나는 웃음을 터뜨렸다.

녀석들이 사라지자 사라는 담뱃갑에서 한 대를 더 꺼내고서 그걸로 내 무릎을 간질였다.

"토비 얘기는 정말 이해가 안 가."

사라는 담배에 불을 붙이고도 이미 꺼진 성냥을 메트로놈처럼 흔들어댔다.

"베일리에게 경쟁심이 있었던 거야? 너네는 리어왕을 두고 경쟁하는 그런 자매가 아니었잖아. 적어도 내 눈에는 그렇게 보였는데."

"그건 아니야. 아닌데…… 모르겠어. 나도 혹시나 그런가 했는데……."

어젯밤 빅 삼촌이 한 말에 정면으로 부딪쳤다. 그 엄청난 무언가에.

"켄터키 경마대회 구경하러 갔던 날 기억나?"

나는 사라에게 물었다. 혹시 나 말고도 이걸 누가 이해할 수 있을까?

사라가 날 이상한 애처럼 쳐다봤다.

"어, 응. 왜?"

"경주마들 보면 옆에 동반 조랑말 한 마리씩 데리고 있잖아?"

"그랬나?"

"응. 우리가 그랬던 거 같아. 언니랑 내가."

사라는 잠시 말을 멈추고 연기를 길게 내뿜었다.

"너네는 둘 다 경주마였어. 레니."

하지만 진심은 아닌 것 같았다. 그저 겉치레일 뿐.

나는 고개를 저었다.

"아냐, 솔직히 말해도 돼. 나는 아니었어. 전혀."

나는 자진해서 그렇게 행동했다. 내가 레슨을 그만두자 언니는 할머니만큼 길길이 날뛰었다.

"되고는 싶었고?"

사라가 물었다.

"아마도."

차마 확실히 그렇다고는 말할 수 없었다.

사라가 미소 지었다. 우리는 차들이 저마다 우스꽝스러운 물놀이 용품을 싣고 지나가는 걸 말없이 지켜봤다. 기린 보트, 코끼리 카누 등등. 이윽고 사라가 입을 열었다.

"동반 조랑말이 뭐야. 굳이 비유가 아니더라도 그래. 네가 진짜 말로 태어났어 봐. 매번 들러리만 하고 주목받을 기회도 영광도 없이…… 그러면 조합이라도 결성해야 해. 동반 조랑말끼리 경마대회를 펼쳐야 한다고."

"새로운 대의명분이 생긴 거야?"

"아니. 내 새로운 대의명분은 성 레니를 팜므파탈로 변신시키는 거지."

사라가 씩 웃었다.

"얼른, 레니. 하겠다고 해줘."

사라의 '얼른, 레니.'에 언니가 떠올라서 나도 모르게 "그래, 알았어."라고 대답하고 말았다.

"너무 노골적이지 않게 할게. 약속해."

"믿고 맡길게."

사라가 깔깔 웃었다.

"그래, 넌 이제 끝났어."

가망 없는 작전이었으나 달리 할 수 있는 것도 없었다. 뭐라도 해야 했다. 사라의 말도 일리가 있었다. 내가 매력적으로 보인다면, 그게 **가능**하다면 손해 볼 것 없지 않은가? 하긴 영화에서 작정하고 유혹할 때 안 넘어가는 경우는 거의 못 봤다. 나는 사라의 전문성과 경험, 열락이라는 개념과 유혹 작전에 따르기로 공식 합의했다.

골이 생겼다. 멜론 두덩이. 빵빵한 뽕브라. 훤한 대낮에 학교 밴드 연습에 가면서 입은 초미니 검정 원피스 속에서 불룩 튀어나온 가슴. 자꾸 아래를 내려다보게 됐다. 이런 게 풍만한 느낌인가? 내 말라깽이 같은 몸에 확실히 곡선미가 생겼다. 어떻게 브래지어로 이렇게 되지? 물리학자들이여 주목하라. 물질은 무에서 탄생할 수 있다. 어디 그뿐이랴, 구두 굽 덕분에 내 키는 2미터쯤 되고 입술은 석류처럼 붉었다.

사라와 나는 일단 음악실 옆 교실에 몸을 숨겼다.

"사라, 이게 맞는 걸까?"

어쩌다 내가 시트콤 〈왈가닥 루시〉에 나오는 에피소드를 답습하게 되었을까.

"내 평생 이보다 더 확신할 순 없어. 어떤 남자도 너에게 저항할 수 없을 거야. 제임스 선생님은 좀 걱정되긴 하지만."

"좋아. 가보자."

내가 말했다.

복도로 나서면서 나는 다른 사람에 빙의했다. 영화 속 누군가에. 뿌연 담배 연기로 가득한 의미심장하고 매혹적인 프랑스 흑백 영화 속 주인공에. 나는 지금 소녀가 아니라 여인이다. 한 남자를 유혹할 거다. 대체 뭐라는 거야? 식겁한 나는 되돌아서 교실로 뛰어 들어갔다. 내 신부 들러리 사라가 뒤따라왔다.

"레니, 얼른."

사라가 으름장을 놓았다.

또다. **레니, 얼른.** 나는 다시 용기를 냈다. 이번에는 언니를 떠올렸다. 길을 자신의 무대로 만드는 당당한 걸음걸이를. 어느새 나는 음악실 문을 자연스럽게 통과했다.

조가 없다는 것을 바로 알아차렸지만 연습이 시작되기까지는 아직 15초 정도 남아있었다. 조는 원래 일찍 도착하는 편이지만 뭔가 사정이 있을 수도 있다.

14초, 사라가 옳았다. 남자애들이 전부 나를 신기한 팝업 북처럼 바라봤다. 레이철은 클라리넷을 떨어뜨릴 뻔했다.

13초, 12초, 11초, 제임스 선생님이 두 팔을 펼치며 호들갑스럽게 찬사를 보냈다.

"레니, 오늘 아주 멋지구나!"

나는 엉거주춤 내 자리에 앉았다.

10초, 9초, 나는 클라리넷을 조립했다. 마우스피스에 립스틱을 문대고 싶지 않았지만, 별수 없었다.

8초, 7초, 튜닝.

6초, 5초, 계속 튜닝.

4초, 3초, 뒤를 돌아봤다. 사라는 고개를 가로저으며 입 모양으로 **이건 말도 안 돼**라고 말했다.

2초, 1초, 설마가 현실이 되었다.

"자, 시작하자. 유감스럽게도 우리는 이번 축제 공연에서 유일한 트럼펫 연주자를 잃었다. 조는 자기 형들과 협연하기로 했다. 연필들 꺼내라. 몇 군데 수정사항이 있으니까."

나는 두 손 위로 한껏 치장한 얼굴을 떨구었다. 레이철의 목소리가 들렸다.

"오르지 못할 나무라고 했잖아, 레니."

제28장

자신이 죽었다는 걸 깨달은 소녀가 있었다.

소녀는 천국에서 아래를 굽어보다가

저 고향 땅 지구에서 동생이

자신을 너무나 그리워하고

너무나 슬퍼하는 걸 보고

순리를 거슬러

몇몇 길을 건너고

손에 쥐고 있던 몇몇 순간들을

살짝 흔들어

산 자들의 세계에

주사위처럼 던졌다.

효험이 있었다.

기타를 멘 소녀이

동생과 부딪쳤다.

"자, 레니."

소녀가 속삭였다.

"나머지는 네게 달렸어."

: 전단지 뒷면에 쓰임, 시내 보도에서 발견

"포스가 함께하길."

사라가 내 등을 떠밀며 말했다. 나는 검정 미니 드레스에 통굽 구두, 빵빵한 뽕브라 차림으로 언덕 위의 폰테인가로 향했다. 오르막길을 걷는 내내 중얼중얼 주문을 외웠다. **나는 내 이야기의 주인공이다. 내가 원하는 방향으로 펼쳐나갈 수 있다. 나는 솔로 아티스트다. 경주마다.** 그래, 그리 멀쩡해 보이지 않는다는 건 알지만 그렇게 한발 한발 내딛다 보니 15분 뒤 나는 메종 폰테인을 올려다보고 있었다. 사방에서 여름풀이 바스락거리고 숨은 곤충들이 윙윙 울었다. 그러고 보니 레이철은 내가 조와 어그러진 걸 어떻게 알았지?

진입로에 이르니 온통 검은색으로 차려입은 백발의 번개 머리 남자가 광신도처럼 두 팔을 번쩍 들고 마주한 여자에게 프랑스어로 뭐라고 소리치고 있었다. 검정 드레스를 (나와 달리) 맵시 있게 입은 우아한 여자도 남자 못지않게 성을 내며 영어로 되받아쳤다. 두 흑표범 곁을 지나가고 싶은 마음은 추호도 없었기에 나는 집터를 에돌아 마당 바로 너머에 왕처럼 군림하는 거대한 버드나무 밑으로 숨어들었다. 잎사귀들이 녹색 야회복처럼 은은하게 반짝이며 고목의 줄기와 기둥 주위를 내리덮었다. 나에게는 두꺼운 휘장에 가린 너구리굴이나 다름없었다.

각오를 다잡을 시간이 필요했다. 초록빛으로 빛나는 나의 새

은신처에서 서성이며 조에게 뭐라고 말할지 머리를 굴렸다. 사라와 내가 사이좋게 깜빡한 핵심이었다.

그때였다. 클라리넷 소리가 집 밖으로 흘러나왔다. 조가 내게 써준 곡이었다. 심장이 희망차게 공중제비를 했다. 나는 버드나무에 인접한 메종 폰테인의 옆벽으로 가 잎사귀 장막 뒤로 몸을 숨긴 채 발끝으로 서서 열린 창문을 슬쩍 엿봤다. 거실에서 베이스 클라리넷을 불고 있는 조의 모습이 언뜻 보였다.

그렇게 내 스파이 짓의 막이 올랐다.

나는 속으로 중얼거렸다. 이 곡이 끝나는 대로 초인종을 누르고 응분의 벌을 달게 받자고. 하지만 조는 곡을 연달아 반복했고 어느새 나는 등을 벽에 기댄 채 그 멋진 음악을 들으며 사라가 쥐여준 조그만 가방에서 펜과 종이 한 조각을 찾아 시를 휘갈겨 쓴 다음 땅에 나뭇가지로 꽂았다. 음악에 도취해 다시 그 입맞춤 속으로 빠져들었다. 달콤한 빗물을 나눠 마시던 그 입술―.

더그프레드의 짜증 난 목소리가 산통을 깼다.

"야, 진짜 너 때문에 돌아버리겠다. 어쩜 이틀 내내 같은 곡만 불어대냐. 더는 못 참아. 우리 다 널 따라 줄줄이 다리에서 뛰어내릴 판이야. 그냥 개랑 얘기해 보라니까?"

나는 벌떡 일어나 창가에 바싹 붙었다. 숙녀로 변신한 꼬마 스파이 해리가 따로 없었다. **제발 얘기해 보겠다고 해.** 나는 조를 향해 텔레파시를 보냈다.

"절대 안 해."

조가 말했다.

"조, 궁상떨지 좀 말고……."

기칠고 갈라진 조의 목소리가 들렸다.

"내가 **진짜** 머저리지. 갠 내내 날 속였어……. 제너비브랑 똑같이, 아빠가 엄마한테 하던 거랑 똑같이……."

으으윽. 망했다.

"그건 그거고. 애정사는 원래 복잡한 거야, 인마."

할렐루야, 더그프레드.

"나한텐 아니야."

"트럼펫이나 가져와. 연습하게."

나는 여전히 나무 아래 숨어 조, 마커스, 더그프레드가 연습하는 것을 들었다. 연습은 이런 식으로 흘러갔다. 세 소절 후 전화벨, 마커스: **안녕, 에이미.** 5분 후 다시 전화벨, 마커스: **안녕, 소피.** 뒤이어 더그프레드: **안녕, 클로이.** 15분 뒤: **안녕, 니콜.** 이 집 남자들은 클로버 암고양이들의 캣닢이나 다름없었다. 그러고 보니 지난번에 놀러 왔을 때도 집 전화벨이 꽤 자주 울렸다. 결국 참다못한 조가 말했다. **휴대폰들 꺼. 이러다 한 곡도 못 끝내겠어.** 하지만 그렇게 말하자마자 자기 전화벨이 울려서 형들이 깔깔 웃었다. **안녕, 레이철.** 그게 결정적 한 방이었다. **'안녕, 레이철.'** 마치 예상했다는, 심지어 기다렸다는 듯이 반가운 목소리로.

성 빌제포르타를 떠올렸다. 아름다운 얼굴로 잠들었다가 깨어나니 수염이 덥수룩하게 자라 있었다는 성녀. 나는 레이철에게도 그런 신의 은총이 내리길 기원했다. 당장 오늘 밤에.

그때 들렸다. **네 말이 맞았어. 그 투바의 스로트 싱잉 정말 대단하더라.**

살려줘.

좋아, 진정해, 레니. 그만 서성거려. 조가 레이철 브라질에게 눈웃음을 날리는 상상을 멈추라고! 레이철에게 미소 짓고, 키스하고, 하늘의 일부가 된 것처럼 느끼게 하고…… **내가 대체 무슨 짓을 한 거지?** 나는 햇살이 얄랑거리는 나뭇잎 우산 아래 잔디에 벌러덩 누웠다. 겨우 전화 한 통에 이렇게 나가떨어지다니. 내가 토비와 키스하는 걸 봤을 때 조는 어떤 심정이었을까?

돌이킬 수 없는 짓을 저질렀다. 달리 표현할 말이 없었다.

달리 표현할 수 없는 건 그뿐만이 아니었다. 나는 사랑에 지독히 빠졌다. 그 사실이 무슨 사이코 오페라처럼 내 안에서 꽝꽝 울려댔다.

하지만 조가 레이철 **우라질**에게 간다?

이성적으로, 논리적으로 생각하자. 레이철이 조에게 전화할 만한 순수한 이유를 전부 떠올려 보자. 그러나 아무리 애를 써도 떠오르는 것은 하나도 없었다. 그러다 보니 트럭 한 대가 다가오는 소리도, 차 문을 탁 닫는 소리도 한 박자 늦게 자각했다. 나는 벌떡 일어나 나뭇잎 커튼 사이로 밖을 살피다가 현관문으로 걸어가는 토비를 보고 기절할 뻔했다. 미친?! 토비는 망설이다가 심호흡을 하고 초인종을 눌렀다. 잠시 기다렸다가 또 한 번 눌렀다. 몇 걸음 뒤로 가서 음악이 터져 나오는 거실을 들여다보고는 문을 쿵쿵 두드렸다. 음악이 멈추고 발소리가 났다. 이윽고 문이 열리자 토비가 "조 있어?"라고 물었다.

꿀꺽.

거실에서 조의 목소리가 튀어나왔다.

"왜 또 왔대? 어제도 말했잖아. 얘기하기 싫다니까."

마커스가 거실로 돌아갔다.

"무슨 얘긴지 들어나 봐."

"싫어."

하지만 이내 조는 문으로 갔는지 뭐라고 웅얼대는 소리가 들렸다. 토비의 입도 움직였으나 너무 작은 소리로 얘기해서 알아들을 수는 없었다.

다음 일은 딱히 계획한 게 아니었다. 그냥 일어났다. 그저 내

이야기가 어쩌고, 경주마가 어쩌고 하는 주문을 다시금 머릿속으로 중얼거리다 보니 이제 무슨 일이 벌어지든, 결과가 좋든 나쁘든, 더는 나무 아래 숨어있고 싶지 않았다. 나는 모든 용기를 끌어모아 나뭇잎 커튼을 가르고 나왔다.

맨 먼저 눈에 들어온 것은 하늘이었다. 한없이 푸른 하늘과 찬란한 흰 구름은 내게 눈이 달려있음을 감사하게 했다. 이런 하늘 아래 뭔가 잘못될 리는 없다. 나는 통굽에 휘청이지 않으려고 애쓰며 잔디를 가로질렀다. 폰테인 흑표범 한 쌍은 보이지 않았다. 헛간으로 자리를 옮겨 으르렁대고 있을지도 모른다. 내 발소리를 들었는지 토비가 뒤돌아봤다.

"레니?"

문이 활짝 열리더니 폰테인 삼형제가 마치 좁은 차 안에 갇혀 있던 것처럼 쏟아져 나왔다.

마커스가 먼저 입을 열었다.

"바바바밤."

조의 입이 떡 벌어졌다.

그건 토비도 마찬가지였다.

"헐."

더그프레드가 예의 그 무섭도록 환한 얼굴로 감탄사를 내뱉었다. 네 사람은 오리 떼처럼 일렬로 입을 헤 벌렸다. 나는 그제야 불현듯 내 짧은 원피스와 빵빵한 가슴과 마구 풀어헤친 머리와 시뻘건 입술을 자각했다. 부끄러워 죽을 것 같았다. 두 팔로 온몸을 감싸고 싶었다. 내 남은 평생 팜므파탈 따위는 다른 팜므에게 도맡기리라. 도망치고 싶은 마음이 굴뚝 같았지만 내가 원피스인 척하는 이 작은 천 조각을 입고 숲속으로 내빼는 동안 다들 내 엉덩이를 쳐다보는 상황은 더 끔찍했다. 그런데 잠깐……. 나는 그 얼빠진 얼굴들을 하나씩 흘깃했다. 설마 사라 말이 맞았나? 이게 진짜 먹히나? 남자들이 이렇게 단순하다고?

"아주 화끈한데? 존 레넌."

마커스가 흥겹게 외쳤다.

조가 마커스를 핵 노려봤다.

"닥쳐, 마커스."

조는 평정과 함께 분노를 되찾았다. 그럼 그렇지. 적어도 조는 그렇게 단순하지 않았다. 그 즉시 알아챘다. 이 작전이 아주 꽝이었다는 걸.

"둘 다 머리가 어떻게 된 거 아니야?"

조가 양팔을 들어 자기 아빠의 광신도적 몸짓을 완벽히 재현하며 토비와 나에게 말했다.

조는 자기 형들과 토비를 지나 현관 입구 계단에서 뛰어내려 내게 곧장 다가왔다. 분노의 냄새가 느껴질 만큼 가까웠다.

"설마 몰라? 네가 무슨 짓을 했는지? 이미 끝났어, 레니. 우린 끝이라고."

조의 아름다운 입술, 내게 키스하고 내 머리칼에 대고 속삭였던 그 입술이 이제 뒤틀리고 일그러져 듣기 싫은 말을 쏟아냈다. 내가 딛고 선 땅이 기우뚱했다. 설마 이렇게 기절할 수도 있나?

"진심으로 하는 말이니까 새겨들어. 이미 망했어. **전부 다.**"

수치스러웠다. 사라를 죽일 것이다. 그리고 동반 조랑말처럼 순순히 따른 나 자신도. 안 먹히는 게 당연했다. 내가 이 어처구니없이 작은 원피스에 날 욱여넣었다고 해서 조가 그 거대한 배신감을 내던질 리가 있겠는가. 어쩜 이렇게 멍청할 수 있지?

그리고 문득 깨달았다. 내가 내 이야기의 작가라면, 다른 이들도 각자 자기 이야기를 펼치는 작가라는 걸. 그렇다면 종종, 바로 지금처럼, 생판 다른 이야기를 쓰고 있을 수도 있다는 걸.

조가 내게서 멀어지고 있었다. 여섯 쌍의 눈과 귀가 우릴 지켜보고 있다는 사실은 아무래도 좋았다. 이렇게 말 한마디 못 하고, 해명할 기회 한 번 얻지 못하고, 내 마음을 온전히 보여주지 못하고 조를 보낼 수는 없었다. 나는 황급히 조의 티셔츠 밑단을 움켜쥐었다. 조는 내 손을 쳐내고 나와 눈을 마주쳤다. 내 눈에서 뭘 읽었는지 기세가 약간 누그러졌다.

날 바라보는 얼굴에서 분노가 한 꺼풀 떨어져 나갔다. 그것이 없으니 조는 풀죽은 아이처럼 불안하고 연약해 보였다. 애처로웠다. 어여쁜 얼굴을 어루만지고 싶었다. 시선을 내리자 조의 떨리는 두 손이 눈에 들어왔다.

나는 전신이 떨렸다.

조는 내가 입을 열길 기다리고 있었다. 하지만 내가 꺼내야 할 완벽한 말은 다른 여자애 안에 있는 모양이었다. 적어도 내 안에는 없으니까. 내 안에는 아무것도 없었다.

"미안해."

내가 겨우 내뱉었다.

"상관없어."

조의 목소리가 약간 갈라졌다. 조는 땅바닥을 내려다봤다. 나도 그 시선을 따라 청바지 밑으로 삐죽 나온 조의 맨발을 바라보았다. 원숭이처럼 길고 마른 발가락을. 그러고 보니 신발이나 양말을 벗은 조의 발은 처음 봤다. 유인원을 닮은 그 발가락은 피아노를 칠 수 있을 만큼 길었다.

"네 발."

나도 모르게 내뱉었다.

"처음 봤어."

내 뜬금없는 말이 우리 사이를 맴돌았다. 순간적으로 나는 조가 웃고 싶어 한다는 걸, 이토록 심각한 순간에 그토록 실없는 말을 내뱉은 나를 끌어당겨 안고 실컷 놀리고 싶어 한다는 걸 느꼈다. 얼굴에 다 쓰여있었다. 하지만 쓰인 속도만큼 빠르게 지워졌다. 남은 것은 크나큰 상처가 깃든 눈과 웃음기 하나 없는 입매가 다였다. 조는 결코 나를 용서하지 않을 것이다.

나는 지구상에서 가장 밝은 사람에게서 기쁨을 빼앗었다.

"미안해. 나는……."

"제발 그만 좀 해."

조가 두 손을 광란의 박쥐 떼처럼 정신 사납게 내저었다. 내가 분노에 다시 불을 붙인 것이다.

"네가 미안하다는 건 내게 아무 의미 없어. 그저 이해가 안 될 뿐이니까."

조는 한마디도 더 듣고 싶지 않다는 듯 홱 등을 돌려 집 안으로 뛰어 들어갔다.

마커스가 고개를 가로저으며 한숨을 내쉬고는 더그프레드를 끌고 조를 따라 들어갔다.

나는 그 자리에 우두커니 서서 조가 남긴 말에 치지직 타들어 갔다. 이 작은 원피스에 높은 힐을 장착하고 여기까지 올라온 게 얼마나 정신 나간 짓이었나 되새기면서. 입술을 문질러 자기기만의 주문을 지웠다. 스스로가 혐오스러웠다. 나는 조에게 용서를 구하지도, 해명하지도 않았다. 널 만난 게 내 평생 가장 멋진 일이라는 말도, 네가 나의 유일한 사랑이라는 말도 하지 않았다. 그 대신 꺼낸 게 발 얘기였다. **발.**

정신적 압박에 질식할 수도 있을까? 하필 그 순간 '**안녕, 레이철**'까지 떠올랐다. 질투가 화염병처럼 날아와 내 암담한 마음을 초토화했다.

엽서에 나올 법한 하늘에 힘껏 발길질하고 싶었다.

자아비판에 너무 골몰한 나머지 토비가 "까다로운 친구네."라고 말하고서야 토비가 있다는 걸 인식했다.

고개를 들었다. 토비는 현관 계단에 걸터앉아 두 팔로 상체를 지탱한 채 두 다리를 툭 내뻗었다. 목장에서 바로 왔는지 평소의 보드용 넝마가 아니라 진흙 묻은 청바지에 부츠, 버튼다운 셔츠 차림이었다. 카우보이모자만 있다면 말보로 광고를 찍어도 손색없는 모습이었다. 언니의 심장을 훔쳤을 때와 같은 모습이었다. 언니의 혁명가.

"어제는 기타로 얻어맞을 뻔했어. 이만하면 진전이 있는 거겠지."

토비가 덧붙였다.

"토비, 여긴 왜 왔어?"

"넌 나무에 숨어서 뭐 하던 거야?"

토비가 턱짓으로 내 뒤의 버드나무를 가리키며 되물었다.

"속죄하려고."

내가 말했다.

"나도야."

토비가 벌떡 일어나며 말했다.

"다만 너한테. 걔한테는 자초지종을 설명하려고 했어."

나는 그 말에 놀랐다.

"데려다줄게."

나는 군말 없이 토비의 트럭에 올라탔다. 속에서 치받는 메스꺼움을 참기 힘들었다. 사랑의 역사에서 단연 최악의 유혹 실패담이었다. 윽. 게다가 나는 조가 창문으로 우릴 지켜보고 있다고 확신했다. 조의 머릿속을 채운 불신은 내가 토비의 차를 타고 떠나면서 아예 절절 끓을 것이다.

"그래서, 조한테 뭐라고 말했는데?"

폰테인 영토를 벗어나자 나는 토비에게 물었다.

"글쎄, 어제 했던 세 마디와 오늘 한 열 마디쯤을 종합하자면, 너에게 한 번 더 기회를 주라고, 우리 사이에 그런 감정은 없다고, 우린 그저 너무 망가졌을 뿐이라고……."

"와, 그거 괜찮네. 참견이 좀 지나치긴 한데, 나쁘지 않아."

토비가 잠시 나를 물끄러미 바라보다 차도로 눈을 돌렸다.

"그날 밤 빗속에서 둘을 봤어. 내 눈에도 보였거든. 네가 걔를 얼마나 좋아하는지."

토비의 목소리는 내가 해독할 수도, 굳이 해독하고 싶지도 않은 감정으로 일렁였다.

"고마워."

나는 삭게 말했다. 토비가 그 모든 일에도 불구하고, 그 모든 일 때문에 이렇게까지 했다는 데 감동했다.

토비는 묵묵히 전방의 해를 보고 운전했다. 마구 쏟아지는 햇살이 길 위의 모든 것을 지워버렸다. 트럭이 가로수 사이를 가르는 동안 나는 언니가 자주 그랬듯이 창밖으로 손을 내밀어 바람을 잡으려 했다. 언니가 그리웠다. 언니의 곁을 맴돌던 소녀가 그리웠다. 예전의 우리 모두가 그리웠다. 이제 다시는 그때의 우리로 돌아갈 수 없다. 언니가 다 데려갔다.

토비가 운전대를 초조하게 두드려댔다. 멈추지 않고, 툭툭툭.

"왜 그래?"

토비는 두 손으로 운전대를 꽉 잡았다.

"난 아직도 베일리를 너무 사랑해. 그 무엇보다."

토비의 목소리가 갈라졌다.

"토비, 나도 알아."

내가 이 엉망진창 속에서 유일하게 아는 바는 우리 사이의 일이 언니를 너무 많이 사랑해서이지, 덜 사랑해서 벌어진 일은 아니라는 것이다.

"알아."

내가 되풀이했다.

토비는 고개를 끄덕였다.

그때 생각했다. 언니는 우리 둘을 너무 사랑했다. 토비와 나는 언니의 심장을 거의 반으로 나눠 가졌다. 아마 그래서일지도 모른다. 우리가 함께 시도했던 것은 어쩌면 언니의 심장을 되돌리기 위한 몸부림이었을지도 모른다.

토비가 집 앞에 트럭을 세웠다. 태양이 차창으로 흘러들어와 우릴 빛으로 휘감았다. 창밖을 내다보자 언니가 현관에서 뛰쳐나와 내가 앉은 바로 이 조수석으로 뛰어드는 모습이 눈에 선했다. 이상했다. 내게서 언니를 빼앗은 토비를 오래도록 원망했는데, 이제는 토비가 내게 언니를 되돌려줄 유일한 사람처럼 느껴졌다.

차 문을 열고 한쪽 발을 땅에 디뎠을 때였다.

"레니."

나는 고개를 돌렸다.

"너라면 걔 마음을 돌릴 수 있을 거야."

토비가 따스하고 진심 어린 미소를 지으며 운전대에 머리를 기댔다.

"지금은 혼자 있고 싶을 것 같은데. 혹시 뭐라도 필요하면 불러, 알았지?"

"너도."

목이 메 간신히 대꾸했다.

언니를 향해 언합한 사랑이 우리 둘 사이에서 파르르 떨렸다. 그것은 마치 살아있는 생물 같았다. 비상을 꿈꾸는 작은 새의 날갯짓만큼 연약하고도 절실했다. 두 사람분의 마음이 아팠다.

"보드 위험하게 타지 말고."

"안 그럴게."

"그래."

나는 트럭에서 빠져나와 차 문을 닫고 집으로 향했다.

제29장

가끔 사라가 자기 엄마와

포정으로 얘기하는 걸 볼 때면

내 인생을

탁자처럼 엎어버리고 싶었다.

속으로 그렇게 생각하지 말자고,

나는 행운아라고 되뇌었다.

내게는 언니가 있고

할머니와 삼촌이 있고

클라리넷과 책, 강과 하늘이 있다고,

내게도 엄마가 있다고 되뇌었다.

그저 다른 이의 눈에는 안 보이고

언니와 내 눈에만 보일 뿐.

: 지역 신문 귀퉁이에 쓰임, 마리아 이탈리안 델리 야외 벤치 아래에서 발견

페미니즘 학회가 오늘 오후라서 사라는 주립대에 갔다. 따라서 '안녕, 레이철'로 장식된 유혹 작전 대실패를 탓할 사람은 나뿐이었다. 나는 사라에게 그놈의 **주이상스** 때문에 수치스러워 돌아가실 뻔했다고, 이제 최후의 기적만 기다리는 처지라고 메시지를 보냈다.

　　집은 조용했다. 할머니는 외출한 모양이었다. 안타까웠다. 아주 오랜만에 처음으로 할머니와 부엌 식탁에 마주 앉아 차를 마시고 싶었으니까. 그 외에는 아무 의욕도 안 생겼다.

　　성소에 올라가 조와의 일을 곱씹어 보려고 했다. 하지만 방 안에 있으면 지난 밤 밀봉한 상자들이 자꾸 눈에 들어왔다. 보고 있기 괴로웠다. 나는 우스꽝스러운 외출복을 갈아입고서 상자들을 들고 다락으로 갔다.

　　몇 년 만에 찾은 다락이었다. 갇힌 열기의 탁한 냄새와 희박한 공기가 왠지 무덤 같아서 싫었다. 버려지고 잊힌 것들로 가득 차 있는 풍경도 퍽 서글펐다. 나는 생명력 없는 잡동사니를 둘러보며 언니의 물건들을 여기 둘 생각에 허탈해졌다. 내가 정리를 몇 달째 미루고 있던 가장 큰 이유였다. 심호흡하고 주위를 둘러봤다. 하나뿐인 창문 곁에는 상자들과 장식품들이 쌓여있었지만 언니의 물건들은 적어도 매일 해가 스며드는 곳에 두고 싶었다.

　　부서진 가구, 상자, 오래된 캔버스로 이뤄진 장애물 코스를 뚫고 나아갔다. 일단 상자 몇 개만 치우고 창문을 조금 열자 강물 소리가 들렸다. 오후의 산들바람을 타고 장미와 재스민의 희미한 향기가 흘러들어 왔다. 창문을 활짝 열고 낡은 책상 위로 올라가 창밖으로 머리를 내밀었다. 하늘은 여전히 장관이었다. 이 순간 조도 하늘을 올려다보고 있었으면 했다. 내 안 어디를 둘러봐도 마주치게 되는 것은 조를 향해 더욱더 깊어지는 사랑, 조의 다정함과 조의 분노였다. 내 안의 조가 너무나 생생해서 나는 온 세상을 와작 베어 물 수 있을 것만 같았다. 아까 조의 말을 놓치지 않고 되받아쳤다면 좋았을 텐데. **아니, 알아! 네 전 생애를 통틀어 나만큼 널 사랑할 사람은 없다는 걸, 내 마음은 하나이고 오직 너한테만 줄 수 있다는 걸.** 이게 내 진심이었다. 하지만 불행히도 빅토리아 시대 문학 밖에서는 아무도 이렇게 말하지 않는다.

나는 하늘에 담갔던 머리를 꺼내 답답한 다락방으로 돌아왔다. 눈이 다시 서서히 어둠에 적응했다. 다시 봐도 언니의 물건을 놓을 자리는 이곳뿐이었다. 나는 쌓여있던 잡동사니를 뒷벽 선반으로 옮기기 시작했다. 여러 번 왕복 끝에 마지막 남은 신발 상자에 손을 뻗었다. 뚜껑이 툭 열렸다. 편지가 가득했다. 모두 빅 삼촌이 받은 연애편지들인 듯했다. 나는 '이디'에게서 온 엽서 한 장을 훔쳐봤지만 더는 염탐하지 않기로 했다. 더 이상의 업보는 사절이었다. 뚜껑을 도로 덮어 상자를 선반 하단의 남은 공간에 넣었다. 그 뒤편에 옛 편지함이 눈에 들어왔다. 반들반들한 나무로 된 보관함이었다. 이런 골동품이 할머니의 다른 보물들과 함께 아래층에 있지 않고 왜 여기 있나 싶었다. 진열장에 들어가야 할 장식품처럼 보였다. 나는 그것을 꺼내 들었다. 마호가니 표면에는 질주하는 말들이 고리 모양으로 새겨져 있었다. 왜 이 함은 이 선반에 있는 다른 것들처럼 먼지가 쌓여있지 않을까? 뚜껑을 열어보니 접힌 쪽지가 가득했다. 할머니의 민트색 편지지였다. 편지도 많았다. 제자리에 돌려놓으려는데 봉투 겉면에 할머니의 세심한 글씨체로 쓴 **페이지**라는 이름이 눈에 띄었다. 나는 봉투들을 하나씩 훑었다. 모두 **페이지**라는 이름이 연도와 함께 적혀있었다. 할머니가 엄마에게 편지를 쓴다고? 매년? 게다가 이 많은 쪽지들은? 봉투는 모두 밀봉되어 있었다. 편지함을 제자리에 둬야 한다는 걸 알았지만, 지극히 사적인 영역이라는 걸 알았지만, 궁금해서 참을 수 없었다. 그냥 업보를 치르자. 나는 쪽지 하나를 펼쳐 보았다.

아가,
라일락이 만개하자마자 너에게 편지를 쓴다. 매번 하는 말이지만 네가 떠난 후로 꽃들이 그리 활짝 피지 않아. 아주 까다로워. 아마 너처럼 사랑해 주는 이가 없어서 그런가 봐. 어쩜 그러지? 난 매년 봄이면 아침에 깰 때마다 혹시 애들이 화원에서 자고 있지 않을까 기대해. 네가 그랬듯이. 내가 그 모습을 얼마나 좋아했는지 아니? 문을 열고 나가면 라일락과 장미 사이에 파묻혀 잠든 네가 있었지. 나는 감히 그 이미지를 화폭에 옮기려고 시도조차 한 적 없다. 앞으로도 쭉 그럴 거야. 내 손으로 망치고 싶지 않거든.

엄마가.

와. 우리 엄마는 라일락을 좋아한다. **엄청나게 좋아한다.** 그래, 맞다. 라일락은 누구나 좋아한다. 하지만 우리 엄마는 봄이면 밤마다 할머니의 화원에서 잘 정도로 열렬히 좋아했다. 얼마든지 창밖으로 만개한 꽃을 볼 수 있다는 걸 알면서도 못 참고 달려 나갈 만큼 광적으로 좋아한 것이다. 자기 이불을 챙겨 갔을까? 침낭이라도? 설마 아무것도 없이? 다들 자고 있을 때 몰래 빠져나갔을까? 내 나이 때도 그랬을까? 나처럼 누워서 하늘을 올려다보는 걸 좋아했을까? 나는 더 알고 싶었다. 마치 처음 엄마를 만난 것처럼 흥분되고 어지러웠다. 나는 상자에 걸터앉아 진정하려고 했다. 할 수 없었다. 나는 다음 쪽지를 집어 들었다.

잣 대신 호두로 만든 페스토 소스 기억나니? 호두 말고 피칸으로 시도해 봤는데 어땠게? 훨씬 맛있더라. 여기 레시피란다.

신선한 바질 잎 2컵

올리브유 2/3컵

구운 피칸 1/2컵

갓 간 파르메산 치즈 1/3컵

으깬 마늘 2쪽

소금 1/2 티스푼

엄마는 페스토 소스를 호두로 만든다! 이건 라일락 옆에서 잔다는 사실보다 더 마음에 들었다. 인간적이니까. **저녁으로 페스토가 들어간 파스타를 좀 만들어 볼까?** 엄마가 주방을 돌아다닌다. 엄마가 호두와 바질, 올리브유를 믹서기에 넣고 간다. 엄마가 파스타 삶을 물을 끓인다! 언니에게 말해줘야 했다. 창문을 열고 소리치고 싶었다. **우리 엄마가 파스타를 삶으려고 물을 끓였대!** 당장 말할래. 언니에게 말할래. 나는 창가로 가서 책상 위에 올라가 머리를 내밀고 하늘을 향해 내가 방금 알아낸 사실들을 외쳤다. 어지러웠다. 그래, 나는 지금 제 나무에서 살짝 벗어났다. 다시 꾸물꾸물 책상에서 내려왔다. 부디 내가 파스타와 라일락에 대해 소리 지른 것을 아무도 못 들었길 바랐다. 심호흡했다. 다른 쪽지를 펼쳤다.

페이지,

네가 한동안 뿌리던 향수를 뿌려봤다. 네가 햇살 향이라고 했던 그 향수. 그런데 향이 다 변해버렸더구나. 이제야 너를 완전히 잃은 것 같다.

그렇게 생각하니 견딜 수 없다.

엄마가.

아.

어째서 할머니는 우리 엄마가 햇살 향이 나는 향수를 썼다는 사실을 우리에게 말하지 않았을까? 봄이면 화원에서 잤다는 사실은? 호두로 페스토를 만들었다는 사실은? 왜 할머니는 이렇게 생생한 엄마를 우리에게서 떼어놓았을까? 하지만 질문을 하자마자 답을 깨달았다. 불현듯 온몸에 돌던 피가 멈추고 그 대신 라일락을 좋아하는 엄마를 향한 그리움이 용솟음쳤기 때문이다. 세상을 유랑하는 페이지 워커에게서는 한 번도 느껴보지 못한 그리움이었다. 나는 탐험가 페이지 워커의 딸보다 파스타 삶을 물을 끓이는 엄마의 딸 같았다. 그런데 내가 딸이라고 당당히 말할 수 있는가? 딸이라면 마땅히 엄마에게 사랑받아야 하는 존재 아닌가?

그것은 솟구치는 그리움보다 더 견디기 힘들었다. 파스타 삶을 물을 끓이는 엄마가 어떻게 어린 두 딸을 두고 떠날 수 있는가?

엄마란 사람이 어떻게?

나는 뚜껑을 닫은 편지함을 다시 선반에 밀어 넣고 서둘러 언니의 상자를 창가에 쌓아놓은 뒤 계단을 내려가 텅 빈 집으로 돌아갔다.

제30장

언니의 사랑방식은 이게 최상이다. 내가 떨어져가는 그걸 막을 아무것도 없다.

: 테이크아웃 컵에 쓰임, 오래된 삼나무 숲 수풀에서 발견

다음 며칠은 느리고 괴롭게 흘러갔다. 나는 밴드 연습을 건너뛰고 성소에만 갇혀있었다. 조 폰테인은 한 번도 찾아오거나 전화하거나 문자하거나 이메일을 보내거나 비행기로 공중 문자를

쓰거나 모스부호를 보내거나 텔레파시를 보내지 않았다. 아무 소식도 없었다. 나는 조와 '**안녕, 레이철**'이 파리에서 살림을 차렸다고 거의 확신했다. 둘은 초콜릿과 음악, 레드와인을 실컷 즐기고 있을 것이다. 내가 지금처럼 창가에 앉아 텅 빈 길을 내려다보는 동안. 더는 누군가가 한 손에 기타를 들고 신나게 달려오지 않는 길을.

페이지 워커가 라일락을 좋아했고 냄비에 물을 끓였다는 사실은 시간이 갈수록 지난 16년간의 근거 없는 믿음을 지워내는 독특한 효과를 발휘했다. 그 뒤에는 하나의 명제만 남았다. 엄마는 우릴 버렸다. 달리 표현할 말이 없다. 누가 그런 짓을 해? 립 밴 레니 설이 맞았다. 나는 할머니에게 완전히 세뇌된 채 꿈의 세계에서 살아온 것이다. 우리 엄마는 정신 나간 미치광이였으며 나도 다를 바 없었다. 어떤 멍청이가 그런 터무니없는 이야기를 곧이곧대로 믿겠는가? 며칠 전에 빅 삼촌이 말한 집안 성향 설도 지나치게 순화한 얘기였다. 우리 엄마는 인간관계에 소홀하고 무책임하며 아마 정서적으로 결핍되어 있을 것이다. 영웅에는 조금도 가깝지 않다. 그저 자기 엄마 문간에 젖먹이 둘을 버려두고 **영영 돌아오지 않는** 이기적인 사람일 뿐이다. 그게 바로 엄마의 실체다. 그리고 그게 바로 우리의 실체다. 버림받아 남겨진 두 아이. 다행이라면 언니는 영원히 이런 식으로 생각할

리 없다는 것이다.

그 후로 다락방에는 다시 올라가지 않았다.

아무래도 좋았다. 나는 마법 양탄자를 타고 다니는 엄마에게도 적응한 애였다. 그러니 이 엄마에게도 적응할 수 있다. 안 그런가? 다만 내가 적응할 수 없는 건 따로 있었다. 내 사랑은 깊어져만 가는데 조는 나를 영영 용서하지 않으리라는 생각이었다. 내가 과연 익숙해질 수 있을까? 날 존 레넌이라고 부르는 사람, 하늘이 내 발치에서 시작한다고 느끼게 하는 사람, 순 얼간이처럼 굴어서 내 입에서 '이 얼간이가'라는 말이 튀어나오게 만드는 사람, 내 어둠을 빛으로 바꿔주는 사람이 더는 없다는 현실에?

못 해.

설상가상으로 성소는 날이 갈수록 적막해졌다. 아무리 스피커 볼륨을 올려도, 유혹 작전 실패를 거듭 사과하는 사라와 수다를 떨어도, 심지어 스트라빈스키의 강렬한 선율을 연주해도, 성소는 더욱더 고요해져만 갔다. 고요하고 고요해지다 못해 내 귀에 반복해서 들리는 것은 관이 땅속으로 내려지는 육중한 기계음뿐이었다.

생생하던 언니의 잔상도 날이 갈수록 희미해졌다. 복도에 울리는 구두 소리도, 침대에 드러누워 책을 읽는 모습도, 내 주변에서 거울을 보며 대사를 읊는 모습도 점점 뜸해졌다. 나는 언니가 없는 성소에 익숙해지고 있었다. 그래서 싫었다. 언니의 옷장을 뒤적여도, 셔츠나 원피스에 얼굴을 파묻어도 언니의 냄새가 남은 옷이 하나도 없다는 게 싫었다. 내 잘못이었다. 이제 그 옷들에서는 날 닮은 냄새가 났다.

언니의 휴대폰이 결국 끊겼다는 사실도 싫었다.

이 세상뿐 아니라 내 마음속에서도 나날이 언니의 흔적들이 사라져 가는데, 내가 할 수 있는 일은 아무것도 없었다. 그저 소리도 없고 냄새도 없는 성소에 주저앉아 울 수밖에 없었다.

그렇게 6일째 되던 날, 사라는 내게 비상사태를 선포하고 저녁에 함께 영화를 보러 가겠다는 약속을 받아냈다.

사라는 앙뉘를 몰고 나를 데리러 왔다. 햇볕에 그을린 가슴팍을 훤히 드러낸 검정 탱크톱에 검정 미니스커트를 입고 높디높은 구두를 신었다. 그나마 내가 보기에 실용성을 고려해 추가한 것은 검정 비니 하나였다. 저녁 바람이 무척 쌀쌀했다. 나는 터틀넥에 청바지, 갈색 스웨이드 코트까지 걸쳤다. 우리는 서로 다른 기후권에서 온 한 쌍 같았다.

"안녕!"

내가 앙뉘에 올라타자 사라가 입에 물고 있던 담배를 빼 들고 내 뺨에 입 맞췄다.

"이 영화는 진짜 볼 만할 거야. 지난번에 본 영화 같진 않겠지. 전반부 내내 여자 배우가 의자에 앉아서 고양이만 쓰다듬고 있었잖아. 그 영화는 확실히 난해했어."

사라와 나는 영화 취향이 정반대다. 내가 영화관에 가는 이유는 거대한 팝콘 상자를 안고 어둠 속에 앉아있는 게 좋아서다. 도로 위 추격전을 벌이고, 여자가 남자를 쟁취하고, 약자가 승리하는 내용을 보면서 환호성을 지르거나 눈물을 짜내고 싶어서다. 한편 사라는 그런 뻔한 전개가 우리의 상상력을 오염시킨다며 관람 내내 투덜거리곤 했다. 어느새 우리 뇌가 지배적 패러다임에 물들어 스스로 사고하는 능력을 잃게 될 거라나. 사라의 취향은 국제 독립 영화제 수상작이다. 그 암울한 외국영화들에는 아무 사건도 일어나지 않고 아무 대사도 없으며 아무도 사랑을 되돌려 받지 못한다. 그러고 그냥 끝난다. 오늘 밤도 터무니없이 지루할 게 뻔한 흑백 노르웨이 영화가 기다리고 있었다.

사라가 내 표정을 살피고 울상을 지었다.

"네 얼굴 진짜 못 봐주겠다."

"이번 주는 내내 엉망이었어."

"오늘 밤은 즐거울 거야, 나만 믿어."

사라는 운전대에서 한 손을 떼고 가방을 뒤져 갈색 꾸러미를 꺼냈다.

"영화를 위해 준비했지. 보드카."

사라가 건넨 꾸러미를 받으며 말했다.

"흠, 그렇다면 나는 별수 없이 이 흥미진진한 스릴 만점 흑백 무성 노르웨이 영화를 보다 잠들겠군."

사라가 눈알을 굴렸다.

"무성은 아니거든."

매표소 앞에 줄을 서는 동안 사라는 몸을 덥히려고 폴짝폴짝 뛰었다. 사라는 내게 루크가 페미니즘 학회에서 유일한 남자였음에도 놀라울 만큼 잘 버텼으며 자기에게 음악에 관해 질문까지 하게 만들었다고 했다. 폴짝대면서 말하는 중간에 사라의 눈이 크게 벌어졌다. 곧 아무 일도 없었다는 듯이 말을 이어갔지만 내 눈은 못 속였다. 고개를 돌려 보니 길 건너편에 조가 레이철과 함께 있었다.

둘은 신호등이 바뀐 것도 모른 채 대화에 푹 빠져있었다.

길이나 건너! 그대로 사랑에 빠지기 전에 어서 건너라고! 나는 둘을 향해 소리치고 싶었다. 정말 그렇게 되고 말 것 같아서 초조했다. 조는 이야기하면서 레이철의 팔을 가볍게 잡았다. 분명 파리에 관한 얘기겠지. 레이철 위로 햇살처럼 쏟아지는 미소를 보자 나는 나무처럼 쓰러질 것 같았다.

"그냥 가자."

"그래."

이미 사라는 열쇠를 찾아 가방 안을 뒤적이며 차 쪽으로 걸어가고 있었다. 그 뒤를 따라가다 돌아봤을 때, 조와 눈이 정면으로 마주쳤다. 사라가 지워졌다. 레이철도 지워졌다. 줄 서있던 사람들도 모두 지워졌다. 차, 나무, 빌딩, 땅, 그리고 하늘마저 지워진 텅 빈 곳에서 조와 나만 서로를 바라보고 있었다. 조는 웃지 않았다. 굳은 표정이었다. 하지만 나는 차마 눈길을 돌릴 수 없었다. 조도 마찬가지인 듯했다. 시간이 너무 느려져서 서로에게서 눈을 떼는 순간 폭삭 늙어버릴 것 같았다. 우리의 전 생애가 고작 몇 번의 키스로 끝날 것 같았다. 그리움에 머리가 어지러웠다. 이렇게 보고 있는 것에, 몇 발자국 떨어져 있는 것에 현기증이 났다. 달려가고 싶었다. 달려가기 직전이었다. 내 심장이 조를 향해 나를 떠밀었다. 하지만 그 순간 조는 고개를 흔들고 레이철에게 눈길을 돌렸다. 레이철이 다시 내 시야에 들어왔다. 고화질로. 조는 다분히 의도적으로 레이철의 허리를 감싸고 건널목을 건너 매표소 줄 뒤에 섰다. 날카로운 통증이 날 할퀴고 지나갔다. 조는 앞만 봤지만, 레이철이 뒤돌아봤다.

　레이철은 득의양양한 미소와 함께 내게 손 인사를 했다. 금빛 머리카락을 쓸어넘기며 날 가뿐히 모욕하고는 조의 허리에 팔을 두르며 다시 고개를 돌렸다.

　심장이 마치 내 몸 어딘가 컴컴한 한구석에 처박힌 것 같았다.

나는 하늘을 향해 울부짖고 싶었다. **그래, 알겠어. 이런 느낌이구나.** 하나 배웠네. 이런 게 인과응보지. 두 사람이 팔짱을 끼고 극장 안으로 들어서는 광경을 지켜보면서 지우개로 레이철을 지워버리고 싶었다. 아니면 진공청소기로. 진공청소기가 낫겠다. 흔적도 없이 빨아들여 버리고 싶었다. 조의 팔 안에서, 내 수석 자리에서, 영원히.

"얼른, 레니. 빨리 가자."

익숙한 목소리가 들렸다. 지워진 줄 알았던 사라가 내게 말을 걸고 있으니 나 역시 지워지지 않은 모양이다. 시선을 떨궈 두 다리를 보고서야 내가 아직 그대로 서있다는 걸 깨달았다. 나는 한 발을 다른 발 앞에 내디디며 앙뉘로 향했다.

집으로 돌아가는 길, 우리 머리 위에는 달도 없고 별도 없었다. 하늘은 잿빛 그릇을 씌워 놓은 듯 어두컴컴하기만 했다.

"수석 자리에 도전할래."

내가 말했다.

"드디어."

"이것 때문만은 아니야."

"알아. 넌 경주마니까. 무슨 시골뜨기 조랑말이 아니라."

사라는 장담하듯 말했다.

나는 창문을 내려 차가운 바람을 정신없이 맞았다.

제31장

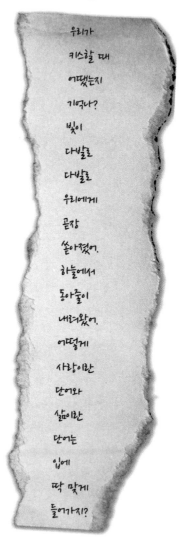

우리가

키스할 때

어땠는지

기억나?

빛이

다발로

다발로

우리에게

곧장

쏟아졌어.

하늘에서

동아줄이

내려왔어.

어떻게

사랑이란

단어와

삶이란

단어는

입에

딱 맞게

들어가지?

: 길게 찢어진 종이에 쓰임, 아름드리 버드나무 밑에서 발견

사라와 나는 내 침대 위 창가에 다리 하나씩을 올리고 걸터앉아 보드카 병을 주거니 받거니 했다.

"레이철을 제거하자."

사라가 혀 꼬인 발음으로 제안했다.

"어떻게?"

나는 보드카를 크게 한 모금 들이키고 물었다.

"독살. 그게 최선이야. 추적이 어려우니까."

"조도 하자. 그 잘나 빠진 형제들까지. 나랑 끝난 지 일주일도 채 안 지났다고, 사라."

말들이 입 안에 들러붙었다.

"그건 아무 의미 없어. 걘 상처받은 상태니까."

"세상에, 어떻게 레이철을 좋아할 수 있지?"

사라는 고개를 가로저었다.

"아까 길에서 널 바라보는 눈빛이 완전히 미친 사람 같았어. 미치고 미치다 못해 아예 넋이 나가버린 호랑이처럼 보였다니까. 내 생각에는 걔가 일부러 레이철 허리에 팔을 두른 거 같아."

"만약 걔가 일부러 레이철이랑 잔다면?"

질투심이 날 꿰뚫었다. 하지만 질투나 회한이 전부가 아니었다. 그날 숲속 침실에서 조와 보낸 한때가 자꾸 떠오르는 게 더 견디기 힘들었다. 그때 조에게 **나**를 고스란히 내보여서 얼마나 떨렸는지, 얼마나 좋았는지. 살면서 내가 누군가와 그토록 가까웠던 적이 있던가?

"나도 한 대 줄래?"

나는 대답도 듣지 않고 사라를 따라 담배 한 개비를 빼 들었다.

사라는 입에 문 담배에 손을 동그랗게 오므려 불을 붙인 다음 그것을 내게 건네주고 내가 들고 있던 것을 가져가 스스로 불을 붙였다. 나는 한 모금 빨고 기침을 터뜨렸다. 아랑곳하지 않고 또 한 번 빨아들였다. 가까스로 목구멍을 열어 밤공기 속으로 희뿌연 연기를 길게 날려 보냈다.

"언니라면 이럴 때 어떻게 해야 할지 알 텐데."

"맞아."

사라가 동의했다.

우리는 달빛 속에서 조용히 담배를 태웠다. 불현듯 사라에게는 결코 말할 수 없는 생각이 떠올랐다. 내가 한동안 사라와 함께하고 싶지 않았던 데에는 좀 더 근원적인 이유가 있을지도 모른다. 바로 사라가 언니가 아니라서. 울컥했지만 참아야 했다. 나는 강물이 연주하는 소리에 집중했다. 끊임없이 내달리는 강물에 나 자신을 흘려보냈다.

그렇게 있다가 잠시 뒤 내가 입을 열었다.

"면제권 철회해."

사라는 고개를 갸우뚱하더니 이내 푸근하게 웃었다.

"무르기 없기다."

사라가 담배를 창틀에 비벼 끄고 침대 위로 미끄러졌다. 나도 담배를 껐지만 그대로 창밖에 머리를 내밀고 할머니의 빛나는 화원을 내려다보며 숨을 들이켰다. 시원한 바람에 실려 오는 꽃향기에 정신이 혼미해졌다.

그때 어떤 아이디어가 떠올랐다. **기발한** 아이디어가. 조와 얘기해야 한다. 적어도 이해시키려고 시도는 해야 한다. 단지 도움을 조금 받아서.

"사라."

나는 침대에 풀썩 내려앉으며 말했다.

"우리 집 장미, 미약 효과가 있다는 얘기 들어봤지?"

사라는 바로 이해했다.

"그래, 레니! 그게 바로 기적을 일으킬 최후의 수단이야! 하늘을 나는 무화과라고!"

"무화과?"

"동물 이름이 하나도 안 떠올랐어. 나 취했나 봐."

나는 임무를 띠고 움직였다. 언니의 침대에서 깊이 잠든 사라를 두고 살금살금 계단을 내려갔다. 보드카 때문에 골이 지끈지

끈했다. 바깥은 날이 채 밝지 않아 어슴푸레했다. 자욱한 안개는 쓸쓸했다. 온 세상이 엑스레이 사진처럼 희끄무레했다. 나는 한 손에 무기를 들고 작업을 개시했다. 할머니가 날 죽일 것이다. 하지만 응당 치러야 할 대가다.

　제일 좋아하는 관목부터 시작했다. 꽃잎 한 장 한 장에 다채로운 색이 펼쳐진다고 해서 '환등기'라고 부르는 장미였다. 내 눈에 가장 탐스러워 보이는 몇 송이를 잘라냈다. 이어서 '밤의 서막'으로 넘어갔다. 싹둑, 싹둑, 싹둑. 그렇게 머리를 비우고 '완벽한 순간', '달콤한 항복', '흑마술'에까지 손을 뻗쳤다. 두려움과 흥분으로 가슴이 쿵쿵거렸다. 계속 이 관목에서 저 관목으로 나아갔다. 진홍빛 '영원한 사랑'에서 분홍빛 '향기로운 구름'으로, 살굿빛 '메릴린 먼로'에서 마지막으로 지구상에서 가장 아름다운 주홍빛 장미이자 그 이름도 탁월한 '트럼펫 연주자'까지. 그렇게 정신없이 가위질하다 보니 내 발치에는 한 무더기의 장미가 쌓였다. 신의 결혼식에 쓸 부케라고 해도 손색없을 만큼 아름다웠다. 줄기가 한 손에 다 잡히지도 않아 양손으로 모아들고 잠시 보관할 곳을 찾아 대로변으로 나섰다. 집에서는 보이지 않는, 내가 가장 좋아하는 떡갈나무 아래가 적당해 보였다. 나는 꽃이 시들해질까 봐 집으로 달려가 젖은 수건을 깐 바구니를 들고 돌아와 줄기 밑동을 감싸 담았다.

아침 느지막이 일어난 사라가 떠난 후, 빅 삼촌은 일터로 향하고 할머니는 녹색 여인들이 기다리는 화실로 직행했다. 나는 슬그머니 문밖으로 나섰다. 내 계획이 먹힐 거라는 근거 없는 자신감이 들었다. 언니라면 이 무모한 계획을 자랑스러워할 것 같았다. "비범해."라고 외쳤을 것이다. 사실 언니는 자기가 죽고 나서 바로 내가 조와 사랑에 빠진 걸 알면 좋아했을 것이다. 아무리 부적절해 보여도 언니가 딱 원할 만한 애도 방식이었다.

꽃은 떡갈나무 뒤에서 날 기다리고 있었다. 그 비범한 아름다움에 새삼 충격을 받았다. 나도 이런 꽃다발은 처음 봤다. 저마다 폭발적인 색채를 뿜어내는 꽃송이가 한데 모여있는 자태를.

나는 강렬한 장미 향에 파묻힌 채 폰테인가로 이어지는 언덕길에 올랐다. 연상의 힘인지, 혹은 정녕 장미의 주술인지 몰라도 도착했을 무렵엔 조를 향한 사랑에 너무 벅차서 초인종도 간신히 눌렀다. 내가 과연 제대로 된 문장을 구사할 수 있을지 의문이었다. 만약 조가 나오면 냅다 바닥에 자빠뜨려 무조건 항복시키는 편이 쉬울지도 몰랐다.

그런 행운은 없었다.

문을 연 사람은 며칠 전 마당에서 언성을 높이던 우아한 여자였다.

"맞춰 보마. 네가 레니구나."

살인 미소 전문인 폰테인 삼형제는 딱 보기에도 엄마 폰테인에게 한참 못 미쳤다. 빅 삼촌에게 말해줘야 한다. 죽은 벌레를 되살리려면 피라미드보다 이분의 환한 미소 한 방이 더 효과적일 거라고.

"네, 안녕하세요."

날 너무 반갑게 맞아줘서 혹시 자기 아들과 나 사이에 무슨 일이 있었는지 모르는 건가 싶었다. 어쩌면 조는 내가 할머니에게 하는 만큼 자기 엄마랑 대화를 잘 안 할지도 모른다.

"세상에 이 장미들 좀 봐! 내 평생 이런 꽃다발은 처음 보네. 어디서 꺾어 왔니? 에덴동산?"

그 엄마에 그 아들이군. 조도 우리 집에 처음 온 날 그렇게 말했다.

"비슷하죠. 저희 할머니가 꽃을 잘 키우시거든요. 조에게 줄 선물이에요. 혹시 조 집에 있나요?"

갑자기 긴장되었다. 너무 떨렸다. 벌들이 뱃속에서 토론회를 여는 것 같았다.

"이 향기! 세상에, 어쩜 좋아!"

가만 보니 꽃이 엄마 폰테인에게 이미 주문을 건 모양이다. 와우, 진짜 효과가 있나 봐.

"조는 좋겠네. 이런 선물을 받다니. 근데 이를 어쩌지, 걔 지

금 집에 없는데. 그래도 곧 돌아온다고 했으니 괜찮다면 내가
화병에 담아서 조 방에 놔둘게."

너무 실망해서 아무 말도 안 나왔다. 그저 고개를 끄덕이고 꽃
다발을 건넸다. 아마 지금쯤 조는 레이철 집에서 레이철의 가족
들에게 초콜릿 크루아상을 먹이고 있을 것이다. 불현듯 두려운
생각이 들었다. 이 장미가 실제로 사랑을 유발해서 조가 레이철
을 데리고 이곳에 돌아왔을 때 둘 다 마법에 걸리면 어떡하지?
그렇다면 완전히 재앙이다. 하지만 이제 와서 꽃다발을 도로 달
라고 할 수는 없었다. 사실 꽃다발을 다시 빼앗으려면 무기가
필요할지도 몰랐다. 아주머니의 몸은 1초마다 장미를 향해 조
금씩 기울고 있었다.

"감사해요. 전해주신다고 해서."

과연 아주머니가 저 꽃다발에서 몸을 뗄 수 있을까?

"만나서 반가웠다, 레니. 안 그래도 한번 보고 싶었거든. 조는
이 선물을 **아주** 좋아할 거야."

"레니."

내 뒤에서 격앙된 목소리가 날아들었다. 뱃속 토론회에 말벌
들이 줄줄이 입장했다. 올 것이 왔다. 고개를 돌리자 조가 날 향
해 걸어오고 있었다. 발걸음이 무거워 보였다. 마치 중력이 조
의 어깨 위를 짓누르는 것 같았다.

"조! 여기 레니가 가져온 것 좀 보렴. 세상에 이런 장미 본 적 있니? 없지?"

아주머니는 장미에 코를 박고 향기를 깊이 들이마시며 말했다.

"그럼 일단 얘는 내가 데리고 들어가서 적당한 장소를 찾아줘야겠다. 너희는 놀다 오렴……."

꽃다발에 얼굴을 아예 파묻고 집 안으로 들어가는 아주머니의 등 뒤로 현관문이 서서히 닫혔다. 나는 아주머니에게 달려들며 외치고 싶었다. **그 장미가 필요한 건 저라고요!** 하지만 내게는 그보다 시급한 문제가 있었다. 조가 내 뒤에서 조용히 씩씩거리고 있었다.

문이 철컥 닫히자마자 조가 입을 뗐다.

"아직도 이해가 안 가?"

위협으로 가득 찬 말투였다. 상어가 말을 할 수 있다면 그와 비슷하리라. 조가 문을 가리켰다. 그 너머에는 수십 송이의 장미가 만들어 낸 사랑의 조짐이 공간을 가득 메우고 있을 터였다.

"지금 장난해? 내가 그렇게 만만해 보여?"

조는 벌게진 얼굴로 눈을 부릅뜨고 말했다.

"그 손바닥만 한 원피스나 요술을 부리는 꽃 따위는 필요 없어!"

조는 제자리에서 꼭두각시 인형처럼 휘청거렸다.

"난 **이미** 널 사랑해, 레니, 모르겠어? 하지만 너랑 함께할 수는 없어. 눈을 감을 때마다 너랑 그 자식이 떠오른다고."

나는 멍하니 서있었다. 물론 방금 몇 가지 실망스러운 말이 귀에 들어왔지만 금세 다 날아가 버렸다. 아름다운 네 단어만 남기고. **난 이미 널 사랑해.** 과거형이 아닌 현재형. 비켜, 레이철 브라질. 내 안에서 희망이 하늘만큼 불어났다.

"내가 다 설명할게."

이번에야말로 제대로 말해야 했다. 조를 이해시킬 기회였다.

조가 **으으으윽**, 하고 반쯤 짐승 같은 신음을 흘렸다.

"설명할 거 없어. 둘이 그러는 거 **다 봤으니까.** 넌 나한테 계속 거짓말했어."

"토비랑 나는—."

조가 말을 끊었다.

"아니, 듣기 싫어. 넌 내가 프랑스에서 있었던 일을 얘기했는데도 그런 짓을 했어. 용서는 바라지 마. 난 그런 거 못 해. 미안한데 그냥 나 좀 내버려 둬."

다리에 점점 힘이 풀렸다. 조의 상처와 분노, 속고 배신당해서 치가 떨리는 마음이 이미 사랑을 넘어선 것이다.

조는 언덕 아래 우리 집 쪽을 가리켰다. 그날 저녁 토비와 내가 있던 곳을.

"대체, 뭘, 기대했어?"

대체 **뭘** 기대했지? 그날 조는 나에게 사랑을 속삭이자마자 내가 다른 남자와 키스하는 걸 목격했다. 지금 조가 느끼는 감정은 당연했다.

무슨 말이라도 해야 했다. 나는 뒤죽박죽인 마음속에서 그나마 말이 되는 단 한마디를 꺼냈다.

"널 너무 사랑해."

내 말에 조는 허탈한 표정을 지었다.

주위의 모든 것이 숨을 죽이고 우릴 주시하는 듯했다. 나무들은 우릴 향해 몸을 기울이고 새들은 우리 머리 위에서 맴돌고 꽃들은 꽃잎을 벌리다가 그대로 멈췄다. 어떻게 조는 서로를 향한 이 미칠 듯한 사랑에 굴복하지 않을 수 있을까? 그럴 수 있을 리 없잖아, 안 그래?

나는 조의 팔에 손을 뻗었다. 조가 몸을 비틀어 피했다.

조는 고개를 가로젓고 시선을 아래로 떨궜다.

"함께할 수 없어. 나한테 그런 짓을 한 사람과는."

그리고 날 똑바로 바라봤다.

"**자기 언니**한테 그런 짓을 한 사람과는."

그 말이 날 단두대처럼 내려쳤다. 나는 뒷걸음치며 산산이 조각났다. 조가 손을 입으로 가져갔다. 뱉은 말을 주워 담고 싶다는 듯이. 자기가 너무 멀리 갔다는 듯이. 상관없었다. 조가 바라던 대로 이제 알아들었으니까. 내가 할 수 있는 일은 하나뿐이었다. 뒤돌아 달아났다. 조의 눈앞에서 완전히 사라질 때까지, 떨리는 다리가 무너지지 않기만을 빌며. 캐시와 히스클리프처럼 나도 빅뱅을 느꼈다. 한때는 일생일대의 사랑이었던 것. 내가 그것을 전부 파괴했다.

내가 바라는 건 오직 성소에 올라가 이불을 뒤집어쓰고 수백 년간 잠드는 것뿐이었다. 언덕을 한달음에 내려와 숨을 헐떡이며 현관문을 밀치고 집 안에 들어섰다. 그대로 부엌을 스쳐 지나가다가 할머니가 눈에 띄어 몇 발짝 뒷걸음질 쳤다. 식탁에 앉아 팔짱을 낀 할머니는 얼굴이 딱딱하게 굳어있었다. 식탁 위에는 할머니의 원예용 가위와 내 《폭풍의 언덕》이 놓여있었다.

아, 이런.

할머니는 곧장 본론을 꺼냈다.

"네 소중한 책을 갈가리 찢어놓기 일보 직전이었다. 하지만 애써 마음을 다잡았지. 적어도 난 다른 사람이 아끼는 것을 존중할 줄 아니까."

할머니가 일어섰다. 할머니는 화가 나면 키가 족히 두 배는 커진다. 3미터 60센티미터가 넘는 할머니가 부엌을 가로질러 나를 깔아뭉갤 듯이 다가왔다.

"대체 무슨 생각이었니, 레니? 저승사자처럼 몰래 나타나 내 화원, 내 장미들을 훼손하다니. 어떻게 그럴 수 있어? 누가 내 꽃에 손대는 걸 내가 얼마나 싫어하는지 뻔히 알면서. 내가 너한테 다른 걸 부탁한 적 있니? 내가 당부한 건 딱 그거 하나였다."

할머니는 날 잡아먹을 듯 내려다봤다.

"왜 그랬니?"

"다시 자랄 거야."

틀린 대답이란 걸 알지만 아무래도 오늘은 작정하고 욕을 먹는 날인 듯했다.

할머니는 격노해서 두 팔을 마구 휘저었다. 그러고 보니 할머니의 표정과 몸짓은 조가 보인 반응과 아주 흡사했다.

"중요한 건 그게 아니란 거 너도 알잖아. 너 아주 이기적인 애가 됐구나, 레니 워커."

할머니가 날 향해 손가락을 내질렀다.

이건 예상 못 했다. 이기적이란 말은 평생 들어본 적 없는 말이었다. 할머니에게서는 더더욱. 늘 마르지 않는 샘처럼 내게 칭찬과 위로를 쏟아붓던 할머니였다. 조와 할머니가 지금 같은 심판장에서 증언하고 있나?

과연 오늘이 더 나빠질 수 있을까?

앞으로도 쭉 이렇다고 하면 어떡하지?

할머니는 양손으로 허리를 짚었다. 얼굴이 붉게 상기되고 두 눈은 이글거렸다. 아, 이런, 아, 이런. 나는 벽에 기대어 임박한 공격에 대비했다. 할머니가 바짝 다가왔다.

"그래, 레니. 너는 이 집에서 베일리를 잃은 사람이 너 혼자인 것처럼 굴지. 베일리는 내 딸이나 다름없었다. 그게 무슨 뜻인지 아니? 응? 내게는 **딸**이었다고. 아니, 넌 모르겠지. 물어본 적도 없으니까. 내가 어떻게 지내는지 단 한 번도 묻지 않았지. 너는 대화가 필요한 사람이 **나**일지도 모른다는 생각을 한 번이라도 해봤니?"

어느새 할머니는 악을 쓰고 있었다.

"네가 슬픔에 몸부림치는 건 알지만, 레니, 너만 그런 게 아니야."

부엌의 모든 공기가 다 빠져나갔다. 그 틈에 나도 빠져나갔다.

제 3 2 장

언니가 내 손을 잡고
날 창문 밖으로 끌어내
하늘로 데려간다.
내 주머니에서 음악을 꺼낸 뒤
"이제 하늘을 날아볼 때야."
라고 속삭이고 사라진다.

: 사탕 껍질에 쓰임, 레인강 산책길에서 발견

　복도를 지나 현관문을 박차고 나가 입구 돌계단 네 단을 한꺼번에 뛰어내렸다. 이대로 숲속으로 돌진해 오솔길을 벗어나 아무도 없는 곳, 늙고 못생긴 떡갈나무 아래 주저앉아 울고 싶었다. 숲의 온 땅이 질척해질 때까지 울고 또 울고 싶었다. 당장 그렇게 하려고 막 거리로 나섰을 때였다. 할 수 없었다. 이대로 할머니를 뒤로하고 도망칠 수는 없었다. 방금 할머니가 한 말을 들은 뒤에는 더더욱. 할머니의 말이 옳았다. 언니가 죽은 후로 할머니와 삼촌의 말은 내게 배경 소음에 지나지 않았다. 두 사람이 뭘 겪고 있는지 생각해 본 적은 거의 없다. 나는 내 멋대로 토비를 슬픔의 동맹자로 만들고 슬퍼할 권리가 우리에게만 있는 양, 언니가 우리만의 것인 양 굴었다. 나는 할머니가 그동안 몇 번이나 나에게 언니 얘기를 하려고 시도했는지 떠올렸다. 몇 번이나 성소 문간에서 서성이며 아래층에 내려와 차 한잔 하자고 했는지. 나는 그저 할머니가 나를 위로하고 싶어 한다고 생각했다. 실은 할머니에게 대화할 상대가 필요했다는 것, 그 상대가 나라는 걸 단 한 번도 생각해 보지 않았다.

내가 어떻게 할머니의 마음을 그토록 등한시할 수 있었을까? 조의 마음을? 모두의 마음을?

나는 심호흡하고 발걸음을 돌려 부엌으로 되돌아갔다. 조와의 일은 이미 그르쳤으나 적어도 할머니와의 일은 바로잡으려고 노력할 수 있었다. 할머니는 아까와 같은 식탁 의자에 멍하니 앉아있었다. 나는 맞은 편에 서서 식탁에 슬며시 손을 올렸다. 이윽고 할머니가 날 올려다봤다. 창문이 전부 닫혀 열기가 고인 부엌 안에는 불쾌한 냄새가 감돌았다.

"할머니, 미안해. 진심이야."

내가 말했다. 할머니는 고개를 끄덕이고 자신의 두 손을 내려다봤다. 그제야 내가 고작 몇 달 만에 사랑하는 사람들을 전부 실망시키거나 상처입히거나 배신했다는 사실을 자각했다. 할머니, 언니, 조, 토비, 사라, 심지어 빅 삼촌까지. 내가 어떻게 그랬을까? 돌이켜 보니 언니를 잃기 전의 나는 아무도 크게 실망시켜 본 적이 없는 듯했다. 언니가 하나부터 열까지 다 챙겨줘서? 아니면 다들 내게 별 기대를 안 해서? 아니면 내가 딱히 하는 것도 없고 원하는 것도 없어서? 그래서 뭔가를 망쳐버린 적도, 수습해 본 적도 없어서? 아니면 내가 정말 이기적이고 자기중심적인 애가 되어버린 걸까? 아니면 이 모든 게 다 해당할까?

나는 조리대에 놓인 병든 레니 화초를 보고 그것이 더 이상 내가 아니라는 것을 알았다. 예전의 나였다. 과거의 나. 그래서 지금 죽어가는 것이다. 그 시절의 나는 영영 사라졌으니까.

"이제 내가 누군지 모르겠어."

나는 의자에 앉으며 중얼거렸다.

"예전의 나로 돌아갈 수 없어. 언니 없이는. 그리고 점점 구제 불능 망나니가 되어가는 것 같아."

할머니는 내 말을 부정하지 않았다. 아직도 화가 나 있었다. 3미터 60센티미터까지는 아니어도 꽤 많이.

"다음 주에 우리 둘이서만 외식하자. 맛있는 거 먹고 늦게까지 노는 거야."

내가 덧붙였다. 지난 몇 달간의 무시를 식사 한 끼로 때우려는 시도가 참 보잘것없었다.

할머니는 고개를 끄덕였다. 하지만 딴생각에 잠긴 눈치였다.

"그거 아니? 나도 베일리 없이는 내가 아닌 거 같아."

"정말?"

할머니는 고개를 끄덕였다.

"그래. 매일 너랑 빅이 나가고 나면 난 그저 텅 빈 캔버스 앞에 하염없이 서서 녹색을 저주해. 색조 하나하나가 다 역겹고 실망스럽고 서러워."

슬픔이 내 안을 채웠다. 나는 호리호리한 녹색 여인들이 일제히 캔버스에서 빠져나와 현관문 밖으로 미끄러져 나가는 상상을 했다.

"알 것 같아."

내가 작게 말했다.

할머니는 두 눈을 감았다. 두 손은 테이블 위에 겹쳐져 있었다. 내가 그 위로 손을 뻗자 할머니가 얼른 자기 손 사이에 잡아 끼웠다.

"정말 끔찍하단다."

할머니가 속삭였다.

"맞아."

창문으로 새어 들어온 이른 오후의 빛이 길고 어두운 그림자를 드리우며 부엌을 얼룩덜룩 물들였다. 늙고 지쳐 보이는 할머니의 모습에 가슴이 시렸다. 할머니의 삶에는 언니, 빅 삼촌, 나, 그 외에는 매년 피고 지는 꽃들과 수많은 녹색 그림들뿐이었다.

"또 뭐가 싫은지 아니? 남들이 하나같이 베일리를 가슴에 묻으라고 말하는 게 싫다. 거기다 대고 고함치고 싶어. **난 걔가 거기 있는 게 싫어!** 나랑 레니랑 부엌에 있었으면 좋겠어. 토비랑 아기랑 강에서 놀았으면 좋겠어. 줄리엣, 맥베스 부인을 연기했으면 좋겠어, 이 멍청한 인간들아, 하고 말이야. 베일리는 내 가슴은 물론 누구의 가슴에도 묻히길 바라지 않을 거야."

할머니는 주먹으로 식탁을 내려쳤다. 나는 그 주먹을 두 손으로 움켜쥐고 고개를 끄덕였다. 마음으로도 공감했다. 거세게 맥동하는 분노가 할머니에서 내게로 옮겨졌다. 맞잡은 손을 내려다보는데 문득 《폭풍의 언덕》이 눈에 들어왔다. 책은 그 어느 때보다 무력하고 우울하게 누워있었다. 나는 그 안을 가득 채운 덧없는 인생과 헛된 사랑들을 떠올렸다.

"할머니, 하자."

"뭘 해?"

할머니가 물었다.

나는 책과 가위를 들어 할머니에게 내밀었다.

"그냥 해. 잘게 조각내 버려. 이렇게."

나는 오늘 아침처럼 원예용 가위 손잡이에 엄지와 집게손가락을 끼워 넣었다. 그러나 이제 내 안을 휩쓰는 것은 두려움이 아니라 그저 거센 분노였다. 그대로 가위질했다. 내가 밑줄 치고 메모한 책, 수년간 강물과 여름 뙤약볕과 해변의 모래와 손바닥 땀으로 때 묻힌 책, 자나 깨나 끼고 다녀 이리저리 구겨진 책을. 또다시 썩둑 잘랐다. 한 번에 수십 장씩, 깨알 같은 문자들을 가르고 그 뜨겁고 암담한 이야기를 산산조각 냈다. 그들의 굴곡진 인생, 불가능한 사랑, 그 모든 혼란과 비극을 파괴했다. 어느새 나는 책을 공격하고 있었다. 날카로운 금속 날이 종이를 가르고 경쾌하게 맞물리는 소리에 희열을 느꼈다. 실연을 당해 적의를 품은 가련한 히스클리프, 잘못된 선택과 용서 못 할 타협을 한 캐시를 처단했다. 나는 내친김에 조의 질투와 분노와 판단, 날 용서하지 않는 **꽉 막힌** 태도도 조져버렸다. 트럼펫 연주자는 죄다 모 아니면 도라던 그 웃기지도 않는 헛소리까지. 그리고 나 자신의 이중성과 기만성, 혼란과 상처와 잘못된 판단, 그리고 한없이 넘치는 슬픔을 찔렀다. 조와 내가 이 거대하고 아름다운 사랑을 하지 못하게 막는 그 모든 것들을 자르고 또 잘랐다.

할머니의 눈과 입이 크게 벌어졌다. 하지만 입꼬리가 미세하게 올라가 있었다.

"줘봐라, 나도 좀 해보자."

할머니는 가위를 받아들고 책을 자르기 시작했다. 조금 망설이는가 싶더니 이내 내가 했던 것처럼 종이를 뭉텅이로 쥐고 난도질했다. 단어들이 우리 주위로 색종이 조각처럼 휘날렸다.

할머니가 웃음을 터뜨렸다.

"이게 다 뭔 일이냐."

우리는 둘 다 숨을 헐떡이며 낄낄거렸다.

"내가 할머니 마음 공감한다는 거 알겠지?"

"오, 레니. 네가 너무 그리웠단다."

할머니가 날 끌어당겨 다섯 살 어린애처럼 무릎 위에 앉혔다. 아무래도 난 이제 용서받은 모양이었다.

"아까 소리 질러서 미안하다, 얘야."

할머니가 날 따뜻하게 안아주며 말했다.

나도 할머니를 힘껏 마주 안았다.

"차 한잔 마실까?"

내가 물었다.

"그러자꾸나. 할 얘기가 쌓였어. 하지만 그전에 네가 내 화원을 초토화했으니 그 값어치를 했는지 알아야겠다."

조의 목소리가 다시 들렸다. **함께할 수 없어. 자기 언니한테 그런 짓을 한 사람과는.** 가슴이 콱 메어 숨쉬기가 버거웠다.

"전혀. 다 끝났어."

"그날 밤 무슨 일이 있었는지 봤단다."

할머니가 나지막이 말했다. 한껏 긴장한 나는 할머니의 무릎 위에서 슬며시 빠져나와 찻주전자에 물을 채웠다. 짐작은 했지만 내가 토비와 키스하는 걸 할머니가 실제로 목격했다고 생각하니 수치스러웠다. 할머니의 얼굴을 볼 수 없었다.

"레니? 좀 들어보렴."

할머니의 목소리에 비난의 기색은 없었다. 나는 살짝 긴장을 풀었다.

천천히 고개를 돌려 할머니를 마주했다.

할머니는 파리를 쫓듯 머리 주위로 손을 흔들었다.

"충격을 안 받았다고는 말 못 하겠구나."

할머니가 미소 지으며 말했다.

"하지만 사람이 너무 큰 비탄에 빠지면 그런 일도 벌어져. 난 아직도 우리가 용케 쓰러지지 않고 버티는 게 놀라울 뿐이야."

나는 할머니가 너무나 선뜻 내게 무죄를 선언해서 어안이 벙벙했다. 할머니의 넓은 아량에 머리를 조아리고 싶었다. 물론 할머니가 조의 얘기를 들어본 것은 아니지만, 이제 조의 말이 그렇게 아프게 느껴지지 않았다. 나는 불쑥 용기를 얻어 "언니가 날 용서할까?"라고 물었다.

"오, 얘야. 날 믿어. 이미 용서했을 거다."

할머니는 날 향해 검지를 흔들었다.

"그래, 일단 조 얘기는 접어두자. 걔한테는 시간이 좀 필요할 테니까……."

"한 30년쯤."

"휴우…… 가엾은 녀석. 보기만 해도 눈이 즐거웠는데."

할머니가 내게 장난스레 눈을 흘겼다. 순식간에 평소의 짓궂은 할머니로 돌아갔다.

"그래, 레니 워커. 너랑 조 폰테인이 마흔일곱 살이 되면 우리가 아주아주 아름다운 결혼식을—."

할머니가 내 표정을 눈치채고 말을 멈췄다. 할머니의 흥을 깨고 싶지 않아서 모든 얼굴 근육을 써서 아픔을 숨기려고 했는데, 끝내 실패한 모양이었다.

"레니."

할머니가 다가왔다.

"걔는 날 싫어해."

"아니."

할머니가 따뜻하게 말했다.

"누가 봐도 사랑에 빠진 소년이 있다면, 그게 바로 조 폰테인이야."

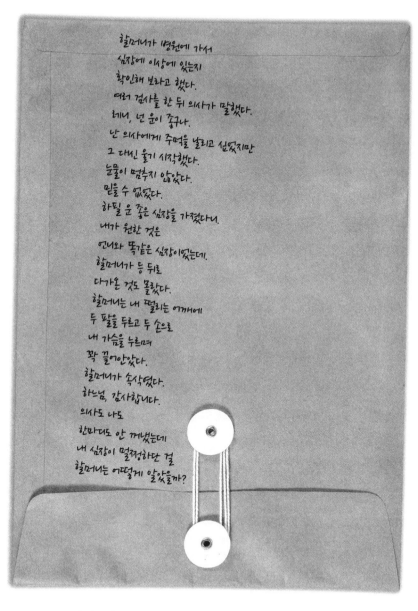

할머니가 병원에 가서
심장에 이상이 있는지
확인해 보라고 했다.
여러 검사를 한 뒤 의사가 말했다.
얘야, 넌 운이 좋구나.
난 의사에게 주먹을 날리고 싶었지만
그 대신 울기 시작했다.
눈물이 멈추지 않았다.
믿을 수 없었다.
하필 운 좋은 심장을 가졌다니.
내가 원한 것은
언니와 똑같은 심장이었는데.
할머니가 등 뒤로
다가온 것도 몰랐다.
할머니는 내 떨리는 어깨에
두 팔을 두르고 두 손으로
내 가슴을 누르며
꽉 끌어안았다.
할머니가 속삭였다.
하느님, 감사합니다.
의사도 나도
한마디도 안 꺼냈는데
내 심장이 멀쩡하단 걸
할머니는 어떻게 알았을까?

: 빈 서류 봉투에 쓰임, 숲속 침실로 가는 오솔길에서 발견

머그잔에 차를 따르고 창문을 열었다. 저물어가는 햇빛 속에서 할머니와 나는 마음의 긴장을 풀었다.

"얘기하고 싶은 게 있어."

"뭐든 말해 보렴."

"엄마에 대해서."

할머니가 한숨을 쉬며 의자에 등을 기댔다.

"그래."

할머니는 두 손으로 양 팔꿈치를 잡았다. 스스로 껴안듯이.

"다락방에 올라갔더니 그 상자가 다른 선반 위에 있더구나."

"몇 개 안 읽었는데…… 미안해."

"아니. 사과할 사람은 나지. 지난 몇 달간 너에게 페이지에 관해 얘기하려고 했는데……."

"내가 대화할 틈을 안 줬지."

할머니가 고개를 살짝 끄덕였다. 표정이 그 어느 때보다 진지했다.

"베일리가 제 엄마에 대해 제대로 알지도 못하고 그렇게 가서는 안 됐어."

나는 두 눈을 떨궜다. 맞다. 내가 알게 된 것들을 언니가 알고 싶어 하지 않았을 거라고 여겼던 내 생각은 틀렸다. 상처가 되든 말든 언니는 그것들을 알 자격이 있었다. 나는 손바닥으로《폭풍의 언덕》잔해를 쓸어 모으며 할머니의 다음 말을 잠자코 기다렸다.

할머니는 긴장한 듯 팽팽해진 목소리로 말을 이었다.

"난 너희를 보호한다고 생각했는데, 알고 보니 그저 나 자신을 보호했던 거였어. 페이지에 관해 얘기하는 게 괴로웠거든. 그래서 너희가 엄마에 대해 알면 알수록 더 아파할 거라고 자위했지."

할머니도 손을 뻗어 책 잔해를 쓸어모았다.

"그래서 역마살에 집중한 거야. 너희가 버림받았다고 느끼지 않도록, 제 엄마를 미워하지 않도록, 행여라도 자기 탓을 하지 않도록 말이야. 나는 너희가 엄마를 존경했으면 했다. 그래서 그랬어."

그래서 그랬다고? 온몸에 열이 솟구쳤다. 할머니가 내 손으로 한 손을 뻗었다. 나는 내 손을 치웠다.

"우리가 버림받았다고 느낄까 봐 그냥 지어낸 이야기라고……?"

나는 할머니의 얼굴에 드러난 고통에도 아랑곳하지 않고 눈을 치켜떴다.

"하지만 우린 **버림받았어**, 할머니. 버려진 이유도 모르고, 우리가 엄마에 대해 아는 거라곤 무슨 말도 안 되는 헛소리뿐이었다고."

나는 한주먹 쥔《폭풍의 언덕》잔해를 할머니에게 던져버리고 싶었다.

"엄마가 미쳤다면 그냥 그렇다고 얘기해 주지 그랬어? 그게 뭐든 왜 진실을 말해주지 않았어? 그게 더 낫지 않아?"

할머니가 내 손목을 움켜잡았다. 의도한 것보다 더 세게 잡은 듯했다.

"거기엔 하나의 진실만 있는 게 아니야, 레니. 절대 아니야. 내가 했던 말은 그냥 지어낸 얘기가 아니야."

할머니는 침착하려 애썼으나 내가 보기엔 다시 몸이 두 배로 커지기 일보 직전이었다.

"그래, 페이지가 그리 차분한 애가 아니었던 건 사실이야. 아무렴 제 나무에 똑똑히 박힌 사람이 어린 두 딸을 두고 떠나서 안 돌아오겠니?"

내가 제대로 듣고 있다 싶었는지 할머니는 내 손목을 풀어주었다. 할머니는 부엌을 휘휘 둘러보았다. 마치 해야 할 말이 벽에 쓰여있기라도 한 것처럼. 잠시 후 할머니가 이어서 말했다.

"네 엄마는 토네이도처럼 뒤를 책임지지 않는 애였어. 분명 여전히 토네이도처럼 무책임한 사람일 거다. 하지만 그 애가 이 가족에 불어온 첫 번째 토네이도는 아니었던 것 또한 진실이야. 이렇게 사라진 첫 번째 토네이도도 아니고. 실비 고모는 무려 20년 동안 떠돌다가 낡아빠진 노란 캐딜락을 몰고 다시 동네로 돌아왔지. 20년!"

할머니는 주먹으로 식탁을 세게 쳤다. 책의 잔해들이 튀어 올랐다.

"의사라면 어떤 병명을 붙여 진단을 내려줄지도 모르겠다만 그게 우리가 부르는 거랑 무슨 차이가 있겠니. 그런다고 뭐가 달라지는 것도 아닌데. 역마살이라고 하면 어때서? 다른 것 못지않게 진실인걸."

할머니는 차를 호로록 들이켜다가 혀를 데었다.

"오우."

할머니는 평소답지 않게 신음을 내뱉으며 손으로 혀에 부채질을 했다.

"삼촌은 할머니에게도 있는 것 같다던데. 그 역마살."

나는 식탁에 흩어진 단어들을 재배열해 다른 문장을 만들었다. 할머니의 침묵으로 보아 이 얘기는 좋게 끝날 것 같지 않았다. 할머니를 슬쩍 올려다봤다.

할머니는 미간을 찌푸렸다.

"빅이 그러디?"

할머니가 나를 따라 단어를 합성하기 시작했다. 슬쩍 보니 '아
득히 외딴' 옆에 '맑은 하늘'을 붙였다.

"삼촌이 보기엔 그저 눌러 참고 있는 거라고 했어."

할머니는 단어 합성을 멈췄다. 얼굴에 뭔가 할머니답지 않은
구석이 있었다. 뭔가 허둥거리며 내 눈을 은근히 피했다. 알 것
같았다. 최근 나에게 꽤 익숙해진 감정이었다. 수치.

"왜, 할머니?"

꽉 깨문 입술이 하얗게 질렸다. 마치 아무 말도 나오지 않게
입을 밀봉하는 것 같았다.

"뭔데?"

할머니는 일어나서 부엌 조리대로 걸어가 몸을 기대고 창밖으
로 움직이는 구름 왕국을 응시했다. 나는 할머니가 돌아오길 잠
자코 기다렸다.

"난 그 이야기 속에 숨어있었어, 레니. 너와 베일리, 그리고
빅까지 데리고 말이야."

"하지만 아까는—."

"안다. 거짓이라는 게 아니야. 하지만 운명이나 유전자 탓으로

돌리는 게 나 자신을 탓하는 것보다 훨씬 쉬운 것도 사실이지."

"할머니 탓?"

할머니는 고개를 끄덕이고 아무 말 없이 계속 창밖을 응시했다.

등골이 오싹했다.

"할머니?"

나를 등지고 있어서 할머니의 표정을 볼 수 없었다. 왠지 모르게 할머니가 무섭게 느껴졌다. 다른 사람의 탈을 쓰고 있는 것 같았다. 서있는 자세도 달랐다. 거의 뒤틀려 있었다. 마침내 입을 열었을 때 할머니의 목소리는 너무나 깊고 차분했다.

"그날 밤이 아직도 눈에 선해……."

할머니는 잠시 말을 멈추었다. 나는 넋 나간 사람처럼 말하는 뒤틀린 할머니를 피해 부엌에서 뛰쳐나가고 싶었다.

"계절에 맞지 않게 몹시 추운 날이었지. 부엌엔 라일락이 가득했어. 페이지가 온다고 그날 아침에 꽃병마다 가득 채워놨거든."

나는 목소리를 통해 할머니가 미소 짓고 있다는 걸 알고 긴장을 조금 풀었다.

"걔는 긴 녹색 원피스를 입고 나타났는데, 원피스라기보단 커다란 스카프를 두른 것 같았어. 추위는 아랑곳하지도 않고. 그게 페이지야. 사시사철 자기만의 날씨를 몰고 다니는 것 같은 애였지."

이제껏 들어본 적 없는 엄마 얘기였다. 녹색 원피스나 꽃이 만발한 부엌처럼 생생한 이야기는 처음이었다. 하지만 할머니의 어조가 다시 바뀌었다.

"그날 밤 페이지는 잔뜩 흥분한 채로 부엌을 서성거렸지. 아니, 그 스카프를 휘날리며 왔다 갔다 했어. 내 눈엔 개가 이 부엌에 갇힌 바람, 광풍처럼 보였어. 창문을 열면 바로 사라질 것처럼."

할머니는 내가 있단 걸 그제야 깨달은 듯이 날 향해 돌아섰다.

"네 엄마는 늘 벼랑 끝에 서 있었다. 안정적인 사람은 결코 아니었지. 주말마다 너희를 데리고 와서 날 보여줬어. 그날도 주말이라 온 거였고. 그런데 갑자기 자기가 떠나면 어쩌겠냐고 묻더구나. '떠나다니? 어디로? 얼마나?' 내가 물었지. 이미 비행기 표를 샀다는 걸 그때 알았다. 어디로 가는지는 몰랐어. 말을 안 해주니까. 그저 갈 작정이고, 편도라는 것만 알았지. 페이지는 자기도 어쩔 수 없다고, 자기는 엄마가 될 자격이 없다고 하더구나. 난 충분히 있다고 했어. 그렇게 떠날 순 없다고, 마땅히 너희를 책임져야 한다고. 이 세상 다른 모든 엄마처럼 해낼 수 있다고. 정 힘들면 여기 와서 살라고. 내가 돕겠다고. 이 집안의 다른 환자들처럼 그렇게 가버릴 순 없다고, 내가 그렇게 안 둘 거라고. 그런데도 페이지는 자꾸 고집을 부렸어. 그래도 자기가 떠난다면 어떻게 할 거냐고, 계속 그렇게만 물었어. 나는 개 두 팔을 꽉 붙들고 정신 차리게 하려고 애썼어. 개가 어릴 적에 그랬던 것처럼. 그런데 아무리 움켜잡아도 손아귀에서 빠져나가는 것 같았어. 꼭 공기로 만들어진 사람처럼."

할머니는 숨을 몰아쉬고 말을 이었다.

"그쯤 되니 화가 머리끝까지 치미는 거야. 너도 내가 폭발하면 어떻게 되는지 알지. 고함을 지르기 시작했어. 내 안에도 토네이도가 일부 있었거든, 확실히. 특히 젊었을 땐. 빅 말이 맞아."

할머니는 한숨을 쉬었다.

"지금은 다 없어졌지, 정말로. 아무튼, 나는 소리를 질렀어. '네가 떠나면 어쩔 거냐고? 애들은 내 손녀니까 거두겠지만 페이지, 넌 떠나면 다신 못 돌아온다. 절대로. 넌 애들한테, 애들 마음속에 죽은 사람이 될 거고 그건 나한테도 마찬가지야. 죽은 거야. 우리 모두에게.' 야멸차게도 말했지. 그리고 밤새 화실에 처박혀 있었단다. 다음 날 아침에 보니…… 가버렸더구나."

나는 허물어지듯 의자에 등을 기댔다. 할머니는 그늘에 갇혀 있었다.

"내가 네 엄마에게 다시는 돌아오지 말라고 했어."

네 엄마는 꼭 돌아올 거다.

기도였다. 약속이 아니라.

"미안하다."

할머니가 속삭이듯 가냘픈 목소리로 말했다.

할머니의 말은 빠르게 흘러가는 먹구름처럼 내 안의 풍경을 변화시켰다. 나는 액자에 걸린 할머니의 녹색 여인들을 둘러봤다. 부엌에만 셋이었다. 이 세계와 저 세계 중간에 걸쳐있는 그들은 각각, 전부, 하늘하늘한 녹색 원피스 차림의 엄마였다. 이제 확실히 알았다. 할머니는 엄마가 우리 마음속에서 죽지 않도록, 페이지 워커가 자식들을 떠난 것에 대해 어떤 비난도 받지 않도록 애써온 것이다. 그리고 우리 모르게 홀로 자기 탓을 하고 있던 것이다.

문득 어느 날 밤 계단 꼭대기에 앉아 할머니가 '반쪽 엄마'에게 사과하는 걸 듣고 몹쓸 생각을 했던 기억이 떠올랐다. 나 역시 할머니를 탓했다. 전능한 할머니마저 통제할 수 없었던 일들에 대해.

"할머니 잘못이 아니야."

내 목소리에 나조차 처음 듣는 확신이 묻어났다.

"절대 아니야, 할머니. 떠난 건 **엄마**야. 돌아오지 않은 건 **엄마**라고. 할머니가 아니라 엄마의 선택이었어. 할머니가 뭐라고 했든."

할머니는 한숨을 터뜨렸다. 16년간 참아온 듯한 숨이었다.

"오, 레니. 네가 방금 창문을 열고 개를 내보낸 것 같구나."

할머니는 가슴을 문지르며 흐느꼈다.

나는 의자에서 일어나 할머니에게 다가갔다. 처음으로 할머니가 딸을 둘이나 잃었다는 사실을 자각했다. 그 이중의 슬픔을 어떻게 견딜지 상상도 안 갔다. 그러고 보니 내 슬픔은 이중이 아니었다. 나에게는 엄마가 있다. 바로 지금 내 앞에. 살갗에서 세월의 무게를, 숨결에서 차의 향기를 느낄 수 있었다. 혹시 언니의 엄마 찾기도 결국 이곳으로 이어질 운명이었을까? 할머니에게? 그랬으면 했다. 나는 할머니의 팔에 살며시 손을 얹었다. 이 작은 몸이 어떻게 그토록 거대한 사랑을 품었을까?

"언니와 나는 행운아였어. 할머니가 있어서."

내가 말했다.

"우린 선방한 거라고."

할머니는 눈을 감았다. 어느 틈엔가 나는 할머니의 품에 안겨 있었다. 얼마나 꽉 껴안았는지 뼈가 으스러질 것 같았다.

"나야말로 운이 좋았지. 이제 차 좀 마시자. 얘기는 이쯤 하고."

식탁으로 돌아오면서 머릿속에 뭔가가 명백해졌다. 인생은 엉망진창이다. 그래, 사라에게도 얘기할 것이다. 함께 새로운 철학 사조를 펼치자고. 실존주의 대신 엉망본질주의. 삶이라는 본질적인 엉망진창을 겪는 이들을 위해. 왜냐면 할머니의 말이 옳으니까. 인생에는 단 하나의 진실만 있는 것이 아니다. 우리의 머리, 우리의 심장에서 수많은 이야기가 한꺼번에 발생해 뒤죽박죽 부딪히는 것이다. 그야말로 아름다운 난장판이다. 제임스 선생님이 우리를 숲속에 데려간 날 여러 악기가 함께 빚어내는 어지러운 불협화음에 "그거야! 바로 그거야!" 하고 뿌듯하게 외쳤던 것처럼. 바로 그거다.

가장 아끼는 책이었던 단어 더미를 내려다봤다. 할 수만 있다면 이야기를 재조합하고 싶었다. 캐시와 히스클리프가 다른 선택을 하도록, 매번 자신의 마음을 가로막지 않도록, 격렬히 타오르는 심장을 따라 서로의 품 안으로 곧장 뛰어들 수 있도록. 물론 무리였다. 나는 싱크대로 가서 쓰레기통을 꺼내 캐시와 히스클리프, 그들의 불행한 운명을 그 안에 쓸어 넣었다.

그날 저녁, 현관 포치에서 조가 써준 곡을 반복해 연주하면서 머릿속으로 해피엔딩으로 끝나는 고전 소설들을 떠올렸다. 《오만과 편견》의 엘리자베스는 우여곡절 끝에 다아시와 맺어지고, 《제인 에어》의 제인은 로체스터와 맺어진다. 물론 로체스터가 자기 아내를 다락방에 가둬둔 건 끔찍하지만. 《콜레라 시대의 사랑》의 플로렌티노는 페르미나를 무려 50년 이상 기다렸다. 그러고 함께 증기선에 오르면서 허무하게 끝난다. 으으. 아무래도 해피엔딩은 이 장르에 흔치 않은 듯했다. 우울해졌다. 어떻게 고전 문학에서 진정한 사랑이 승리하는 경우가 이토록 드물단 말인가? 그보다 조와 나의 사랑은 맺어질 수 있을까? 내가 조를 엉망본질주의로 이끌 수만 있다면……. **내 엉덩이에 바퀴만 달렸다면 수레를 자처할 텐데.** 하지만 오늘 조가 한 말을 돌아봤을 때 이제 내게 기회는 없다.

조의 곡을 열다섯 번째쯤 되풀이했을 때 할머니가 문간에서 듣고 있다는 걸 알아챘다. 나는 할머니가 오후에 나와 한바탕 감정적 소동을 치르고 나서 화실에 처박혀 회복하고 있을 줄 알았다. 문득 정신을 차리고 클라리넷에서 입을 뗐다. 문을 연 할머니가 다락에서 본 편지함을 들고 들어왔다.

"거 참 사랑스러운 멜로디구나. 이쯤 되니 나도 연주할 수 있겠다."

할머니가 눈알을 굴리며 말했다. 편지함을 테이블 위에 올려놓고 2인용 안락의자에 털썩 앉았다.

"그래도 네가 다시 연주하는 걸 들으니 좋구나."

"수석 자리에 다시 도전할 거야."

내가 결연하게 말했다.

"오, 레니. 내 귀엔 그 말이 음악이야."

할머니는 그야말로 노래하듯 화답했다.

나는 웃어 보였지만 속이 울렁거렸다. 다음 연습 때 레이철에게 말할 계획이다. 그냥 《오즈의 마법사》 서쪽 마녀처럼 물 한 양동이 퍼부어 물리친다면 훨씬 쉬우련만.

"이리 와 앉으렴."

할머니는 자기 옆에 놓인 방석을 툭툭 두드렸다. 나는 클라리넷을 무릎 위에 올려놓고 앉았다. 할머니가 편지함에 손을 얹었다.

"이 안에 든 것들, 다 읽어도 좋아. 봉투도 다 열어봐. 쪽지든, 편지든. 다만 각오는 해야 할 거다. 좋은 내용만 있지는 않으니까. 특히 오래된 것일수록 못난 게 많아."

나는 고개를 끄덕였다.

"고마워."

"그래."

할머니가 상자에서 손을 뗐다.

"난 시내까지 걸어가서 빅이랑 한잔해야겠다. 독한 게 필요해."

내 머리를 흐트러뜨린 할머니가 편지함을 남기고 일어났다.

나는 클라리넷을 치우고 무릎 위에 편지함을 올렸다. 고리 모양으로 달리는 말들을 손가락으로 빙글빙글 덧그렸다. 열어보고 싶기도 하고, 열어보고 싶지 않기도 했다. 이 안에 내가 엄마에 대해 알 수 있는 모든 정보가 들어있었다. 엄마가 모험가였든 정신 나간 사람이었든, 영웅이었든 악당이었든. 아마도 엄마는 그저 문제 많고 복잡한 사람이었을 것이다. 나는 길 건너 참나무 패거리를 바라보았다. 수염 틸란드시아가 그 구부정한 어깨들을 구닥다리 숄처럼 감싸고 있었다. 그 회색 수염을 걸친 옹이투성이 나무들은 평결을 앞두고 숙의하는 한 무리의 지혜로운 노인들처럼 보였다.

삐걱 문이 열렸다. 고개를 돌리니 할머니가 밝은 분홍색 꽃무늬…… 코트? 망토? 샤워 커튼? 비슷한 것을 걸치고 나타났다. 심지어 그 안에 받쳐 입은 것은 한층 더 밝은 보라색 꽃무늬 드레스였다. 마구 풀어 헤친 머리는 전기가 잘 통할 것 같았다. 화장도 했다. 가지색 립스틱. 왕발에 맞는 카우보이 부츠도 신었다. 할머니는 아름답고 미친 사람 같았다. 그러고 보니 언니가 죽고 처음으로 나서는 밤마실이었다. 할머니는 나에게 손을 흔들며 윙크를 하고 계단을 내려갔다. 나는 마당을 가로질러 가는 그 뒷모습을 지켜보았다.

막 길가에 나선 할머니가 뒤돌아보았다. 할머니는 바람에 나부끼는 머리카락이 눈을 가리지 않게 손으로 붙들었다.

"얘야, 난 이번에 빅에게 한 달 걸었는데, 넌?"

"농담해, 할머니? 길어야 2주야."

"이번 신랑 들러리는 너다."

"알았어."

내가 웃으면서 말했다.

할머니는 씩 웃었다. 왕처럼 고아한 얼굴에 장난기가 묻어났다. 아닌 척해도 빅 삼촌의 결혼식만큼 워커가의 사기를 돋우는 사안은 없었다.

"잘 있어라. 우리 어디에 있는지 알지……."

"걱정 말고 다녀오셔."

나는 무릎 위 편지함의 무게를 느끼며 말했다.

할머니가 사라지자 뚜껑을 열었다. 읽을 준비가 됐다. 이 모든 쪽지, 이 모든 편지, 16년 세월의 흔적. 나는 할머니를 상상했다. 딸과 나누고 싶었던, 아니면 혼자나마 기억하고 싶었던 레시피, 단편적인 생각, 실없거나 그리 아름답지 않은 말들을 휘갈겨 쓰는 모습을. 그렇게 쓴 것을 온종일 주머니에 넣고 다니다가 자기 전에 몰래 다락방에 올라가 이 편지함, 아무도 찾지 않는 우편함에 넣었을 것이다. 매년, 자기 딸이 언젠가 읽어줄지, 누구라도 읽어줄지 모르는 채…….

헐, 이건 내가 줄곧 해오던 일과 똑같지 않나? 할머니의 희망처럼, 언제 어디서 누군가가 내가 어떤 사람인지, 우리 언니가 어떤 사람이었는지, 우리에게 어떤 일이 일어났는지 알아주길 바라며 시를 써서 바람에 날려 보내는 일.

나는 봉투를 꺼내 세어보았다. 열다섯 개. 모두 엄마의 이름과 연도가 적힌 열다섯 통의 편지. 나는 봉투 틈에 손가락을 끼우면서 언니가 지금 내 옆에 앉아있다고 상상했다. 편지를 꺼내며 언니에게 말했다. **자, 우리 엄마 만나러 가자.**

괜찮다. 나는 엉망본질주의자니까. 다 괜찮다.

제34장

쇼 목장은 클로버 전체를 굽어본다. 초록빛과 황금빛이 어우러진 장대한 목초지가 산등성이부터 마을까지 쭉 이어진다. 나는 철문을 지나 마구간에 들어섰다. 토비가 아름다운 검정 말에게 말을 걸며 안장을 벗기고 있었다.

"방해하는 건 아니지?"

내가 다가가며 말했다.

토비가 뒤돌아봤다.

"와우, 레니."

우리는 서로를 바라보며 바보처럼 웃었다. 어색할지도 모른다고 생각했는데 막상 우린 무척 흥분한 것 같았다. 갑자기 민망해져서 우리 사이에 있는 검정 말에게 눈을 떨궜다. 촉촉하고 따뜻한 털을 쓰다듬었다. 훈훈한 열기가 느껴졌다.

토비가 고삐 끝으로 내 손을 툭 쳤다.

"보고 싶었어."

"나도."

나는 우리가 지금처럼 눈을 마주하고 있어도 속이 벌렁거리지 않는다는 사실에 내심 안도했다. 속은 평안하기만 했다. 마법이 깨졌나? 그 순간 말이 코웃음 쳤다. 고맙다, 까망아.

"드라이브할래? 산 위쪽으로. 아까 올라갔었는데 엘크 떼가 돌아다니더라."

"토비, 실은…… 언니한테 가볼까 하는데."

"그러자, 그럼."

토비는 망설임 없이 대답했다. 마치 내가 아이스크림이라도 먹으러 가자고 한 것처럼. 기분이 묘했다.

다시는 묘지를 찾지 않으려 했다. 물론 부패나 구더기나 해골에 대해 입 밖에 내는 사람은 없지만 어떻게 머릿속으로 떠올리지도 않을 수 있겠는가? 그런 상상을 떨치고자 나는 온 힘을 써왔다. 언니의 무덤에서 가능한 한 멀리 떨어져 있어야 했다. 하지만 어젯밤 자기 전에 평소처럼 언니의 화장대에 있는 물건들을 하나씩 쓸어보다가 불현듯 아직도 내가 빗에 엉킨 검은 머리카락이나 냄새나는 빨랫감에 집착하는 걸 언니가 원치 않으리란 생각이 들었다. 언니라면 질색했을 것이다. 평생 웨딩드레스를 입고 사는 《위대한 유산》의 해비샴처럼 징그럽고 오싹하다고. 그러자 내 머릿속에 언니가 오래된 참나무, 전나무, 삼나무를 거느리고 클로버 묘지 언덕에 왕처럼 앉아있는 모습이 떠올랐다. 나는 때가 되었음을 알았다.

묘지는 걸어갈 수 있을 만큼 가까웠지만 나는 토비가 일을 마치기를 기다려 함께 트럭에 올랐다. 토비는 차에 열쇠만 꽂고 시동을 걸지 않았다. 그저 앞 유리 너머 황금빛 초원을 바라보며 양 손가락으로 운전대를 빠르게 두드렸다. 토비는 말을 꺼내려고 애쓰고 있었다. 나는 조수석 창문에 머리를 기대고 들판을 내다보며 토비가 매일 이곳에서 어떻게 지낼지 상상했다. 몇 분쯤 흘렀을 때 토비가 차분한 저음으로 말하기 시작했다.

"난 항상 외동인 게 싫었어. 그래서 너네가 부러웠지. 너넨 엄청 가까웠잖아."

토비는 운전대를 붙잡고 정면을 응시한 채 말을 이었다.

"베일리와 결혼하고 아기를 가질 생각에 너무 기뻤어. 너네 가족의 일원이 되고 싶었거든……. 지금은 우습게 들리겠지만, 그땐 내가 널 도울 수 있을 것 같았어. 그러고 싶었고. 분명 베일리도 그러길 원했을 거야."

토비는 고개를 흔들었다.

"알아, 결국 내가 다 망쳐버렸지. 난 그저…… 모르겠어. 너는, 내 마음을 유일하게 이해하는 사람 같아서, 왠지 너랑 너무 가깝게 느껴졌어. 그러다가 머릿속이 온통 뒤죽박죽이 돼버려서……."

"도움이 됐어."

내가 끼어들었다.

"넌 유일하게 내 슬픔을 알아봐 줬어. 머리로는 이해가 안 가지만, 나도 그런 친밀감을 느꼈어. 그때 네가 없었다면 더 힘들었을 거야."

토비가 고개를 돌려 날 봤다.

"정말?"

"응."

토비는 눈매를 잔뜩 휘며 다정하게 웃었다.

"흠, 난 이제 너한테 손을 뻗지 않을 수 있을 것 같아. 네 속마음은 또 어떨지 모르겠지만……."

토비가 눈썹을 추켜세우며 의미심장한 표정을 지어 보이더니 이내 웃음을 터뜨렸다. 나는 토비의 팔을 주먹으로 때렸다. 토비는 말을 이었다.

"그러니까, 가끔 한 번씩 만나도 괜찮지 않을까? 이대로 저녁 초대를 계속 거절하다가는 너네 할머니가 우리 집으로 군대를 보내실 것 같아."

"연달아 두 번이나 농담하다니, 제법인데."

"나 그렇게 꽉 막힌 놈 아니야."

"아무렴. 언니가 괜히 여생을 함께하고 싶었겠어!"

이제 우리 사이는 제자리를 찾은 듯했다. 마침내.

토비가 트럭의 시동을 걸었다.

"자, 그럼 즐거운 묘지로의 여행을 떠나볼까?"

"연속 세 번이라니, 맙소사."

그러나 토비는 이미 올해 할 말을 다 소진한 듯 묵묵히 운전만 했고 나는 생각에 잠겼다. 불안이 침묵을 채웠다. 나만의 불안. 떨렸다. 하지만 뭐가 두려운지 나도 몰랐다. 그저 비석일 뿐이다. 엄숙한 나무들에 둘러싸인 아담한 땅덩어리일 뿐이다. 그저 관에 담긴 아름다운 언니의 육체가 섹시한 검은 원피스와 샌들 속에서 썩어가는…… 윽. 못하겠다. 그동안 상상하길 거부했던 이미지들이 한꺼번에 들이닥쳤다. 공기가 빠져나간 폐, 립스틱을 바른 굳은 입, 맥박 없는 손목에 두른 토비가 준 은팔찌, 배꼽의 피어싱, 어둠 속에서 자라는 손톱과 머리카락, 어떤 생각도, 추억도, 사랑도 부재한 몸. 그 위를 깊이 2미터의 흙이 짓누르고 있었다. 나는 그날 부엌에서 울리던 전화벨, 할머니가 쿵 쓰러지는 소리, 뒤이어 우리 방까지 울려 퍼지던 짐승 같은 비명을 떠올렸다.

토비의 얼굴을 살폈다. 긴장한 기색은 전혀 없었다. 그제야 알아차렸다.

"가본 적 있어?"

"당연하지. 거의 매일 가는데."

"진짜?"

내 얼굴을 보고 토비도 서서히 알아차렸다.

"넌 한 번도 안 가본 거야?"

"응."

나는 창밖으로 시선을 돌렸다. 나는 정말 나쁜 동생이다. 좋은 동생이라면 아무리 섬뜩한 생각이 들더라도 언니의 무덤을 찾을 것이다.

"할머니는 자주 다녀가셔."

토비가 말했다.

"장미 덩굴이랑 이런저런 꽃들을 심어놓으셨어. 묘지 관리자들이 안 된다고 억지로 뽑아냈는데 할머니는 꿋꿋이 더 심으셨어. 결국 관리자들이 포기했지."

다들 나만 빼고 언니의 무덤에 다닌다는 게 믿어지지 않았다. 엄청나게 소외된 기분이었다.

"빅 삼촌은?"

"근처에 마리화나 꽁초가 많이 떨어져 있더라. 두어 번 마주치기도 했고."

토비는 내 얼굴을 살폈다. 나는 소외감에서 헤어나오지 못했다.

"괜찮을 거야, 레니. 생각보다 쉬워. 나도 처음엔 엄청 무서웠 거든."

그때 문득 생각했다.

"토비."

나는 용기를 끌어모아 머뭇거리며 말했다.

"넌 평생 외동으로 살았겠지만……."

목소리가 떨리기 시작했다.

"난 처음이라서……."

창밖으로 시선을 돌렸다.

"어쩌면 우리가……."

갑자기 말을 맺기가 쑥스러웠다. 하지만 토비는 내가 하려는 말을 이해했다.

"난 늘 동생이 있었으면 했어."

토비가 작은 주차장으로 진입하면서 말했다.

"좋네."

온몸 구석구석 긴장이 풀렸다. 나는 운전석으로 몸을 기울여 토비의 뺨에 입술을 찍었다. 세상에서 가장 담백한 키스였다.

"자, 가서 언니한테 사과하자."

자신이 죽었다는 걸 깨달은 소녀가 있었다.
천국의 가장자리에서
손바닥에 턱을 괴고
아래 세상을 내려다보며 지냈다.
느리게 흘러가는 천국에서의 나날은
너무나 지루했다.
소녀의 동생은 가끔 하늘을 보며
손을 흔들었고
죽은 소녀도 손을 흔들었지만
너무 멀리 떨어져 있어서
동생은 보지 못했다.
죽은 소녀는 동생이
자신에게 쪽지를 쓰는 걸 알았지만
몇 마디 말을 찾으러 다녀오기에는
너무 먼 여정이었기에
그냥 내버려 두었다.
그러던 어느 날, 땅의 동생은
천국의 언니가 음악을 들을 수 있다는 걸 깨달았다.
그래서 그때부터 동생은
하고 싶은 모든 말을
클라리넷으로 했다.
죽은 소녀는 동생이 연주할 때마다
(뭘 하고 있었든) 벌떡 일어나
춤을 추었다.

: 종잇조각에 쓰임, 클로버 공공 도서관 전기 서가에서 발견

제35장

계획을 세웠다. 조에게 시를 써서 줄 것이다. 하지만 그 전에 먼저 해야 할 일이 있었다.

음악실에 들어섰을 때 레이철은 먼저 도착해서 자기 악기를 꺼내고 있었다. 때가 왔다. 손이 너무 축축해서 쥐고 있던 클라리넷 케이스 손잡이가 빠질 것 같았지만, 나는 성큼성큼 교실을 가로질러 레이철 앞에 섰다.

"존 레넌 아니신가."

레이철은 고개도 들지 않고 말했다. 조가 부르던 애칭으로 날 찌르다니, 사람인가? 물론 아니지. 그래, 좋아. 분노에 긴장이 가라앉는 듯했다. 어디 붙어보자고.

"수석 자리에 도전하겠어."

머릿속에서 절로 기립박수가 터졌다. 내 입에서 나온 말에 이렇게 기분이 좋을 수가! 그러나 레이철은 듣지 못한 눈치였다.

여전히 리드와 조리개를 조립하고 있었다. 출발 신호가 울리지 않은 듯이, 출발문이 활짝 열리지 않은 듯이.

다시 한번 말하려던 찰나 레이철이 입을 열었다.

"그럴 거 없어, 레니."

레이철은 내 이름이 역겹다는 듯이 바닥에 퉤 뱉었다.

"걘 이미 너한테 푹 빠졌거든. 왠지는 전혀 모르겠지만."

이보다 더 달콤한 순간이 있을까? 아니지, 냉정을 유지하자.

"걔랑은 관련 없는 문제야."

내가 말했다. 진심이었다. 심지어 레이철과도 관련 없는 문제였다. 입 밖에 내진 않았지만, 정말로. 이것은 나와 클라리넷 사이의 문제였다.

"퍽이나. 너 지금 걔가 나랑 같이 있는 거 봤다고 이러는 거잖아."

"아니."

내 목소리는 놀라울 만큼 단호했다.

"난 솔로를 하고 싶어, 레이철."

그러자 레이철이 조립하던 클라리넷을 거치대에 내려놓고 나를 올려다봤다.

"그리고 마거릿 선생님이랑 레슨 다시 시작할 거야."

이건 아까 오는 길에 마음먹은 일이었다. 그제야 레이철이 당황한 눈으로 날 주시했다.

"나도 주 대표에 도전할 거야."

이것은 나에게도 새로운 소식이었다.

우리는 서로를 응시했다. 가만. 혹시 레이철은 내가 일부러 오디션을 망친 걸 1년 내내 알고 있던 거 아닐까? 그래서 그토록 끔찍하게 굴었던 거 아닐까? 내가 감히 도전할 마음을 품지 못하도록. 그래야만 자신의 수석 자리를 지킬 수 있을 것 같아서.

레이철은 입술을 깨물었다.

"내가 솔로 파트를 나눠주면 어때? 그럼 너도—."

나는 고개를 저었다. 하마터면 미안할 뻔했다. 하마터면.

"이번 9월에, 최고의 클라리넷 연주자를 가리자."

내가 말했다.

엉덩이만 들썩이는 게 아니었다. 음악실을 나와, 학교를 벗어나, 숲길을 타고 조에게 줄 시를 쓰러 집으로 가는 내내 온몸 구석구석이 바람을 타고 나는 것 같았다. 하지만 그와 동시에 언니에게는 내가 가진 미래가 없다는 쓰디쓴 현실이 내 곁에서 호흡과 보조를 맞춰 따라왔다.

그 순간 깨달았다.

내 남은 평생 언니는 죽고 또 죽을 것이다. 슬픔은 영영 사라지지 않을 것이다. 내 일부가 될 것이다. 걸음걸음마다, 들숨 날숨마다. 그리고 나는 언니를 사랑하기를 멈추지 않을 것이다. 원래 그런 것이다. 슬픔과 사랑은 한 몸이라 어느 한쪽만 취할 수 없다. 내가 할 수 있는 일은 그저 언니를 사랑하고 이 세상을 사랑하는 것이다. 언니를 본받아 배짱과 기개, 기쁨을 지니고 살아가는 것이다.

나도 모르게 숲속 침실로 이어지는 오솔길을 더듬어 갔다. 숲이 한껏 아름다움을 떨치고 있었다. 나무 사이로 쏟아지는 햇살에 양치식물로 덮인 땅이 보석처럼 눈부시게 반짝였다. 진달래 덤불이 화려한 드레스를 입은 여인들처럼 내 곁을 스쳐 지나갔다. 두 팔 가득 안고 싶었다.

숲속 침실에 이르자마자 나는 침대에 몸을 던졌다. 이번 시는 시간을 들여 쓸 생각이었다. 대충 휘갈겨서 날려버린 것들과 달리. 나는 주머니에서 펜을, 가방에서 노트를 꺼내서 쓰기 시작했다.

조에게 모든 걸 말했다. 네가 나에게 어떤 의미인지, 너를 만나 내가 처음으로 어떤 감정들을 느꼈는지, 너의 음악에서 내가 무엇을 들었는지 모조리 털어놓았다. 조가 믿어주길 바랐다. 난 너에게 속해있다고, 내 마음은 네 것이라고, 네가 나를 결코 용서하지 못한대도 쭉 그럴 거라고.

결국 이건 내 이야기였다. 그리고 이것이 내가 말하기로 택한 방식이었다.

다 쓰고 나서 곧바로 침대를 떠나려다가 하얀 이불에 떨어진 파란색 기타 피크를 발견했다. 내가 오후 내내 깔고 누워있었던 모양이다. 집어 들자마자 조의 것이란 걸 알았다. 이곳에 와서 기타를 친 것이다. 좋은 징조였다. 나는 시를 애초의 계획대로 폰테인가 우편함 안에 몰래 집어넣는 대신 이곳에 남기기로 했다. 종이를 접어 그 위에 조의 이름을 쓴 다음 바람에 날아가지 않도록 침대에 돌멩이로 고정했다.

집으로 오는 길, 언니가 죽고 나서 처음으로 누군가가 읽어줄 글을 썼다는 사실을 깨달았다.

제36장

창피해서 잠이 안 왔다. 내가 대체 무슨 생각으로 그랬을까? 조가 내 우스꽝스러운 시를 자기 형들에게 읽어주는 모습을 상상했다. 최악은 레이철에게 보여주는 것이다. 상상 속에서 다들 날 비웃었다. 로맨스라고는 에밀리 브론테*에게 배운 것 말곤 쥐뿔도 모르는 비련의 여주인공 레나라고. '난 너에게 속해있어'라니. '내 마음은 네 거야'라니. '난 네 음악에서 네 영혼을 들어'라니. 빌딩에서 뛰어내릴까? 21세기에 누가 그런 말을 한단 말인가? 누가! 기발한 아이디어인 줄 알았던 것이 어떻게 하루아침에 이렇게 멍청한 생각이 될 수 있지?

동이 트자마자 잠옷 위에 스웨터를 껴입고 스니커즈에 발을 꿰었다. 쪽지를 회수하러 여명을 헤쳐 숲속 침실로 달려갔다. 하지만 도착했을 때 쪽지는 없었다. 아마 내가 쓴 다른 시들처럼 바람에 날려 갔으리라. 아무렴 어제 오후에 내가 떠나자마자

---

* 영국의 시인이자 작가, 소설 《폭풍의 언덕》을 썼다.

조가 나타났을 가능성이 얼마나 되겠어? 그럴 리 없지.

사라는 내가 라자냐를 만드는 동안 자괴감에 빠지지 않도록 힘을 보탰다.

"넌 수석 클라리넷이 될 거야, 레니. 내가 장담해."

사라는 쉬지 않고 호들갑을 떨었다.

"해봐야 알지."

"그러면 예술 대학에 들어가기도 유리할 거야. 어쩌면 줄리아드도."

나는 숨을 들이켰다. 한때 마거릿 선생님이 줄리아드를 언급할 때마다 내가 언니의 꿈을 몰래 가로채려는 사기꾼, 배신자처럼 느껴졌다. 나는 왜 언니와 함께 꿈꿀 생각은 못 했을까? 왜 애초에 꿈을 꿀 만큼 용기 있지 못했을까?

"갈 수 있다면 줄리아드에 가고 싶어."

사라에게 말했다. 그래. 드디어.

"하지만 좋은 음대라면 어디든 괜찮아."

나는 그저 음악을 공부하고 싶었다. 인생이, 삶 자체가 어떤 소리를 내는지.

"같이 갈 수도 있겠다."

사라는 내가 모차렐라 치즈를 자르는 족족 자기 입에 쑤셔 넣었다. 나는 사라의 손을 찰싹 때려 저지했다. 사라는 말을 이었다.

"뉴욕에 함께 살 집을 구하자."

사라는 그 아이디어에 우주로 날아갈 기세였다. 나도 동행하고 싶었다. 하지만, 한심하게도, 조가 마음에 걸렸다.

"혹은 보스턴의 버클리 음대."

사라의 크고 파란 눈이 튀어나올 듯이 커졌다.

"버클리도 잊지 마, 레니. 어느 쪽이든 앙뉘를 타고 갈 수 있어. 장거리 여행을 떠나는 거야. 가다가 그랜드 캐니언에 들르거나 뉴올리언스에 가거나, 아니면—."

"으으으으으으으으윽."

내가 신음을 터뜨렸다.

"그 시는 잊어버리라니까. 신성한 줄리아드와 버클리 생각으로 날려버리라고. 쳇, 그런 초대박 녀석 따위……."

"얼마나 지지리 궁상이었는지 넌 모를 거야."

"**멋진 표현이야**, 레니."

사라는 누군가가 카운터에 두고 간 잡지를 획획 넘겼다.

"**구리다**는 말론 그 구림을 설명 못 해, 사라. 어떤 열일곱 살이 자길 찬 남자애한테 '난 너에게 속해있어'라고 하냐고."

"그게 《폭풍의 언덕》을 열여덟 번 읽으면 벌어지는 일이야."

나는 재료를 층층이 쌓았다. 소스, 파스타 면, **난 너에게 속해**

있어, 치즈, 소스, 내 마음은 네 거야, 파스타 면, 난 네 음악에
서 네 영혼을 들어, 치즈, 치즈, 치이즈으…….

사라가 내게 미소 지었다.

"어쩌면 괜찮을 수도 있어. 걔도 그렇게 느낄지도 모르잖아."

"그렇게?"

"그야, 너처럼."

언니.

응?

캐시가 에드거 린튼하고 결혼한 게 믿어져?

아니.

언니라면 그렇게 어리석은 짓을 할 수 있어?

아니.

어떻게 히스클리프와 그렇고 마음을 나눠 놓고 그걸 그냥 내던져 버릴 수 있지?

몰라. 넌 왜 그러는데?

뭐가?

그 책 때문에 왜 그렇게 흥분하냐고.

나도 모르겠어.

알잖아, 말해봐.

오글거려.

얼른, 레나.

나도 원하나 봐.

뭘?

나도 그렇고 사랑을 느끼고 싶어.

느낄 거야.

어떻게 알아?

그냥 알아.

발가락이 말해줘?

발가락이 말해줘.

만약 그렇다면 나는 그렇게 망쳐버리지 않을 거야.

너라면 안 그럴 거야. 그것도 발가락이 말해줘.

이제 자자, 언니.

레나, 방금 든 생각인데······

응?

결국, 캐시와 히스클리프는 함께할 거야. 사랑은 무엇보다 강하니까. 심지어 죽음보다.

흠······

잘 자, 레나.

: 찢어진 오선지에 쓰임, 클로버고등학교 주차장에서 발견

제37장

　나는 속으로 중얼거렸다. 숲속 침실에 다시 가는 것은 우스운 일이라고, 조가 거기 있을 리 만무하다고, 뉴에이지와 빅토리아 시대를 짬뽕한 시 따위로 조가 내 진심을 알아줄 턱이 없다고, 조는 여전히 날 미워하고, 설상가상으로 이제 지지리 궁상이라고 여길 거라고.

　하지만 난 여기 왔고, 물론 조는 없었다. 나는 침대에 벌러덩 드러누웠다. 나무 사이로 푸른 하늘 조각들을 올려다보며, 뇌에 자동으로 입력된 패턴에 따라 조에 대해 생각했다. 아직 모르는 게 너무 많았다. 조가 신을 믿는지, 마카로니 치즈를 좋아하는지, 별자리는 뭔지, 꿈을 영어로 꾸는지 프랑스어로 꾸는지, 내가 만약 조와…… 아, 이런. 내 상상은 전체 관람가에서 29금까지 치달았다. 맙소사. 부디 조가 나를 싫어하지 않았으면 했다. 나는 조와 **모든 걸** 하고 싶으니까. 동정이라면 지긋지긋했다.

그때 무슨 소리가 들렸다. 묘하고, 애절한 소리가. 분명 숲이 내는 소리는 아니었다. 나는 고개를 들고 팔꿈치를 짚어 상체를 일으켰다. 나뭇잎이 바스락대는 소리와 멀리서 강물이 포효하는 소리와 새들의 지저귐 사이에서 그 소리를 가려내려고 귀를 기울였다. 소리는 나무 사이로 흘러들어오면서 점점 크고 가까워졌다. 그제야 파악했다. 이제 또렷하고 완벽하게 들렸다. 날 찾아 굽이굽이 흘러온 그 음들은 바로 조가 쓴 듀엣곡의 멜로디였다. 나는 눈을 감고 내가 듣는 것이 정말 클라리넷 소리이길 바랐다. 사랑에 번민하는 내 머리가 만들어 낸 환청이 아니길 바랐다. 아니었다. 이제 내 귀에는 수풀을 헤치고 다가오는 발소리가 들렸다. 잠시 후 음악이 멈췄다. 발소리도 멈췄다.

두려운 마음을 이기고 눈을 떴다. 조가 침대 옆에 서서 나를 내려다보고 있었다. 나무 우듬지에 숨어있던 닌자 큐피드 군단이 활시위를 당겼다. 화살이 사방에서 날 향해 날아왔다.

"여기 있을 줄 알았어."

표정을 읽을 수 없었다. 긴장? 분노? 조는 어떤 감정을 흉내 내야 할지 몰라 어쩔 줄 모르는 것처럼 보였다.

"네 시 받았거든……."

온몸의 피가 끓어오르며 귓가에 북을 울렸다. 하려는 말이 뭘까?

'네 시 받았거든. 미안, 도저히 널 용서할 수 없어.'

'네 시 받았거든. 나도 같은 마음이야. **내 마음도 네 거야, 존 레넌.**'

'네 시 받았거든. 정신 병원에 이미 전화했어. 혹시 몰라 이 가방 안에 구속복을 챙겨 왔어.'

그리고 보니 조가 가방을 멘 모습은 처음이었다. 왠지 어색했다.

조는 입술을 깨물고 클라리넷을 허벅지에 두드렸다. 긴장한 기색이 역력했다. 아, 그래, 상황이 좋게 흘러갈 리 없지.

"레니, 나 네 시들을 **전부** 읽었어."

무슨 말이야? **전부** 읽었다니? 조는 클라리넷을 허벅지 사이에 끼우고 가방을 벗어 지퍼를 열었다. 한 번 심호흡한 뒤 어떤 상자를 꺼내 내게 건넸다.

"뭐, 전부는 아니겠지만, 일단 이것들은."

뚜껑을 열었다. 그 안에 든 것은 종잇조각, 냅킨, 테이크아웃 컵들 따위였다. 모두 내 글씨가 적혀있었다. 묻고 숨기고 흩날린 언니와 나의 조각들이었다. 이건 불가능해.

"어떻게?"

내가 당황해서 물었다. 조가 이 상자에 있는 것들을 모두 읽었다고 생각하니 덜컥 속이 불편해졌다. 이 시들은 남몰래 절박했던 순간들의 모음이었다. 일기장을 들킨 것보다 나빴다. 비교

하자면 내가 태웠다고 여겼던 일기를 남이 읽은 것과 비슷했다. 게다가 이걸 어떻게 다 찾았대? 날 계속 따라다닌 거야? 끝내주네. 내가 드디어 찾은 사랑이 알고 보니 순 미친놈이었다니.

나는 고개를 들었다. 조는 슬쩍 웃었다. 미약하게나마 보였다. 빔, 빔, 빔.

"무슨 생각하는지 알아. 내가 소름 끼치는 스토커라고 생각하겠지."

빙고.

조는 즐기고 있었다.

"아니야, 레니. 그냥 그런 일이 자꾸 일어났어. 처음엔 하나둘 눈에 띄었는데, 뭐, 나중엔 아예 찾아다니기 시작했지. 왠지 오기가 생기더라고. 별난 보물찾기 같아서. 나무 위에서 만난 날 기억해?"

나는 고개를 끄덕였다. 하지만 조가 미친 스토커가 되어 내 시를 찾아다녔다는 것보다 더 엄청난 사실을 깨달았다. 조는 이제 화가 나있지 않았다. 그 궁상맞은 시 덕분일까? 이유가 뭐든 나는 맹렬하게 솟구치는 기쁨에 사로잡혔다. 조의 설명조차 귀에 들어오지 않았다. 어째서 이 시들이 쓰레기 더미에 끼어있거나 돌풍을 타고 죽음의 골짜기 사이를 날아다니지 않고 이 신발 상자 안에 차곡차곡 모여있는 것인지. 나는 조의 말에 집중하려고 애썼다.

"그때 나무에서 내가 말했잖아. 대초원 근처에서 널 봤다고. 길에서 뭔가 끄적이고 걸어가면서 떨어뜨리는 걸 봤다고. 실은 네가 사라진 뒤에 가서 확인해 봤거든. 종잇조각이 울타리에 걸려있더라고. 베일리에 관한 시였어. 내가 갖고 있을 게 아니란 생각에 돌려주려고 했지. 그날 나무에서 만났을 때, 내 주머니에 있었어. 그런데 갑자기 애초에 내가 그걸 주웠다는 걸 네가 이상하게 여길 것 같은 거야. 그래서 그냥 가지고 있었어."

조가 입술을 깨물었다. 분명 그때 조는 내가 뭔가 쓰고 떨어뜨리는 걸 봤다고 했다. 조가 그걸 **찾아 읽었으리라**는 생각은 꿈에도 못 했다.

"그런데 그날, 나무 위에 있을 때, 나뭇가지에 뭔가 적혀있더라고. 네가 또 뭔가를 썼나 보다 했어. 그런데 왠지 물어보기가 좀 그래서, 다음에 다시 찾아가서 수첩에 옮겨 적었어."

말도 안 돼. 나는 벌떡 일어나 앉아 상자 안을 뒤적였다. 좀 더 자세히 살펴봤다. 조 특유의 각진 글씨체가 군데군데 눈에 띄었다. 아마도 내가 창고 벽이나 대충 쓸 만해 보이는 표면에 휘갈긴 것들을 발견해 옮겨 적었으리라. 무슨 감정을 느껴야 할지 혼란스러웠다. 조는 이제 날 다 아는 것이다. 안팎으로 속속들이.

조의 표정은 걱정과 흥분 사이 어딘가에 걸쳐있었는데 흥분

쪽이 좀 더 우세했다. 조는 참을 수 없다는 듯이 나머지 말을 쏟아냈다.

"처음 너네 집에 간 날, 할머니의 화원 바위 밑에 하나가 삐져나와 있더라고. 그러다가 네 슬리퍼 밑창에서 또 하나를 발견했지. 그리고 집 안 물건들을 밖으로 옮기던 날, 와…… 마치 눈길이 닿는 곳마다 네가 쓴 말들이 나타나는 것 같았어. 나도 모르게 눈이 뒤집혀서 어딜 가나 그것들을 찾고 있더라."

조는 고개를 절레절레했다.

"너한테 그렇게 화가 났을 때도 멈출 수 없었어. 희한한 점은 널 만나기 전에도 두어 개 발견했다는 거야. 처음 발견한 곳은 강변 산책로였는데, 사탕 껍질 안쪽에 몇 마디 쓰인 거였어. 누가 썼는지는 전혀 몰랐지. 뭐, 그때까지는……."

조는 클라리넷을 다리에 두드리며 날 바라봤다. 다시 긴장한 기색이었다.

"아무 말이나 좀 해봐. 이상하게 들릴지 모르겠지만, 난 그래서 널 더 사랑하게 됐어."

조가 씩 웃었다. 그러자 온 지구에, 밤이었던 모든 곳에 날이 밝았다.

"한마디라도 해주지 않을래? '이 얼간이가'라도?"

지금 내 얼굴을 가득 메운 미소를 뛰어넘을 수 있는 말이라면 얼마든지 할 것이다. 조의 입에서 흘러나온 **'사랑하게 됐어'**가 다시금 그 외의 모든 말들을 지웠다.

조가 상자를 가리켰다.

"저 시들 덕분이야. 눈치챘는지 모르겠지만, 난 그렇게 마음이 넓은 사람이 아니거든. 실은 네가 장미를 들고 온 그날부터, 저 시들을 읽고 또 읽었어. 네가 왜 그랬는지, 이해하려고 노력했어. 그제야 알 것 같더라. 뭐랄까, 저 시들을 읽으면 읽을수록, 머릿속에 **정말로** 그려지는 거야. 네가 뭘 겪었는지, 얼마나 끔찍했을지……."

마른침을 삼킨 조가 발치의 솔잎을 비벼 밟았다.

"토비 쇼한테도. 어떻게 그런 상황이 벌어졌는지 알 것 같았어."

어떻게 내가 나도 모르는 사이에 조에게 계속 편지를 쓰고 있었을까? 고개를 든 조는 웃고 있었다.

"그리고 어제……."

조가 클라리넷을 침대 위로 휙 던졌다.

"네가 나에게 속해있다는 사실을 알게 됐지."

조가 손가락으로 날 가리키며 덧붙였다.

"네 마음이 내 거고."

나는 픽 웃었다.

"놀리는 거지?"

"어. 근데 상관없어. 나도 네 거니까."

조가 고개를 흔들자 머리카락이 눈가에 살포시 내려앉았다. 사랑스러워서 죽을 것 같았다.

"전부 다."

조가 덧붙였다. 기뻐 날뛰는 새 떼가 내 가슴에서 터져 나와 세상 속으로 날아갔다. 조가 시들을 읽어서 다행이었다. 나는 조가 내 모든 걸 안팎으로 속속들이 알았으면 했다. 내 언니를 알았으면 했다. 그리고 이제, 어떤 면에서는, 안다. 이제 조는 이전과 이후를 모두 아는 것이다.

조는 침대 가장자리에 앉아 나뭇가지 하나를 주워들고 땅에 직 긋다가 던지더니 멀리 나무들을 응시했다.

"미안해."

조가 말했다.

"그러지 마. 난 너무―."

조가 고개를 돌려 날 마주했다.

"아니, 그 시들에 대해서 말고. 그날, 내가 베일리에 대해 함부로 말했던 거. 전부 다 읽고 나니, 그 말이 너한테 얼마나 큰 상처였을지 알겠더라고."

나는 손가락을 들어 조의 입술을 눌렀다.

"괜찮아."

조가 내 손을 잡고 입 맞췄다. 나는 눈을 감았다. 전율이 온몸을 훑었다. 서로에게 닿은 게 너무 오랜만이었다. 조가 내 손을 내려놓았다. 나는 눈을 떴다. 조가 날 마주 봤다. 어딘지 미심쩍은 눈초리로. 미소 짓고 있지만 아직 상처가 아물지 않은 얼굴이 내 속을 헤집었다.

"다시는 나한테 그런 짓 하지 않을 거지?"

"절대로. 난 너와 평생 함께하고 싶어!"

내가 다급히 외쳤다.

이런. 이틀 만에 벌써 두 번째 교훈이다. 빅토리아 시대의 소설을 원예용 가위로 조질 순 있지만, 내 뇌에서 뿌리 뽑을 순 없구나.

"넌 나보다 미쳤어."

조가 활짝 웃으며 말했다.

우리는 오랫동안 서로의 눈을 응시했다. 서로 손끝 하나 대지 않고도, 그 어느 때보다 열정적으로 키스하는 기분이 들었다.

나는 손을 뻗어 조의 팔을 쓸었다.

"어쩔 수 없어. 난 사랑에 빠졌거든."

"나도 처음이야."

"넌 프랑스에서—."

조가 고개를 저었다.

"아니, 이런 적은 없었어."

조는 내 뺨을 부드럽게 어루만졌다. 하느님과 부처님과 마호메트와 가네샤와 성모 마리아와 그 외 모든 신을 믿게 하는 손길이었다.

"너 같은 사람은 없어."

조가 속삭였다.

"동감이야."

말을 마치자마자 입술이 맞닿았다. 조가 날 침대에 눕히고 자기 몸을 겹쳤다. 다리, 골반, 배끼리 맞닿았다. 내 온몸을 구석구석 누르는 조의 무게가 느껴졌다. 나는 조의 보드라운 검정 곱슬머리를 손가락으로 빗질했다.

"보고 싶었어."

조가 내 귀와 목과 머리카락에 연신 속삭였다. 그때마다 나는 "나도."라고 중얼거리며 다시 조의 입술을 찾았다. 과연 이 불확실한 세상에 이보다 옳고 진실한 느낌이 있을 수 있을까?

이윽고 산소가 모자랄 때쯤 우리는 떨어져 숨을 골랐다. 나는 상자에 손을 뻗어 종잇조각들을 뒤졌다. 적은 양이 아니었지만 내가 쓴 양에 비하면 턱도 없었다. 아직도 일부가 어딘가에 남아 있다는 사실에 기뻤다. 바위틈에, 쓰레기통 안에, 벽 위에, 책

귀퉁이에 숨어있을 것이다. 어떤 것들은 비에 씻겨 내려가고, 햇볕에 지워 없어지고, 바람에 실려 멀리 날아갔을 것이다. 일부는 영영 못 찾고 일부는 몇 년에 걸쳐 발견될 것이다.

"어제 건 어디 있어?"

내가 남아있는 민망함에 순순히 굴복하며 물었다. 그것이 제 임무를 다한 이상, 실수인 척 찢어버릴 수도 있지 않을까?

"거기 없어. 그건 내 거니까."

쳇, 할 수 없군. 조의 손이 내 목덜미에서 등까지 느릿느릿 쓸어내렸다. 내 온몸이 소리굽쇠라도 된 것처럼 윙윙 진동했다.

"믿을 수 없겠지만, 아무래도 장미가 정말 효험이 있었나 봐. 우리 엄마 아빠한테. 농담 아니야. 잠시도 서로에게서 손을 못 뗀다니까. 눈 뜨고 못 봐줄 지경이야. 마커스랑 프레드는 한밤 중에 너네 집에 가서 몰래 몇 송이 훔쳐 왔어. 여자애들 침대로 꾀려고."

할머니가 들으면 무척 좋아할 것이다. 할머니가 폰테인 형제에게 푹 빠져있어서 다행이었다.

난 상자를 내려놓고 돌아앉아 조와 마주 봤다.

"그런 목적이라면 너네 형제 중 **아무도** 장미가 필요 없을걸."

"존 레넌."

빔, 빔, 빔.

나는 손가락으로 조의 입술을 덧그리며 속삭였다.

"나도 너와 **모든 걸** 하고 싶어."

"아, 이런."

조가 나를 자기 품으로 끌어당겼다. 우리는 키스하면서 하늘로 날아갔다. 이대로 영영 돌아오지 않을 것만 같았다.

우리가 어디 있는지 궁금하다면, 그저 고개를 들어보시길.

언니.

응?

죽으면 많이 따분해?

그랬었는데, 이제 안 그래.

어떻게 바뀌었는데?

이제 아래 세상을 안 내려다보지······.

그럼 이제 뭐 하는데?

설명하기 어렵네. 수영하는 거랑 비슷해. 물이 아니라 빛 속에서.

누구랑?

너랑 토비, 할머니, 빅 삼촌. 가끔은 엄마랑도.

난 무슨 느낌인지 모르겠는데?

잘 생각해 봐.

알 것 같다. 플라잉맨즈에서의 그 느낌 아니야?

정확해. 그보다 좀 더 밝지만.

: 레니의 일기장에 쓰임

할머니와 나는 빅 삼촌의 결혼식을 위해 온종일 케이크를 구웠다. 창문과 문을 모두 활짝 열어놓으니 강물 소리와 장미 향, 그리고 태양의 열기가 흘러들어 왔다. 우리는 부엌에서 참새처럼 재잘거렸다.

결혼식마다 해오던 일이었지만, 언니 없이는 처음이었다. 그런데 이상하게도 할머니와 단둘이 부엌에 있는 오늘, 언니의 존재가 가장 뚜렷하게 느껴졌다. 내가 반죽을 밀대로 밀 때, 언니는 몰래 다가와 밀가루 묻힌 손가락을 내 얼굴에 튕겼다. 내가 할머니와 조리대에 기대어 차를 마실 때, 언니는 부엌에 불쑥 들어와 자기도 한 잔 따랐다. 언니는 이 의자 저 의자에 앉았고 수시로 문을 열고 드나들었으며 할머니와 나 사이에 끼어들어 콧노래를 흥얼대며 우리가 만든 반죽에 손가락을 찍어보기도 했다. 언니는 내가 떠올리는 모든 생각, 내뱉는 모든 말 속에 있었다. 나는 내버려 두었다. 반죽을 밀고, 생각하고, 말하고, 케이크를 굽고 또 굽는 동안 나타나는 언니의 환영을 애써 떨쳐버리지 않았다. 할머니와 나는 폭발하는 웨딩 케이크를 만들자는 조를 겨우 만류하고 파티에서 뭘 입을지 따위를 논의했다. 할머니는 옷차림에 꽤 신경 쓰는 눈치였다.

"이번에는 바지를 입어보려고."

지구의 자전축이 살짝 어긋났다. 할머니는 언제 어느 때건 꽃무늬 드레스를 포기하지 않는 사람이었다. 다른 걸 걸친 모습은 본 적이 없다.

"그리고 머리를 쫙 펼까 봐."

지구가 궤도에서 벗어나 다른 은하계를 향해 돌진했다. 헤어드라이어를 손에 쥔 메두사를 상상해 보라. 곧게 뻗은 머리카락은 할머니를 비롯해 모든 워커에게 불가능한 과제였다. 아무리 파티 시간까지 서른 시간이나 남았다 해도.

"웬일로?"

내가 물었다.

"그냥 멋져 보이고 싶어서지. 안될 것 있니? 너도 알다시피, 내가 성적 매력을 잃은 것도 아니잖니."

할머니 입에서 성적 매력이라는 단어가 나올 줄은 상상도 못 했다.

"정체기일 뿐이지."

할머니가 중얼거렸다. 내가 홱 돌아봤다. 할머니는 산딸기와 딸기를 설탕에 절이고 있었다. 두 뺨도 그만큼이나 빨갛게 달아올랐다.

"맙소사, 할머니! 누구한테 홀딱 반했지."

"뭔, 아니야!"

"아니긴, 내 눈은 못 속여."

할머니는 킬킬거리며 웃었다.

"그래, 맞다! 그게 뭐 놀랄 일이냐? 너는 조한테 푹 빠져 제정신이 아니지, 이제 빅도 도로시랑 그렇게 됐지…… 그래서 나도 걸렸나 보다. 사랑은 전염성이 있거든. 상식이란다, 레니."

할머니가 씩 웃었다.

"그래서 누군데? 그날 밤 술집에서 누구 만난 거지?"

할머니가 밖에 나가 사교 활동을 한 것은 몇 달 동안 그때가 유일했다. 할머니는 인터넷으로 누굴 만날 타입이 아니었다. 적어도 내가 알기로는.

나는 두 손을 허리춤에 짚었다.

"말 안 해주면 내일 사장님한테 물어볼 거야. 클로버에 마리아 이탈리안 델리를 거치지 않는 소식은 하나도 없거든."

할머니가 꽥 비명을 질렀다.

"입도 뻥긋하지 마라."

몇 시간 내내 파이와 케이크, 딸기 푸딩을 만들면서 할머니를 닦달했지만, 할머니의 미소 띤 입술은 꾹 다물려 벌어지지 않았다.

일을 마친 뒤 미리 챙겨둔 가방을 들고 묘지로 향했다. 오솔길로 접어들자마자 달리기 시작했다. 태양이 나무 우듬지를 뚫고 여러 갈래로 쏟아졌다. 나는 빛과 어둠을, 어둠과 빛을, 가차 없이 내리쬐는 햇살과 지독히 음산한 그늘을, 짙고 연한 녹음이 한데 어우러져 에메랄드빛 꿈속으로 변하는 곳들을 번갈아 통과하며 달렸다. 달리고 또 달리는 사이 지난 몇 달 동안 내게 달라붙어 있던 죽음의 구조물이 느슨해지다가 슬그머니 벗겨지기 시작했다. 나는 은밀하고도 소란스러운 행복의 순간에 몸을 맡긴 채 빠르고 자유롭게 내달렸다. 발이 땅에 닿지도 않는 느낌이었다. 나는 내 앞에 놓인 인생의 매초, 매분, 매시, 매일, 매주, 매해를 향해 훨훨 날았다.

숲을 빠져나와 묘지로 이어지는 길목에 들어섰다. 뜨거운 오후 햇살이 온 땅 위에 느긋이 내려앉아 나무 사이를 어슬렁거리며 긴 그림자를 드리웠다. 그 온기에 유칼립투스와 송진 향이 위압적으로 짙어졌다. 나는 세찬 폭포 소리에 귀 기울이며 무덤 사이로 구불구불 난 오솔길을 걸었다. 논리와는 관계없이 언니가 강을 보고, 듣고, 냄새까지 맡을 수 있는 곳에 있어서 얼마나 마음이 놓이는지 새삼 느꼈다.

작은 언덕 꼭대기에 자리한 묘지에는 나뿐이었다. 다행히. 나는 가방을 내려놓고 언니의 묘비 옆에 앉아 머리를 기대고 마치 첼로를 켜듯 두 팔로 비석을 감싸 안았다. 몸에 닿은 돌이 따끈따끈했다. 이 비석을 선택한 이유는 유물함처럼 작은 보관함이 내장돼 있어서다. 새가 새겨진 철문이 달린 보관함은 끌로 음각

한 글자들 아래에 있다. 나는 손가락으로 언니의 이름을, 언니의 19년을, 그리고 몇 달 전 내가 종이에 써서 할머니를 통해 장의사에게 전달한 묘비명을 쓰다듬었다. **비범한 색채.**

가방에 손을 뻗어 그 안에서 작은 노트를 꺼냈다. 나는 할머니가 지난 16년간 엄마에게 쓴 편지를 전부 필사했다. 그 말들을 언니도 간직했으면 했다. 앞으로 내 모든 이야기에 언니가 빠지지 않을 거라고, 내가 가는 모든 곳에 언니가 하늘처럼 존재할 거라고 알려주고 싶었다. 나는 작은 보관함을 열어 노트를 집어넣었다. 그때 뭔가 긁히는 소리가 났다. 손을 뻗어 집어낸 것은 반지였다. 심장이 철렁했다. 아름다운 오렌지색 토파즈 반지. 알이 도토리만큼 굵었다. 언니에게 딱이었다. 분명 토비가 언니를 위해 특별히 제작했을 것이다. 나는 반지를 손에 꽉 쥐었다. 언니가 끝내 이걸 보지 못했으리란 걸 직감한 순간 가슴이 미어졌다. 이 반지가 완성되면 우리에게 결혼할 거라고, 아기를 가졌다고 말할 계획이었으리라. 그 중대 발표를 하면서 언니가 얼마나 이 반지를 뽐냈을까. 나는 반지를 비석 가장자리에 올려놓았다. 반지가 햇살을 포착해 굴절시킨 영롱한 호박빛이 비석에 새겨진 문구를 뒤덮었다.

파도처럼 밀려오는 슬픔을 피하려고 노력했으나 무리였다. 잃어버린 것에 집착하지 않고 존재했던 것을 추억하기에는 엄청난 노력이 필요했다.

언니, 보고 싶어. 언니가 앞으로 놓칠 게 너무나 많다는 걸 견딜 수 없어.

심장이 어떻게 견디는지 모르겠다.

나는 반지에 입을 맞춘 뒤 도로 보관함에 노트와 함께 넣었다. 새가 새겨진 문을 닫았다. 그리고 가방에 손을 넣어 화초를 꺼냈다. 너무 병들어서 검게 변한 나뭇잎 몇 장만 남은 상태였다. 나는 절벽 가장자리로 걸어갔다. 눈앞에 폭포가 있었다. 화분에서 식물을 들어냈다. 뿌리의 흙을 털어내고 잘 움켜쥔 뒤 팔을 뒤로 뻗었다. 심호흡을 한 번 한 다음, 힘껏 던졌다.

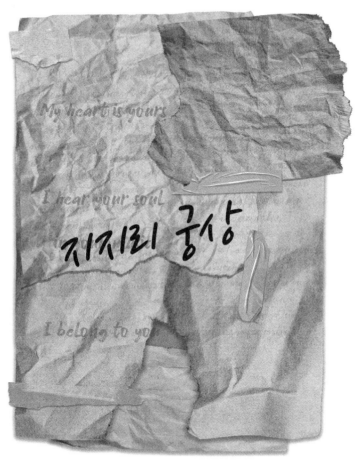

: 숲속 침실 침대 위에서 발견

: 레나에 의해 조각조각 찢어진 채 조의 폭탄방 쓰레기통에서 재발견

: 테이프로 이어붙이고 그 위에 '지지리 궁상' 이라고 쓰인 채 조의 책상 위에서 재발견

: 현재 조의 서랍장 유리 밑에 끼워져 있음

옮긴이의 글

"평범한 사람들은 애도를 이따위로 하지 않을 것이다."

최근, 사랑하는 가족을 떠나보낸 10대에 대한 이야기를 잇달아 작업하면서 혈육을 상실한 고통을 가늠해 볼 기회가 있었다.

열일곱 살에 여동생을 자살로 잃은 여성 코미디언의 회고록에서는 애도를 '속이 텅 빌 때까지 우는 것'이라고 정의했다. 한 지붕 아래서 인생의 긴 시간을 함께한 이를 사별하는 슬픔은 직접 겪지 않고서는, 아니 겪어보았더라도 헤아리기 힘들 것이다.

《하늘은 어디에나 있어》의 주인공 레니도 인생의 길잡이였던 언니를 잃고서 그 까마득한 슬픔을 어떻게 다뤄야 할지 막막해한다. 늘 언니의 그림자에 안주하다가 갑자기 삶의 독무대에 내던져지니 혼란스럽기만 하고, 이어지는 거센 감정의 파고 속에서 엎치락뒤치락하다가 결국 끔찍한 실수를 저지르기도 한다.

하지만 레니의 버둥거림은 깨어남과 탈각의 움직임이기도 하다. 등껍질이 벗겨지고서야 삶의 생생한 질감을 제 피부로 느끼고, 과연 스스로 인생을 짊어질 수 있을까 성찰해 보게 된다.

레니는 이제껏 알던 삶의 잔해와 허물을 딛고 자신을 둘러싼 관계를 하나하나 재발견함으로써 인생이 원래 불협화음으로 가득한 난장판이며 그 안에서 의미를 만들어 나가는 것이 자신의 몫임을 깨닫고 앞으로 어떻게 살아가야 하는지에 대한 실마리를 얻는다.

"내 남은 평생 언니는 죽고 또 죽을 것이다. 슬픔은 영영 사라지지 않을 것이다. 내 일부가 될 것이다. 걸음걸음마다, 들숨 날숨마다. 그리고 나는 언니를 사랑하기를 멈추지 않을 것이다. 원래 그런 것이다. 슬픔과 사랑은 한 몸이라 어느 한쪽만 취할 수 없다. 내가 할 수 있는 일은 그저 언니를 사랑하고 이 세상을 사랑하는 것이다. 언니를 본받아 배짱과 기개, 기쁨을 지니고 살아가는 것이다."

살다 보면 통제할 수 없는 일들이 벌어지고, 낯선 충동에 휩쓸리고, 설명할 수 없는 감정들이 어지럽게 엉켜든다. 과연 애도에 정해진 방식이나 한도가 있을까? 격렬히 슬퍼하고 차츰 무뎌

지기를 바라는 일뿐만 아니라 삶이라는 선물을 환기하고 예찬하는 일도 애도일 수 있다. 떠난 이의 빈자리는 늘 존재하며 슬픔의 끝이 어디인지는 아무도 모른다. 남은 이가 할 수 있는 일은 그 한없는 슬픔과, 그럼에도 행복해지고자 하는 욕망을 포함하여 이 세상을 사랑하는 것이다. 결국, 이 이야기의 출발점인 '어떻게 애도하느냐'의 문제는 '하늘은 어디에나 있어'로 답할 수 있을 것이다.

2021년 4월 이민희